KB082935

비판적 **읽기**와
논리적 **글쓰기**

비판적 읽기와 논리적 글쓰기

금동철 지음

연암사

비판적 **읽기**와 논리적 **글쓰기**

3쇄 발행 2023년 9월 15일

지은이 금동철
발행인 권윤삼
발행처 도서출판 연암사

등록번호 제16-1283호(1996.3.25)
주소 서울특별시 마포구 월드컵로 165-4
전화 (02)3142-7594
FAX (02)3142-9784

값은 뒤표지에 있습니다. 잘못된 책은 바꾸어 드립니다.

ISBN 979-11-5558-021-9 93800

연암사의 책은 독자가 만듭니다.
독자 여러분들의 소중한 의견을 기다립니다.
트위터 @yeonamsa
이메일 yeonamsa@gmail.com

이 도서의 국립중앙도서관 출판시도서목록(CIP)은 서지정보유통지원시스템 홈페이지(http://seoji.nl.go.kr)와 국가자료공동목록시스템(http://www.nl.go.kr/kolisnet)에서 이용하실 수 있습니다.
(CIP제어번호: CIP2016019514)

서문

글은 인간에게 중요한 의사소통의 수단이다. 나의 생각이나 감정을 타인에게 전달해 줄 수 있는 도구이기도 하고, 남의 생각을 알아듣고 받아들일 수 있는 통로가 되기도 하는 것이다. 개인주의가 점점 심화되는 오늘날 사람들 사이의 소통은 정말로 중요한 화두가 되었다. 내가 가진 생각과 느낌을 상대방에게 잘 전달하지 못하고 상대방이 표현하는 생각을 잘 알아듣지 못한다면, 그 사람은 사회 속에서 점점 고립될 수밖에 없을 것이다. 그러므로 글을 쉽게 잘 쓴다는 것은 다른 사람들과 쉽게 의사소통할 수 있는 수단 하나를 얻는 것이다.

글은 또한 자신의 생각을 정밀하게 가다듬는 중요한 도구이다. 이런 면은 말보다 글의 효과가 훨씬 더 크다. 글을 많이 쓰다 보면 생각이 명료해지고 표현이 분명해지며 뜻이 확실해진다. 그래서 글을 많이 쓰는 사람은 생각이 깊어지고 사물을 보는 눈이 점점 성장하게 된다. 이러한 성장은 대학에서 공부를 하는 데도 매우 유용하게 작용한다. 끊임없이 글을 써야 하는 대학 생활이 생각의 깊이를 더해 주고 인생을 바라보는 눈을 자라게 한다면 기뻐해야 할 일이다.

글을 잘 쓰기 위해서는 잘 읽어야 한다. 잘 읽는 것은 비판적으로 읽는 것이다. 많이 읽는 것도 중요하지만 그것만으로는 분명한 한계가 있다. 다른 사람의 글을 읽으면서 그 글에서 말하는 지식을 일방적으로 받아들이기만 해서는 내면을 성장시키는 양질의 독서가 되지 못한다. 읽은 것을 곱씹고 곱씹어서 자신의 것으로 만들어야만 자아가 성장하는 자양분이 되는 것이다. 비판적으로 읽는 것은 이렇게 곱씹는 과정이다.

이 책은 우리 학생들이 글을 쓰는 능력을 기르는 데 도움을 주기 위해 기획되었다. 글을 쓰는 능력은 글 읽는 능력에서부터 출발한다. 그래서 이 책의 2부는 어떻게 글을 읽어야 좋은 글 읽기가 되는지를 집중적으로 살펴보았다. 3부에서는 글을 쓰는 능력을 연습을 통해 향상시키는 방법을 살펴보았다. 어떻게 주제를 잡고, 글에 필요한 자료를 어디에서 찾으며, 개요를 어떻게 잡고, 어떻게 한 편의 글을 완성할 수 있을지를 생각해 본 것이다. 거기에 논문을 쓸 때 꼭 필요한 인용을 하는 방법과 주석을 다는 방법까지도 설명하였다. 그리고 글쓰기의 출발점으로 중요한 것은 맞춤법으로나 문법적으로 오류가 없는 글을 쓰는 것이기에, 이 책의 1부에서는 좋은 글쓰기의 기초가 되는 맞춤법과 좋은 문장, 그리고 문단에 대해서 살펴보았다. 이 책이 끊임없이 글을 읽고 써야 하는 우리 학생들의 대학 생활 과정에 조금이라도 도움을 줄 수 있었으면 좋겠다.

유난히 무더운 여름에 온 힘을 다해 좋은 책을 만들어 주신 연암사 편집부원들, 그리고 부족한 글을 흔쾌히 책으로 만들 수 있도록 허락해 주신 권윤삼 사장님께 깊은 감사를 드린다.

금동철

차 례

제Ⅱ부 비판적 읽기와 서평

1장 – 비판적 읽기의 필요성

2장 – 요약하기

3장 – 서평하기

제Ⅲ부 논리적 글쓰기

1장 – 글의 종류와 학술적 글쓰기

2장 – 주제 만들기

3장 – 자료 조사와 정리

4장 – 개요 만들기

5장 – 논리적 글쓰기의 실제

6장 – 인용과 주석, 참고문헌

제 I 부
글쓰기의 기초

1장 – 좋은 글은 연습이 필요하다
2장 – 한글맞춤법과 띄어쓰기
3장 – 정확한 문장
4장 – 올바른 문단 작성

1장

좋은 글은 연습이 필요하다

1. 대학생에게 글쓰기는 호흡과 같다

사람들은 누구나 마음속에 생각을 가지고 있고, 그것을 서로 전달하며 생활한다. 자신이 가지고 있는 생각이나 느낌, 기분 등을 상대방에게 전달하기 위해 말이나 글과 같은 대표적인 의사소통 도구뿐만 아니라, 표정이나 손짓, 발짓 등과 같은 다양한 요소들을 효과적으로 사용한다. 이러한 의사소통 방법 중에서 핵심적인 자리를 차지하는 것이 글쓰기이다.

여기에서 우리가 놓치지 말아야 할 것은 글쓰기가 의사소통 방법 중의 하나라는 점이다. 글을 쓰기 힘들어 하는 많은 사람들이 자주 범하는 실수 중의 하나는, 자신이 쓰는 글이 뭔가 대단한 내용을 지니고 있어야 하고, 좋은 표현 방법을 사용한 훌륭한 글을 써야만 한다고 생각하는 점이다. 글을 이렇게 보기 시작하면 글을 쓰기는 쉽지 않다. 위대한 사상가들이나 훌륭한 작가들이 쓴 좋은 책을 읽는 과정에서 자신은 이런 글을 쓸 수 있는 가능성이 거의 없음을 절감하기 때문이다. 이런 사람에게 꼭 해 주고 싶은 말이 글쓰기가 의사소통 수단 중의 하나라는 점이다. 우리가 말이나 여러 가지 수단을 통해 생각이나 느낌을 다른 사람들에게 전달하듯이, 글 또한 자신의 생각이나 느낌을 전달하는 수단이며 도구라는 사실을 분명히 인지할 필요가 있는 것이다. 글이 생각이나 감정, 의미 등을 전달하기 위해 사용하는 여러 가지 수단 중의 하나라는 점을 명확하게 이해하고 있다면, 자신의 글이 완벽하지 않아도 의사소통의 수단으로 사용하는 데 큰 문제가 없다는 점을 인정하게 될 것이다.

우리는 말을 통해 의사소통을 하지만, 모든 사람들이 그 말을 반드시 웅변가나 변증가처럼 완벽하게 잘 해야 하는 것은 아니다. 그렇지 않더라도 우리는 말을 통해 자신의 생각을 다른 사람들에게 전달하고 상대방의 생각을 이해하는 것이다. 부족하지만 자신의 생각이나 감정을 전달하는 데 효과적으로 말이 사용되는 것이다. 글도 마찬가지이다. 정말 잘 쓴 글도 있지만, 다소 부족한 글도 의사전달의 수단으로 충분히 활용된다. 그러므로 누구든지 글을 통해 자신의 생각과 감정을 전달할 수 있는 것이다.

다만 그 글을 얼마나 효과적이고 아름답게 쓰느냐 하는 것에는 분명히 층위가 존재한다. 말을 잘하는 사람이 있고 잘 못하는 사람이 있듯이, 글을 잘 쓰는 사람이 있고 잘 못 쓰는 사람이 있는 것이다. 말을 잘 하기 위해서는 어느 정도의 연습이 필요하듯이, 글을 잘 쓰기 위해서도 연습이 필요하다. 오히려 말보다 더욱 손쉽게 배우고 익힐 수 있는 것이 글 쓰는 방법이라고 할 수 있다.

대학 생활은 글쓰기의 연속이라고 할 수 있다. 수시로 과제물을 만들어서 제출해야 하고, 중간고사와 기말고사 같은 시험이 있으며, 논문을 써야 하는 경우도 생긴다. 이 모든 것들이 도서관이나 필요한 여러 곳을 뛰어다니며 열심히 자료를 찾고 공부만 열심히 한다고 해결될 수 있는 문제가 아니라는 점은, 한 번이라도 시험과 과제물을 작성해 본 사람이라면 실감하게 된다. 공부하는 과정에서 열심히 찾은 자료를 읽고도 그것을 어떻게 요리해서 자신의 것으로 만들 수 있을지, 그 자료들을 가지고 어떻게 과제물을 작성해야 할지 막막해지는 경험을 한 번쯤은 하게 되는 것이다. 여기에서 필요한 것이 자신의 생각을 효과적으로 전달할 수 있도록 글을 쓸 수 있는 능력이다.

대학생들이 과제물을 잘 작성하거나 시험을 잘 보기 위해서는 그 내용을 열심히 공부하여 받아들이는 것뿐만 아니라, 자신이 공부한 것들을 논리적이고 체계적으로 평가자에게 전달하는 과정이 반드시 필요하다. 그것이 바로 시험이며 과제물이고 논문이기에 대학 생활 속에서 학생들은 자주 글쓰기라는 과제를 만날 수밖에 없는 것이다. 그러므로 글쓰기에 익숙해지고 잘 쓰게 되는 것은 대학 생활을 위한 기본적인 자격 중의 하나를 갖추는 것이다. 그러므로 대학 생활 내내 글쓰기는 호흡처럼 필요한 것이라고 하겠다.

대학에서 강의를 하다 보면, 막 입학한 1학년 학생의 과제물과 졸업할 때가 다가오는 4학년 학생의 과제물 사이에는 상당한 차이가 있음을 쉽게 볼 수 있다. 물론 4학년쯤 되면 지식도 많아지고 경험도 많아져서 과제물 속에 담을 내용 자체가 늘어난 것도 무시할 수 없지만, 글쓰기를 가르치고 있는 사람의 입장에서 보면 내용을 포장하는 글쓰기 능력이 신장해 있는 것을 확연하게 느낄 수 있다. 비슷한 내용을 가지고도 4학년쯤 되면 훨씬 읽기 쉽고 뭔가 많은 공부를 한 것처럼 꾸며 낼 수 있는 능력이 생겨 있는 것이다.

어떻게 보면 글쓰기는 포장술이라고 할 수 있다. 자신이 알고 있는 지식을 얼마나 효과적이고 설득력 있게 상대방에게 제시할 수 있는가를 보여주는 포장술인 것이다. 잘 쓴 글은 그러므로 비슷한 내용이라도 정말 감칠맛 나게 재미있는 이야기로 풀어내는 사람을 만났을 때의 느낌과 유사하다. 자신이 공부한 내용을 얼마나 이해하기 쉽게 풀어낼 수 있는가가 글쓰기 능력이 되는 셈이다. 그리고 다행스럽게도 글쓰기 능력은 연습을 통해 향상이 가능하다. 대학 생활 내내 글쓰기가 일상이 될 수밖에 없다면, 우리는 그 포장술을 보다 적극적으로 향상시켜 글쓰기를 자신의 장점 중의 하나로 삼겠다는 자세가 필요한 것이다.

2. 좋은 글이란

논문을 잘 쓰는 기본은 좋은 글을 쓸 수 있는 능력이다. 좋은 글은 무엇보다 글쓴이의 생각이나 느낌을 정확하게 전달해 주는 글이라고 할 수 있다. 글에는 본질적으로 저자의 생각이나 사상과 같은 내용과 함께 전달의 도구로써의 표현법이 동시에 작동한다. 그러므로 좋은 글은 전달할 만하고 의미가 있는 사상이나 내용이 반드시 필요할 뿐만 아니라, 그것을 효과적으로 전달할 수 있는 여러 가지 표현 기법들이 반드시 필요한 것이다. 이 두 가지가 효과적으로 작동할 때 그 글을 읽는 독자는 내용과 함께 감동까지도 받을 수 있게 되는 것이다.

좋은 글은 그러므로 먼저 전달하고자 하는 내용 자체가 참신하거나 읽고 싶은 것이어야 한다. 독자가 시간과 돈을 투자하여 글을 읽을 때에는 그것을 통해 새로운 것을 알거나 감동을 느끼고 싶어 하는 것이다. 내용이라는 관점에서 볼 때 좋은 글은 이러한 독자의 요구에 부응하는 것이어야 한다. 그러한 글을 읽음으로써 독자는 지식의 양을 늘릴 수 있을 뿐만 아니라, 감정을 정화하기도 하고 힘겨운 세상을 살아나갈 수 있는 새로운 힘을 얻기도 한다. 그러므로 의미 있는 글은 독자에게는 축복이 된다.

그렇다고 그 내용이 반드시 새로운 사상이거나 지식이어야 한다는 말은 아니다. 사람이 글을 통해 누리는 새로움 혹은 의미가 누구나 인정할 만한 위대한 지식이나 사상 같은 것이어야 한다면, 이 세상에서 글을 쓸 수 있는 사람은 매우 제한적일 것이다. 과거에는 활자화된 책이나 글에 이러한 의미를 부여해 왔기 때문에, 책을 낸 사람이나 글을 쓰는 사람들을 우러러보기도 했었다. 그러나 진정한 의미의 새로움은 새롭고 위대한 사상이나 지식에만 국한되지 않는다. 한 개인이 경험하는 다양하고 독특한 체험이나 작은 단상들, 자신이 만들어 내는 자기만의 지식 체계와 같은 것들도 충분히 의미 있는 새로움이 될 수 있다. 누구나 인간은 자기만의 경험과 생각을 가지고 살아가는 존재이므로, 자기만의 생각이나 사고방식, 경험 체계와 같은 것들이 가진 의미와 가치를 결코 무시해서는 안 된다. 그것이 이 세계를 해석하고 이해하는 또 하나의 독특한 사유의 체계이며 이해의 체계이기도 한 까닭이다. 그러므로 사람들은 누구나 글을 쓸 수 있고, 또 그렇게 되어야 한다.

좋은 글은 또한 좋은 내용을 효과적으로 전달할 수 있는 구조나 표현법도 갖추어야 한다. 동일한 내용을 전달하는 글이라도 그것을 어떻게 포장하느냐에 따라 여러 가지 형태의 글이 될 수 있다. 글에는 효과적인 종류에 따른 표현 방법들 뿐만 아니라 문체나 어조, 수사학 등과 같은 다양한 요소들이 관여한다. 좋은 표현법은 그 글의 내용과 직접적으로 관련이 될 뿐만 아니라, 어떤 내용들은 그것에 걸맞은 표현법을 요구하는 경우도 있다. 그러므로 글을 쓰는 사람은 다양한 표현법을 익혀 놓는 것이 좋다.

훌륭한 표현법을 사용한 글은 내용과 상관없이 독자들에게 깊은 감동을 주기도 한다. 예를 들면 시에서 참신하고 효과적인 수사학을 사용한 표현 하나가 독자들에게 큰 감동을 주는 경우를 어렵지 않게 본다. 이것은 글에서 표현법 자체가 가지는 힘이 상당하다는 것을 말해 준다. 그러므로 좋은 글은 전달하고자 하는 내용을 효과적으로 포장하여 독자들에게 보낼 수 있는 글이다.

우리는 활자가 넘쳐나는 세상을 살고 있다. 책 한 권이 너무도 소중해서 며칠을 걸어가서 빌려와 읽던 시절이 아니라, 누구든지 마우스 버튼만 몇 번 누르면 언제든지 책을 주문할 수 있고, 인터넷에서 다양한 글들을 쉽게 찾아 읽을 수 있는 세상을 살고 있다. 이렇게 활자가 넘쳐나는 세상에서 살아가는 사람으로서 지켜야 할 양식 중의 하나가 자기 글에 대한 책임의식이다. 글의 내용이 진부하거나 무의미한 글, 심지어 읽으면 오히려 생각에 방해가 되기도 하고 진실을 왜곡하게 되는 글은 쓰레기보다 못한 공해가 될 수도 있다. 어쩌면 오늘날의 독자는 넘쳐나는 쓰레기 더미 속에서 진주를 캐내야 하는 사람이 되어 버린 것은 아닐까. 그만큼 읽을 가치가 있는 좋은 글을 쓰는 것은 우리 시대에 정말로 중요한 일이 되어 버렸다. 그러므로 자주 글을 써야 하는 학생들은 자신에게 주어진 기회를 효과적으로 활용하여 좋은 글을 쓸 수 있는 능력을 갖추어야 한다.

좋은 글의 가장 중요한 조건은 자기만의 독창적인 생각과 그에 걸맞은 표현법을 갖춘 글이라고 할 수 있는 것이다. 글의 가치와 의미를 살리는 핵심적인 요소 중의 하나인 독창성은, 글을 쓰는 대상으로서의 세계를 바라보는 저자의 시야가 가진 독창성이라고 할 수 있다. 새로운 발상으로 세계를 인식하고, 그러한 세계를 자기만의 관점에서 바라보며, 그 속에서 삶에 의미와 가치를 주는 주제를 찾아내는 능력이 필요한 것이다. 한 편의 글에서 독창성을 만들어 내는 방법은 이러한 새로운 주제를 찾아내는 것뿐만 아니라, 새로운 소재를 찾아내는 능력이나 그러한 소재를 자신만의 관점에서 바라보고 해석할 수 있는 능력, 그리고 그것들을 활용하여 자신만의 독특한 표현법을 만들어 내는 것까지 포함하는 것이다.

한 편의 글에서 발견하는 독창성은 그러므로 우리가 빠지기 쉬운 인습에 대한 저항이라고 할 수도 있는 것이다. 이미 많은 사람들이 알고 있는 상식적인 소재나 관점, 주제의식만을 가지고는 자기 자신만의 독특한 글을 쓰기는 어렵다. 자신만의 시각을 통해 세계를 새롭게 해석하고 의미를 부여하며 그것을 한 편의 글로 표현하게 된다면, 세계에 대한 기존의 인습적인 이해나 해석을 뒤집고 새로운 의미와 가치를 부여할 수 있게 되는 것이다. 그러므로 글을 쓰는 사람에게 획일성이나 인습적인 관점 혹은 상식적인 태도는 끊임없이 부정해야 할 것 중의 하나가 되는 것이다.

글 쓰는 방법을 연습하는 가장 중요한 이유 중의 하나는 바로 이러한 능력들을 연습을 통해 향상시키는 것이 가능하기 때문이다. 참신하고 독특한 주제를 찾아내는 방법, 그것들을 구체화할 수 있는 소재들을 찾고 구조화하는 방법, 논리적인 구조를 만들어 내는 방법, 논증을 이끌어 나가는 방법, 그리고 자신이 생각한 주제를 가장 효과적인 방법으로 표현하는 방법 등은 다양한 연습을 통해 효과적으로 키워나갈 수 있다.

3. 말과 글의 차이를 이해해야 한다

글쓰기를 처음 시작하는 사람에게 글쓰기가 주는 부담을 덜어주기 위해 많이 사용하는 말 중의 하나가 말을 하듯이 글자로 옮기면 글이 된다는 이야기다. 말과 글이 인간의 중요한 의사소통 수단인 언어의 핵심적인 두 가지 요소이기에 공통점이 상당히 많은 것도 사실이다. 그러나 글쓰기를 연습하는 과정에서는 이 둘 사이의 차이를 반드시 인식하고 있어야 한다. 말과 글 사이에는 생각보다 많은 차이가 존재하고 있기 때문이다.

의사소통의 수단으로서의 말은 본질적으로 직접성을 지닌다. 화자와 청자 사이의 직접적인 관계에 의해 의사소통이 이루어진다는 말이다. 현대에는 마이크와 스피커, 전화, 혹은 각종 저장장치와 같은 여러 가지 도구를 통해 그 직접성이 지니고 있는 한계를 극복하기는 했지만, 말이 가진 가장 본질적인 의사소통 형태는 화자와 청자 사이에 이루어지는 직접적인 언어적 전달이다. 화자와 청자 사이의 직접성이란 본질적으로 음성이 닿는 한계라는 공간적 제약과 그 말이 발해지는 현재라는 시간적 제약을 가지고 있다. 현대의 다양한 기기들은 이러한 직접성을 극복하기 위해 개발된 것들이다.

문자는 말의 직접성이 가지고 있는 이러한 시간적, 공간적 한계를 매우 효과적으로 극복하고 있다. 문자는 말을 기록하는 체계여서 그것을 기록한 매체가 존재하는 한 시간적으로 영구적인 성격을 지니게 되며, 어느 곳으로든지 그 기록된 매체를 들고 가서 읽으면 되는 공간적인 무한 확장성을 가지고 있는 것이다. 이것은 화자와 청자 사이를 문자가 개입하여 화자와 청자가 직접 만나지 않고도 의사소통이 가능하도록 만들어 주는 간접성 덕분에 얻을 수 있는 이점이다.

말이 가진 직접성이라는 특징은 많은 장점을 가진 것이기도 하다. 화자와 청자가 직접적으로 만나기 때문에 글보다 훨씬 강한 호소력을 지니기도 하고, 표정이나 손짓 발짓 몸짓 등과 같은 비언어적인 여러 요소들도 동시에 활용되기도 하기에 정보의 전달이 훨씬 쉽기도 하다. 말에는 실제로 비언어적 표현을 통해 화자의 여러 가지 감정들이 고스란히 묻어나오기도 한다. 화자는 말의 톤이나 음성의 크기, 빠르기 등과 같은 요소들을 적극적으로 활용하여 청자에게 언어 이외의 여러 가지 정보들을 전달하기도 하는 것이다.

이러한 직접적인 요소들을 활용할 수 없는 글은 그러므로 이런 비언어적 요소들을 모두 글 속에서 구체적으로 풀어서 설명해 주어야 상대방이 제대로 이해가 가능해지게 된다. 화자가 화가 나서 큰 목소리로 고함을 지르게 되면 청자는 그 말을 통해 전달되는 문자적인 메시지 이외에도 화자의 감정이나 분위기까지 들을 수 있게 된다. 그러나 그것이 글자로 기록되어 간접적으로 전달될 경우 독자는 화자가 말을 통해 전달하고자 했던 문자 이외의 여러 가지 요소들을 절대 알아들을 수 없게 되는 것이다.

글이 가지고 있는 이러한 특징은 글을 쓰면서 고려해야 할 요소가 많이 있음을 말해 준다. 무엇보다 먼저 글을 쓰는 과정에서 저자는 말이 가지고 있는 직접성을 문자 속으로 옮겨 놓아야 하는 것이다. 그 글을 읽는 독자에게 필요한 언어 외적인 정보들을 하나하나 설명해 주어야 한다는 말이다. 그러므로 글은 말보다 훨씬 자세하고 구체적이어야 한다. 말을 할 때 화자가 그냥 한 마디 툭 던지고 지나가 버리는 것도 글로 옮겨지면 그 상황이나 화자의 감정, 분위기까지도 세세하게 설명해 주어야 글을 읽는 독자가 그 의미를 명확하게 이해할 수 있게 되는 것이다.

예를 들면 "잘 논다."는 말을 한 마디 했다고 생각해 보자. 이 말의 화자가 선생님이고, 수업시간에 정신없이 친구들과 이야기하느라 떠들고 있는 초등학생을 향해 한 말이라면, 이 말에는 상당한 정도의 질책의 감정이 섞여 있을 것이고 이 말 다음에는 벌이 따라올 것이다. 그런데 이 말이 따뜻한 봄날에 이제 막 걷기 시작한 아이를 데리고 봄나들이를 나온 엄마가 아장아장 걸어 다니며 봄꽃을 구경하다가 주위를 날아다니는 나비를 잡는다고 손을 휘젓고 있는 사랑스러운 아이를 바라보고 내뱉는 말이라면, 이 말에는 따뜻하고 포근한 사랑이 듬뿍 묻어 있는 말이 될 것이다. 이것이 말로 뱉어진다면 그 직접성 덕분에 이러한 주변적인 것들을 효과적으로 전달해 줄 수 있지만, 글로 옮겨진다면 이 주변적인 상황과 분위기, 화자의 감정 등을 구체적으로 기록해 주어야 하는 것이다.

우리가 글을 쓸 때 분명히 기억해야 할 것 중의 하나가 바로 이러한 요소이다. 글을 쓰는 초보들이 쉽게 범하는 오류 중의 하나가 바로 이러한 구체적이고 주변적인 상황이나 사전지식들을 설명하지 않고 핵심적인 메시지만 쓰고 마는 것이다. 그렇게 되면 그 글은 이해하기 어려운 글이 되고, 메시지 전달 자체도 실패하게 된다.

글은 또한 말보다 훨씬 논리적이고 체계적인 성격을 지니기도 한다. 물론 말도 얼마든지 논리적이고 체계적일 수 있는 것이 사실이지만, 매체 자체의 차이 덕분에 글이 가지고 있는 체계성이 훨씬 강한 것이 사실이다. 말은 한 번 발화가 이루어지게 되면, 심지어 그 말을 한 화자조차도 다시 그것을 되짚어보기가 쉽지 않다. 그러나 글은 저자나 독자 모두 언제든지 시선의 움직임에 따라 글의 앞뒤로 쉽게 옮겨갈 수 있기 때문에, 그 글의 앞뒤 문맥이나 글 전체의 구조, 서술의 방향과 같은 것들을 말보다 훨씬 쉽게 간파할 수 있는 것이다.

사실 말을 하는 사람은 자주 엉뚱한 이야기로 빠지기도 한다. 연설이나 수업을 듣다 보면 “무슨 이야기를 하다가 여기까지 왔지요?”라고 되묻게 되는 것은, 화자가 생각이 없거나 문제가 있어서가 아니라, 말이라는 도구 자체가 가진 특징 중의 하나라고 할 수 있다. 말을 하다 보면, 특징적인 단어나 표현에 의해 연상된 것들을 설명해야 할 경우가 있고, 그 덕분에 전체적인 문맥에서 벗어나는 내용이 자연스럽게 들어오게 되기도 하는 것이다.

말이 지닌 이러한 속성과는 달리 글에서 이렇게 문맥에서 벗어난 내용이 개입하게 되면, 그 글은 심각한 문제를 가지고 있는 좋지 않은 글이 된다. 글을 쓰는 사람은 끊임없이 앞뒤를 살피면서 써나가기 때문에 그 글의 전체적인 문맥을 항상 염두에 두게 되고, 덕분에 전체적인 흐름에서 벗어나는 엉뚱한 내용을 쓰지 않게 되는 것이다. 이것이 말과는 달리 글이 논리성이나 체계성을 지니게 되는 이유이다.

그렇다고 글을 쓰기만 하면 모든 글이 자연스럽게 논리성과 체계성을 지니게 되는 것은 아니다. 글의 특징인 논리성과 체계성을 효과적으로 활용하기 위해서도 반드시 연습이 필요한 것이다. 어떻게 내용을 조직하고 어떻게 전개하며 문장의 짜임새는 어떠해야 하는지 알아야 좋은 글을 쓸 수 있게 되는 것이다. 이것들은 글쓰기 과정에서 필요한 여러 가지 요소들로 학습을 통해 얻을 수 있는 것들이며, 학생들은 그렇게 알게 된 것들을 자기화하는 많은 연습이 필요하다.

4. 좋은 글쓰기를 위한 준비

좋은 글을 쓰기 위해 준비하고 연습해야 할 것은 여러 가지가 있겠지만, 전통적으로 글쓰기 연습을 위해 강조하던 세 가지가 있다. 많이 읽고, 많이 쓰고, 많이 생각하는 것이 바로 그것이다. 이 세 가지는 하도 많이 강조되다 보니 오히려 그 중요성이 간과되는 경향이 있을 정도인 것들이지만, 글쓰기의 가장 본질적인 준비단계인 것은 분명하다.

1) 많이 읽기

다양한 독서는 자신의 글쓰기 능력을 키우는 핵심적인 방법 중의 하나이다. 혼자서 모든 것을 할 수 있는 사람은 없다. 학문을 하는 과정에서도 이것은 마찬가지이다. 여러 사람들이 그동안 궁구하고 연구해 온 것들을 살펴보고, 그것들을 이해하는 것은 자기만의 세계관과 사유를 만들어 가는 출발점에 해당한다. 그러므로 다양한 글 읽기는 좋은 글쓰기의 출발점이 되는 것이다. 많은 책을 읽는 사람들이 소유하는 사유의 넓이와 깊이는 창조성의 기반이 되기도 하고, 이 세상을 이겨내는 중요한 도구가 될 수도 있다.

바쁜 일상 속에서 책 읽을 시간이 없다고 호소하는 학생들의 일상을 들여다보면, 많은 시간들이 SNS나 인터넷 검색 혹은 다양한 게임으로 차 있는 경우가 많다. 그렇다는 말은 우리가 마음만 먹는다면 책 읽을 시간 정도는 얼마든지 확보할 수 있다는 말이기도 하다. 집과 학교를 오가는 전철이나 차 안에서도 마음만 먹는다면 우리는 얼마든지 책을 읽을 수 있을 것이다. 문제는 그런 마음을 먹기까지가 힘든 것이다. 대학 생활뿐만 아니라 학교를 졸업하고 나서도 끊임없이 필요한 것이 글 쓰는 능력이라면, 이 기회에 적극적으로 독서하는 능력을 키워놓는 것이 필요하다.

독서에는 여러 가지 방법이 있겠지만, 특히 강조하고 싶은 것은 활자로 이루어진 책을 읽는 것이다. 오늘날은 여러 가지 매체를 통해 지식과 정보를 접하는 시대이다. 활자로 이루어진 책이 전통적인 방법이라면, 다양한 영상 매체를 이용하는 방법, 인터넷을 통해 검색으로 지식을 접하는 방법, 애니메이션을 활용하는 방법 등 다양한 방법들이 존재한다. 그런데 여기서 간과할 수 없는 것은 이러한 여러 가지 매체가 각각 독특한 특징과 영향력을 가지고 있다는 사실이다. 그 중에서도 전통적인 방법인 활자로 이루어진 책을 읽는 것을 적극적으로 권하는 것은, 단순히 복고적인 취향 때문이 아니라 인쇄된 활자가 갖고 있는 독특한 영향력 때문이다.

현대를 특히 이미지의 시대 혹은 영상의 시대로 분류하기도 하는데, 이것은 영화나 동영상 등 영상 자체를 지칭하는 것뿐만 아니라 다양한 정보나 지식들까지 영상을 통해 유통되는 시대라는 말이다. 이 같은 영상 문화는 지식을 습득하는 과정에 있어서 실제로 엄청난 변화와 효율성을 보여주는 요소로 작동하고 있는 것이 사실이지만, 문제점 또한 내포되어 있음을 간과해서는 안 된다. 잘 만들어진 영상을 통해 전달되는 지식들은 메시지의 집중성이나 효율이 매우 뛰어난 것이 사실이지만, 수용자의 상상력을 제한하는 효과가 존재하는 것이다. 활자로 출간된 소설을 읽은 사람이 그것을 영상으로 만든 영화를 보고 실망하는 경우를 종종 보는 것은, 그 사람의 기호가 독특하기 때문만이 아니라 각 매체가 사람들에게 작동하는 방식이 다르다는 점도 크게 작용한 것이다.

활자는 명백하게 기호이며, 사람은 이 기호를 통해 저자와 독자 사이를 연결한다. 그런데 이 과정에서 개입하는 것이 상상력이다. 문자유통 방식에는 저자가 자신의 경험이나 생각을 문자로 기호화하는 과정이 필요하며, 그것을 읽어 내려가는 독자는 그 문자를 자신의 문자 체계에 맞추어 그 기호를 해독하는 과정이 필요하게 된다. 이렇게 저자와 독자 사이에는 문자를 사이에 두고 기호화와 해독이라는 두 과정이 필요하게 되는데, 여기에 반드시 개입될 수밖에 없는 것이 상상력이다. 문자라는 기호를 사이에 두고 저자와 독자는 각각 자신의 상상력을 동원하여 기호화하고 해독하는 것이다. 그러므로 문자를 주고받는 과정은 상상력이 강하게 발휘되는 과정이라고 할 수 있다.

사람들은 글을 읽을 때 자기도 모르는 사이에 자신들의 상상력을 발휘하게 되며, 그 과정을 통해 그 사람이 본래 가지고 있던 상상력은 적극적으로 자극을 받고 활성화된다. 이미지나 영상을 통해 제공되는 것은 그 이미지나 영상 자체에 사람들의 상상력을 붙들어 매는 경향이 있다면, 문자는 저자의 의도와는 상관없이 독자가 지닌 상상력의 최대치를 끊임없이 자극하는 효과를 가지고 있는 것이다. 21세기를 살아가는 우리에게 필요한 것은 창조성이라고 하는 말을 많이 듣는다. 그런데 상상력은 이러한 창조성의 근본으로 작동하고 있는 인간의 본질적인 능력이기도 하다. 그러므로 문자가 자극하는 상상력을 생각한다면 21세기를 살아가는 우리에게 반드시 필요한 것은 문자를 통한 독서라고 할 수 있는 것이다.

2) 많이 쓰기

글을 많이 써보는 것 또한 글쓰기 능력을 향상시키는 데 필수적인 요소이다. 글은 많이 써야만 느는 것이다. 글을 쓰는 과정을 통해 사람들은 자신의 생각을 정리하고 가다듬게 된다. 한 편의 글이 그래도 의사전달의 도구로 작동하기 위해서는, 무계획적이고 무의미한 단어들의 나열을 넘어 체계화되고 구조화되는 과정이 반드시 필요하기 때문이다. 이 과정에서 사람들은 생각하는 힘을 얻게 될 뿐만 아니라, 무질서하게 흩어져 있던 자신의 생각을 정리하고 정돈하는 효과까지 얻을 수 있게 된다. 그러므로 글을 쓰는 과정은 또 다른 의미에서 생각을 정리하는 과정이며 생각하는 능력을 기르는 과정이 되기도 하는 것이다.

인터넷이 발달한 오늘날 사람들은 글을 쓸 기회를 자주 만날 수 있지만 오히려 좋은 글을 쓸 기회는 생각보다 적어지는 이중적인 상황에 처해 있다. 인터넷이라는 공간 속에서 우리는 쉽게 글을 쓸 수가 있다. SNS를 통해 자기만의 세계를 만들어 나간다든지 다양한 공간에서 댓글을 달 수도 있다. 굳이 활자로 된 책을 출판하지 않아도 쉽게 글을 쓸 수 있는 기회들이 이렇게 무궁무진하게 널려 있는 것이다. 문제는 이러한 과정이 글 쓰는 능력을 향상시키는 기회가 되기 보다는 오히려 부정적으로 작용하는 경우가 많이 생긴다는 것이다. 인터넷의 문제점으로 지적되는 문법파괴나 외계어 현상과 같은 경우가 대표적이다. 이것은 문장이나 단어의 파괴, 심지어는 글 자체의 전달 능력을 훼손하는 치명적인 결과를 가져온다.

이런 현상이 내포하는 더욱 심각한 문제점은, 그러한 글쓰기가 인간 내면 혹은 건강한 사유 능력을 파괴할 수도 있다는 점이다. 댓글이나 이미지들 사이에 넣는 짧은 단문들, 그리고 외계어 같은 현상들은, 긴 호흡으로 된 글을 쓸 때에야 얻을 수 있는 사유의 깊이를 확보하는 데 심각한 영향을 초래한다. 단편적이고 피상적인 관점, 자극적인 표현에 매몰되어 자신만의 시각이나 관점을 세우고 자기만의 표현이 가지는 아름다움을 얻는 데 심각한 장애를 초래할 수 있는 것이다.

글쓰기 연습을 하는 학생들에게 권하고 싶은 것은 인터넷이 아니라 자신만의 글을 쓸 수 있는 공간을 확보하라는 것이다. 그것이 일기장이 되어도 좋고 노트북이 되어도 좋지만, 반드시 본인만의 내밀한 생각들을 마음껏 표출할 수 있는 독립된 공간이어야 할 필요가 있다. 그 공간에서 자신만의 사유를 성숙시킨 다음에야 다른 사람들에게 그 글을 보여주는 것이 좋다.

그러한 의미에서 매일 일기를 쓰는 것은 글쓰기 능력을 향상시키는 매우 유용한 방법이 된다. 매일 작정하여 시간을 정하고 일기를 쓴다면, 자기가 생각하고 싶은 주제에 집중할 수 있는 기회도 되며, 그 생각을 구체적인 문장으로 옮길 수 있는 능력을 키워나가는 데 매우 좋은 연습 도구가 되는 것이다. 그런데 일기를 쓰면서 주의해야 할 것은, 어린아이들의 일기처럼 아침에 일어나서 밥을 먹고 학교에 갔다가 집에 돌아와서 잤다는 식의 그날 하루 일과를 아무 생각 없이 나열하는 것은 글쓰기에 도움이 되지 않는다는 점이다. 일기가 글쓰기에 도움이 되려면, 그날의 일 중 중요하거나 생각이 필요한 한두 가지를 선정하여 그것의 구체적인 내용을 적고 그 일에 대한 자신의 생각이나 각오, 전망, 앞으로의 행동방향 등과 같은 여러 가지 요소들을 종합적으로 생각해 보고 그것을 정리하는 것이다. 이러한 과정만으로도 글쓰기 능력은 부쩍 자라게 된다.

경건의 시간을 활용하는 것도 매우 효과적인 글쓰기 연습 중의 하나가 된다. 그리스도인들은 매일 경건의 시간을 갖는다. 성경을 읽고, 자신에게 다가오는 하나님의 말씀을 자신의 삶 속에 적용하고, 그것을 통해 자신의 삶을 되돌아보고 하루를 살아갈 방향을 찾으며, 그 말씀을 통해 이 땅을 살아갈 힘을 얻는다. 생각해 보면 이 과정 자체가 글쓰는 과정과 매우 유사하다. 생각할 거리를 만들고, 자신의 삶을 그것에 비추어 반성하거나 계획하는 과정이 바로 우리가 글을 쓰는 과정인 것이다. 그렇다면 이러한 경건의 시간에 읽은 말씀, 그것을 통해 생각한 것들, 그 말씀에 비추어 본 자신의 삶, 하루의 계획 등을 구체적인 한 편의 글로 옮긴다면 좋은 글이 될 수 있는 것이다. 요즘은 다양한 큐티 교재들이 많이 출간되어 경건의 시간을 효과적으로 보낼 수 있게 도와주는 것이 사실이다. 그러나 큐티 교재를 활용하는 경우, 말씀을 통해 자신의 생각을 키워가는 것이 아니라 그 교재의 영향에서 빠져나오지 못하는 경우를 자주 본다. 이것은 자신이 경건의 시간을 가지는 것이 아니라 큐티 교재를 만든 목사님의 큐티를 그냥 자신의 삶으로 가져오는 것이라고 말할 수 있다. 그러므로 큐티는 자기 힘으로 하는 것이 더욱 좋다. 큐티 교재를 덮고 성경을 직접 펴서 자신의 노트에 자기 손으로 큐티를 하는 것이 꼭 필요한 것이다. 그러할 때 경건의 시간은 매우 효과적인 글쓰기 연습 시간이 될 수도 있다.

3) 많이 생각하기

글쓰기를 연습하는 과정에서 또 하나 반드시 필요한 것은 많이 생각하는 것이다. 생각을 많이 한다는 것은 여러 가지 자료들을 자기만의 관점으로 정리하는 과정이기도 하고, 이를 통해 자기만의 관점을 새롭게 세워가는 과정이기도 하다. 외부로부터 오는 여러 가지 생각의 자료들인 다양한 정보들은 그것을 받아들이는 자아의 관점에서 가공하지 아니하면 말 그대로 자료로 존재할 뿐이다. 이것을 자신의 사유 체계와 생각의 방식에 맞게 분석하고 가공하여 의미화할 때 제대로 된 생각의 소재가 될 수 있고 글쓰기의 자료가 될 수 있는 것이다. 그러므로 주어진 자료들을 그대로 받아들이는 것이 아니라 생각이라는 과정을 거쳐 자신의 것으로 만든 자료들이 많아졌을 때에야 좋은 글을 쓸 수 있게 된다.

많이 생각하지 않으면 자기만의 독특한 관점으로 세상을 바라보는 것이 결코 쉽지 않다. 상식적인 차원이나 인습적인 차원에서 세상이 제공하는 그저 그런 생각들의 더미에 눌려버리고 말기 때문이다. 세상의 생각은 생각보다 무겁게 사람들을 억누른다. 사람들의 말이나 대화에서뿐만 아니라 다양한 매스컴을 통해서도 끊임없이 가해지는 이러한 생각의 무게를 이기고 자기만의 독특하고 분명한 사유를 하는 것은 생각보다 어렵다. 그러나 그 사람만의 향기를 뿜는 사람들이나 위대한 사상가들의 삶을 곰곰 생각해 보면, 세상 사람들이 상식 차원에서는 생각하기 어려운 독특함과 창조적인 생각들, 깊은 사유의 흔적들이 깊게 드리워져 있는 것을 볼 수 있다. 이러한 사유의 세계에 도달할 수 있게 하는 것이 많이 생각하기이다.

사람의 생각하는 능력은 참으로 풍부하고 깊은 영역에까지 다다를 수도 있고 너무도 다양하고 넓은 곳까지 이를 수도 있다. 좋은 글쓰기의 중요한 전제조건 중의 하나는 이러한 생각하는 방법을 가다듬는 것이다. 사람의 생각은 흘러가는 그대로 두면 너무 쉽게 다양한 것들 속으로 흩어져 버리거나 의식의 표면을 부유하기도 한다. 오감을 통해 들어오는 자극들에 너무도 쉽게 우리의 생각들이 휘말려 버려 어느 사이엔가 딴 생각을 하고 있는 자신을 발견하는 것이다.

이러한 단편적이고 표피적인 생각들은, 창조적인 일을 하는 예술가들에게는 번득이는 아이디어를 제공하는 단초가 되기도 하지만, 대학에서 필요한 논리적 글쓰기를 연습해야 하는 대학생들에게는 실제적으로 그리 큰 도움이 되지 않는다. 논리적 글쓰기를 연습하는 자리에서는 논리적으로 생각하는 방법을 연습해야 한다. 논리적으로 생각하는 방법은 의도적으로 하나의 재료나 주제를 정해서 의식적으로 그것에 대하여 생각해 보는 것이다. 생각을 그냥 흘러가는 대로 두는 것이 아니라 의지적으로 하나의 생각 속으로 몰아가는 것이다. 하나의 사물이나 주제를 대상으로 하여, 그것을 다양한 관점에서 살펴보거나 다른 사람들이 생각할 만한 것들을 상상해 보기도 하고, 장단점을 분석해 보기도 하며, 그것으로 인해 초래될 수 있는 여러 가지 영향들을 생각해 볼 수도 있는 것이다. 일기나 큐티를 글쓰기 연습의 방법으로 활용하는 것이 좋은 이유도 이것들이 의식적인 생각하기를 연습하기에 좋은 공간을 제공하는 것이기 때문이기도 하다.

5. 학문의 방법으로서의 글쓰기

대학은 본질적으로 학문을 배우고 익히며 새로운 지식 체계를 만들어 가는 기관이다. 학생들은 대학에서 지식의 양을 늘리는 것뿐만 아니라, 그러한 지식 체계를 만들어 내는 학문의 방법론까지 익혀야 하는 과제를 안게 된다. 각 학문 영역들은 그 영역만의 체계화된 방법론과 구조화된 지식의 체계들이 존재한다. 학생들은 바로 그러한 지식의 체계를 학습해야 하고, 이를 바탕으로 하여 새로운 무언가를 그 체계에 첨가하는 연습을 해야 한다. 이 과정에서 사고하는 방법은 매우 중요한 역할을 한다.

다양한 지식들이 자신의 사유 구조 속에서 체계화될 때 그것은 진정한 자기만의 지식이 된다. 다양하게 생각하고 그것을 자기 나름대로 체계화하여 논리적으로 표현해 내는 글쓰기 능력은 그 과정에서 매우 중요한 자리를 차지한다. 체계화되지 못한 지식이나 자료들은 오히려 생각을 혼란에 빠뜨리지만, 깊은 생각을 통해 그것들을 체계화하고 구조화할 수 있게 되면 그것은 자신만의 관점이나 세계관을 형성하는 매우 중요한 토대가 된다. 글을 잘 쓰는 능력은 대학에서 공부를 잘 하기 위해서 꼭 필요한 능력이다.

대학생들은 그러므로 무엇보다 먼저 독서력을 기르고 깊이 생각하는 능력을 키워야 한다. 학문을 연구하고 새로운 것을 배우는 과정의 첫 출발이 독서이기 때문이다. 전공을 공부하는 과정에서도 독서가 필수적이며, 다양한 교양을 만들어 가는 과정에서도 독서는 반드시 필요하다. 좋은 강의를 듣는 것도 필요하지만, 자신만의 시간을 확보하여 다양한 책들을 읽음으로써 사유의 깊이를 확보하고 부족한 지식을 보충해 나가는 것이 반드시 필요한 것이다.

자신의 세계관을 보다 정밀하고 바람직한 것으로 세워나가는 작업은 대학 과정에 있으면서 반드시 이루어 내어야 하는 과업이기도 하다. 세계관은 세계를 바라보는 자신만의 눈이면서, 그 세계에 대해 가치판단하고 자신의 행동을 결정하는 전제의 역할을 하는 사유의 체계라고 할 수 있다. 사람들은 모두 의식적이든 무의식적이든 각자의 세계관을 가지고 생활한다. 다양한 환경과 경험, 학습을 통해 세워진 이 세계관은 그 사람의 정신적인 존재 방식을 결정하는 핵심적인 요소라고 할 수 있는 것이다. 학문을 하는 과정에서도 세계관은 하나의 전제로 작동한다. 그러므로 올바른 세계관을 세워 나가는 일은 학문의 첫 출발선에 선 대학생들이 반드시 이루어야 하는 핵심적인 과업 중의 하나가 되는 것이다.

대학을 형성하는 각 학문 영역들은 자기들만의 고유한 지식 체계가 존재하고 각각의 독특한 연구방법론들이 존재한다. 학문을 한다는 것은 그러므로 이렇게 구조화된 지식의 체계와 연구방법론들을 공부하는 과정이라고 할 수 있다. 각 학문 영역은 연구의 출발이 되는 연구 대상을 선정하는 과정에서부터 그 학문만의 독특성이 작용한다. 그렇게 찾아낸 연구 대상을 다양한 방법으로 바라보는 것이 학문 연구의 과정이다. 이렇게 대상을 바라보는 방법이 바로 연구방법론이다.

학문의 세계에 본격적으로 들어서는 학생들은 자신이 전공하는 학문 영역이 어떠한 특징을 지니고 있는지 확인해야 효과적으로 학문의 세계에 들어갈 수 있다. 자신이 선택한 전공이 어떠한 연구 대상을 가지고 있으며 그것들을 어떠한 방법으로 바라보는지를 알아가야 하는 것이다. 다시 말해 자기 학문만의 연구대상이 무엇인지를 확실하게 인식하는 과정이 꼭 필요하며 그 학문 영역에서 제기된 연구방법들이 어떠한 것들이 있으며 각각의 연구방법들이 지닌 장단점은 어떠한지를 제대로 알게 될 때, 학생들은 본격적인 학문의 세계에 들어섰다고 할 수 있는 것이다.

학문연구자로 선다는 것은 각 학문이 그동안 구축해 온 구조적인 지식의 체계나 연구방법에, 자신만의 관점을 확립하여 무언가를 더하는 지적 활동이라고 할 수 있다. 이제까지는 제기되지 않았던 새로운 연구대상을 찾아내거나, 기존의 연구대상일지라도 자기만의 독특한 관점을 반영한 새로운 연구방법을 찾아내는 자라고 할 수 있는 것이다. 이것을 위해 학자들은 기존의 연구업적들을 찾아서 정리하여 분석하거나 비판하는 과정을 반드시 거치게 된다. 논문의 핵심 요소 중의 하나인 선행연구사 정리가 바로 이러한 연구의 과정에 해당한다. 선행연구업적들을 정리함으로써 자신의 생각이나 관점이 이 문제에서 어떠한 의미를 차지할 수 있는지를 결정짓는 것이다. 그리고 학자는 그것을 바탕으로 하여 자신만의 관점을 세워나가거나 새로운 경지를 열어나가게 되는 것이다.

연구방법론이 각 연구자만의 독특한 시야를 제공한다면, 논문은 그러한 연구방법론을 도구로 하여 대상을 바라보고 연구한 결과를 글로 표현한 것이다. 그러므로 학문적인 연구는 '대상'을 정하고 그것을 특정의 '연구방법'을 통해 분석하고 연구한 결과물인 것이다. 그리고 이 연구 결과가 구체적인 논문의 형태로 표현되어 다른 사람들과 공유하게 될 때 그 학문 연구는 마무리된다. 그러므로 논문은 연구 과정에 포함되어 있는 중요한 단계 중의 하나인 것이다.

여기에 글쓰기 능력이 필요해진다. 연구자가 획기적인 연구 결과를 얻었어도, 그것을 다른 연구자들이나 사람들과 공유하지 아니하면 그 연구 결과는 의미를 잃을 수밖에 없다. 반드시 논문이나 여러 가지 다양한 방법으로 발표하고 공유할 때 그 결과를 온전히 인정받게 된다. 그 중에서도 논문은 가장 보편적이고 효과적으로 사용하는 방법이다. 그러므로 글을 쓰는 능력은 학문 영역 속에서도 필수적으로 요구되는 기본적인 능력인 것이다.

학문의 세계 속으로 이제 막 발을 들이기 시작한 학생들은 이러한 학문적인 글들을 읽고 쓰는 데 익숙해져야 한다. 이제까지 연구된 결과물들을 기록해 놓은 많은 논문이나 저서들을 읽어야 하고, 자신이 공부한 것들을 논리적인 글로 표현할 수 있어야 하는 것이다. 독서는 학문 세계가 이제까지 쌓아올린 다양한 지식들을 체계적으로 받아들일 수 있는 매우 중요한 도구가 될 수 있고, 글을 쓰는 능력은 자신의 사유나 연구의 결과물들을 효과적으로 전달할 수 있는 도구가 되는 것이다. 작문 수업은 그러므로 이러한 학문의 길을 효과적으로 걸어갈 수 있는 매우 중요한 도구를 습득하는 과정이 된다.

2장

한글맞춤법과 띄어쓰기

1. 맞춤법에 맞는 글쓰기의 필요성

사람들은 처음 만날 때 상대방이 자신에 대한 좋은 인상을 가지기를 은근히 바란다. 그래서 그 좋은 첫인상이 자신에 대한 호감으로 발전하여 지속적으로 좋은 관계가 맺어지기를 바라는 것이다. 글도 마찬가지이다. 맞춤법은 바로 그러한 첫인상에 작용하는 핵심적인 요소 중의 하나이다. 물론 글의 첫인상을 결정하는 요소에는 여러 가지가 있을 것이다. 삐뚤빼뚤한 필체로 된 난해한 글이라면 읽는 것부터 고역이 되어, 독자는 그 글을 읽기도 전에 기분이 나빠질 것이다. 옛날 사람들이 사람의 인상을 결정하는 중요한 요소로 "身言書判"을 내세웠던 이유가 여기에 있다. 이것은 인물평가의 기준으로 삼았던 것으로, 몸가짐, 말씨(언변), 글씨(필적), 판단(문리) 등을 일컫는 것이다. 여기에서 보면 외적으로 드러나는 글씨 자체도 중요한 요소가 될 정도였던 것이다.

주로 컴퓨터로 글을 쓰는 오늘날에는 글자 자체가 그리 중요하게 인식되지 않을 수도 있다. 대부분의 글들이 컴퓨터로부터 나온 깔끔한 활자들로 채워지기 때문이다. 컴퓨터 자판을 두드리는 것만으로도 누구에게나 깨끗하게 정돈된 글을 보여줄 수 있게 되었다. 그래도 대학에서는 아직까지도 여전히 손으로 쓰는 글쓰기는 상당히 중요한 의미를 지니고 있다. 과제물은 주로 컴퓨터로 작성할 수 있지만, 시험을 볼 경우에는 그것이 불가능하기 때문이다. 그만큼 깔끔하게 잘 정리된 글은 사람을 기분 좋게 만든다.

그런데 이러한 글자 자체의 문제와 함께 맞춤법에 맞는 글을 쓰는 것도 매우 중요하다. 글에서 맞춤법에 어긋나는 단어들이 있을 경우 그 단어는, 가지런하게 앉아 있는 무리들 속에서 벌떡 일어나 자기를 보아달라고 손까지 흔들며 강렬하게 외치는 덜떨어진 사람처럼, 두드러지게 튀어나와 독자의 독서를 방해하게 된다. 그 단어는 독자에게 좋지 않은 인상을 끼치고, 그래서 글의 내용을 차분하게 읽기도 전에 그 글 전체에 대한 좋지 않은 선입견을 가지게 만드는 것이다. 그러므로 자신이 쓴 글이 독자에게 좋은 인상을 주기 원한다면 맞춤법에 맞는 깔끔한 글을 써야 한다.

언어는 기본적으로 음운으로부터 출발한다. ㄱ, ㄴ, ㅏ, ㅓ 등과 같이 말의 가장 기본이 되는 단위가 바로 음운인데, 이 음운은 자음과 모음으로 나뉜다. 우리가 발음을 할 수 있는 기본적인 단위는 자음과 모음이 만나서 이루는 음절이다. 이러한 음절들이 모여서 단어를 만들고, 그 단어들이 모여서 구나 절을 만들며, 그것들이 모여서 하나의 문장이 된다. 이 문장들이 하나의 소주제를 중심으로 모이게 되면 그것을 문단 또는 단락이라고 부르고, 그러한 문단들을 적절한 구조 속에 배치하여 한 편의 글을 만들게 되는 것이다.

한글맞춤법은 우리말을 한글로 정확하게 적는 방법을 정해 놓은 언어 규정으로, 모든 사람들이 통일된 방식으로 한글을 적을 수 있게 만들어 놓은 것이다. 한글맞춤법 총칙 제1항은 "한글맞춤법은 표준어를 소리대로 적되, 어법에 맞도록 함을 원칙으로 한다."고 규정하고 있다. 즉 한글맞춤법은 '표준어' 를 사용하는 것을 원칙으로 하고, 그것을 '소리대로 적되, 어법에 맞도록' 적어야 한다고 규정하고 있는 것이다.

여기서 말하는 '어법'이란 우리말에서 언어를 조직하는 법칙을 말하는데, 어법에 맞게 적은 것은 뜻을 파악하기 쉽도록 각 형태소의 모양을 밝혀 적는 것을 말한다. 예를 들면 체언과 조사, 용언과 어미가 결합하여 표현되는 경우에는 각 형태소들을 구분해서 적는다는 말이다. '꽃'이라는 단어는 연결되는 단어나 형태소에 따라 '꼬츨, 꼳또, 꼰나무' 등과 같은 여러 가지 소리로 나타나게 되는데, 이를 소리대로 적어놓으면 실사인 "꽃"의 의미를 쉽고 정확하게 알아보기 어렵게 된다. 이런 경우 뜻을 담당하는 실사 '꽃'을 고정시켜 놓고 표기하면, "꽃을, 꽃도, 꽃나무" 등과 같이 쉽게 "꽃"과 결합된 말임을 알아볼 수 있게 되는 것이다.

이러한 맞춤법 규정은 말을 글로 옮겼을 때 쉽고 분명하게 의미를 전달하기 위해 사용하는 것이므로 어렵게 생각할 것이 아니라 익숙해져야 하는 것이다. 이 부분은 글쓰기를 배우는 많은 학생들이 어려워하는 부분이기도 하지만, 한글맞춤법 규정에 맞게 쓰기 위해 연습을 하다 보면 자연스럽게 익숙해지는 부분이기도 하다. 이를 위해서는 무엇보다 먼저 한글맞춤법을 정확하게 알고 있는 것이 필요한데, 쉽고 정확한 해설서를 옆에 두고 자주 찾아보는 것이 가장 빠르고 정확한 방법이라고 할 수 있다. 뿐만 아니라 좋은 국어사전을 항상 옆에 두는 것도 맞춤법에 익숙해지는 매우 유용한 방법이다. 글을 자주 쓰고 잘 쓰는 사람도 항상 국어사전을 옆에 두고 필요할 때마다 확인해 보는 습관을 가지고 있는 것처럼, 학생들도 언제나 의문이 생길 때마다 국어사전을 확인하는 습관을 들이는 것이 무엇보다 중요하다. 현재의 한글맞춤법이나 표준어규정 등과 관련해서는 국립국어원 홈페이지를 확인하면 보다 쉽고 정확하게 알 수 있다.

2. 한글맞춤법의 실제[1]

1) '소쩍새, 거꾸로, 어깨' 와 같은 된소리의 표기

㉠ 꾀꼬리, 부뚜막, 이따금, 가끔, 해쓱하다, 거꾸로

㉡ 뭉뚱그리다, 산뜻하다

㉢ 물씬, 담뿍, 함빡, 움찔, 훨씬

* 한 단어 안에서 뚜렷한 까닭 없이 나는 된소리는 다음 음절의 첫소리를 된소리로 적는다.

(참고) 'ㄱ, ㅂ' 받침 뒤에서는 된소리가 나도 된소리로 적지 않는다.
– 낙지, 국수, 깍두기, 갑자기, 국밥, 법석, 납작하다

2) '핑계' 와 '휴게실, 게시판' 의 표기

㉠ 혜택, 폐품, 계수나무, 계시다

㉡ 사례, 핑계

* '계, 례, 몌, 폐, 혜' 의 'ㅖ' 는 'ㅔ' 로 소리 나는 경우가 있더라도 'ㅖ' 로 적는다.

(참고) 다음 단어는 본음대로 적는다.
– 휴게실, 게시판, 게송

3) '주의, 의의' 등의 표기

㉠ 주의, 의의, 무늬, 하늬바람, 유희

㉡ 희망, 띄어쓰기, 씌어, 희다

* '의' 나, 자음을 첫소리로 가지고 있는 음절의 'ㅢ' 는 'ㅣ' 로 소리 나는

---

1) 이 자료는 국립국어원에서 게시한 한글맞춤법 규정과 표준어 규정을 주로 사용하였다.

경우가 있더라도 'ㅢ' 로 적는다.

4) '나열, 백분율' 등의 표기

㉠ 나열, 우열, 치열, 비열, 서열

㉡ 비율, 규율, 이율, 조율

㉢ 분열, 전열, 진열, 선열

㉣ 전율, 운율, 백분율, 선율

* 모음이나 'ㄴ' 받침 뒤의 '렬/률' 은 '열/율' 로 적는다.

(참고) 그 외의 것은 '렬/률' 로 적는다.
– 합격률, 성장률, 출석률, 명중률, 행렬, 작렬

5) 의존명사로 사용되는 '년(年), 리(理, 里), 냥' 등의 표기에는 두음법칙을 적용하지 않는다

㉠ 십 년 뒤에 일어날 사건을 미리 예측하다.

㉡ 그럴 리가 없다.

㉢ 길은 이제 삼십 리밖에 안 남았다.

㉣ 금 한 냥

6) '되' 와 '돼' 의 구분 : '돼' 는 '되어' 의 준말

㉠ 이제 가도 돼요(되어요).

㉡ 일이 잘 해결 됐다(되었다).

㉢ 일이 뜻대로 돼(되어) 간다.

㉣ 이렇게 만나게 돼(되어) 반갑다.

㉤ 장차 훌륭한 사람이 돼라(되어라).

㉥ 선생님을 뵀다(뵈었다).

ⓢ 이번에는 고향에서 설을 쇘다(쇠었다).

ⓞ 아이를 이쪽으로 뉘고(누이고),

ⓩ 대학생이 되고 나서,

7) 어미 '-오' 또는 '-요'의 표기

㉠ 이것은 책이오. 열심히 달리시오. (종결어미 '-오')

㉡ 이것은 책이요, 저것은 연필이요, 그것은 책상이다. (연결어미 '-이요')

㉢ 책을 읽어요. (어미 뒤에 덧붙이는 조사 '-요')

8) '늘어나다'와 '드러나다'의 표기

㉠ 늘어나다(늘다), 돌아가다(돌다), 들어가다(들다), 흩어지다(흩다)

㉡ 드러나다, 사라지다, 쓰러지다, 나타나다

* 두 개의 용언이 만나 한 단어가 될 때, 앞말의 본뜻이 유지되면 원형을 밝혀 적고, 본뜻에서 멀어진 경우에는 소리 나는 대로 적는다.

9) '살림살이, 얼음' 등의 표기

㉠ 길이, 배앓이, 더듬이, 하루살이, 미닫이 (명사)

㉡ 얼음, 묶음, 그을음, 졸음, 앎 (명사)

㉢ 같이, 굳이, 짓궂이, 실없이, 덧없이 (부사)

㉣ 밝히, 익히, 작히 (부사)

* 용언의 어간에 '-이'나 '-음/-ㅁ'이 붙어 품사가 바뀐 경우 원형을 밝혀 적는다.

(참고 1) '이', '음' 이외의 접미사가 붙은 경우에는 소리 나는 대로 적는다.
- 귀머거리, 너머, 쓰레기, 마중, 주검, 꾸중, 나머지 (명사)
- 비뚜로, 비로소, 자주, 차마 (부사)

(참고 2) 어간의 본뜻과 멀어진 경우에는 소리 나는 대로 적는다.
– 노름, 거름, 두루마리, 빈털터리, 목도리

10) '넘어' 와 '너머', '너무' 의 구분

㉠ 주인에게 들킨 도둑이 창문을 넘어 급히 도망갔다. (동사)

㉡ 산 너머 남촌에는 누가 사는지요. (명사)

㉢ 사람이 너무 많아서 움직일 수도 없다. (부사)

* '넘어' 는 동사 '넘다' 의 활용형이고, '너머' 는 명사로 바뀐 단어이다.

11) 명사 '오뚝이' 인가 '오뚜기' 인가 : '오뚝이' 가 맞음

㉠ 오뚝이, 꿀꿀이, 살살이, 배불뚝이, 홀쭉이

* '하다' 나 '거리다' 가 붙는 어근에 '이' 가 붙어 명사가 된 것은 원형을 밝혀 적는다.

(참고 1) '하다' 나 '거리다' 가 붙을 수 없는 어근에 '이' 가 붙는 경우
– 깍두기, 개구리, 귀뚜라미, 뻐꾸기, 꽹과리

(참고 2) '이' 이외의 모음으로 시작된 접미사가 붙은 경우
– 꼬락서니, 끄트머리, 싸라기, 이파리, 지붕, 지푸라기

12) 부사 '더욱이' 인가 '더우기' 인가 : '더욱이' 가 맞음

㉠ 더욱이, 곰곰이, 일찍이, 생긋이, 오뚝이, 반듯이(곧게)

㉡ 급히, 도저히, 딱히, 어렴풋이

* '하다' 가 붙는 어근에 '–이' 나 '–히' 가 붙어 부사가 되는 경우나, 부사에 '–이' 가 붙어 뜻을 더하는 부사가 되는 경우 원형을 밝혀 적는다.

(참고) '하다' 가 붙지 않는 경우에는 소리대로 적는다.
– 갑자기, 반드시(꼭), 슬며시

13) '찻집', '전셋집', '전세방' 등의 표기 : 사이시옷 규정

* 우리말에서 명사와 명사를 연결하여 합성명사가 될 때, 새로운 소리가 첨가되는 경우가 있다. 예를 들면 '뒤'와 '머리'를 합쳐서 '뒤머리'를 만들었더니 '뒨머리'로 'ㄴ'음이 새롭게 첨가되거나, '나무'에 '잎'을 합쳐 '나무잎'을 만들었더니 '나문닙'으로 'ㄴ ㄴ'음이 추가되는 경우가 그것이다. 또 '선지'에 '국'을 합쳐 '선지국'을 만들면 '선지꾹/선짇꾹'이라고 발음하게 되는데, 이는 뒷말의 첫소리가 된소리가 된 것이다. 이러한 합성명사 중 순우리말로 된 합성어나 순우리말과 한자어가 결합된 합성어에서 ① 뒷말의 첫소리가 된소리가 되거나, ② 뒷말의 첫소리 'ㄴ, ㅁ' 앞에서 'ㄴ' 소리가 덧나는 경우, 그리고 ③ 뒷말의 첫소리 모음 앞에서 'ㄴㄴ' 소리가 덧나는 경우에는 사이시옷을 붙여 적는다.

(1) 순우리말 + 순우리말

㉠ 나뭇가지, 나룻배, 머릿기름, 선짓국, 아랫집, 조갯살, 햇볕

㉡ 아랫마을, 뒷머리, 냇물, 빗물, 잇몸

㉢ 나뭇잎, 깻잎, 베갯잇, 허드렛일

(2) 순우리말 + 한자어, 한자어 + 순우리말

㉠ 귓병, 아랫방, 콧병, 탯줄, 텃세, 전셋집

㉡ 제삿날, 툇마루, 훗날

㉢ 가욋일, 예삿일,

(3) 다음 한자어에는 사이시옷을 붙인다.

– 곳간, 셋방, 숫자, 찻간, 툇간, 횟수

(참고) '한자어 + 한자어'로 이루어진 단어에는 사이시옷을 붙이지 않는다.
– 내과(內科), 전세방(傳貰房), 총무과(總務課), 초점(焦點), 화병(火病), 대가(代價)

14) '-장이' 와 '-쟁이' 의 쓰임

㉠ 미장이, 유기장이, 땜장이, 토기장이, 옹기장이

㉡ 담쟁이덩굴, 소금쟁이, 멋쟁이, 욕심쟁이

* 기술자나 장인을 지칭할 때는 '-장이' 를 쓰고, 그 외의 단어는 '-쟁이' 를 쓴다.

15) '으레' 인가 '으례' 인가 : '으레' 가 맞음

㉠ 케케묵은, 괴팍하다, 허우적거리다

㉡ 미루나무, 허우대, 여느

* 모음이 단순화한 형태를 표준어로 삼음

(참고) 강퍅하다

16) '바라다' 인가 '바래다' 인가 : '바라다' 가 표준어

㉠ 깍쟁이, 미숫가루, 상추(*상치)

㉡ 시러베아들, 주책, 허드렛일

㉢ 지루하다, 나무라다

* 모음의 발음 변화를 인정하여, 발음이 바뀌어 굳어진 형태를 표준어로 삼는다.

17) '웃-/윗-' 의 사용

(1) 윗- : '아래, 위' 의 대립이 있는 단어에서 사용함

- 윗니, 윗눈썹, 윗도리, 윗목, 윗입술

(2) 웃- : '아래, 위' 의 대립이 없는 단어에서 사용

- 웃어른, 웃돈, 웃옷

18) '소고기' 인가 '쇠고기' 인가 : 둘 다 맞음(복수의 표준어)

㉠ 네/예, 고까옷/꼬까옷

㉡ 꾀다/꼬이다, 쬐다/쪼이다, 죄다/조이다, 쐬다/쏘이다

㉢ 나부랭이/너부렁이, 구린내/쿠린내

㉣ 게슴츠레하다/거슴츠레하다, 꺼림하다/께름하다

19) '가엾은' 인가 '가여운' 인가 : 둘 다 맞음(복수의 표준어)

㉠ 가엾다/가엽다, 가엾어/가여워

㉡ 우레/천둥, 벌레/버러지, 넝쿨/덩굴/*덩쿨

㉢ 눈대중/눈어림/눈짐작, 가물/가뭄

㉣ 발모가지/발목쟁이, 심술꾸러기/심술쟁이

㉤ 언덕바지/언덕배기, 보통내기/여간내기/예사내기

㉥ 게을러빠지다/게을러터지다, 여쭈다/여쭙다

㉦ 추어올리다/추어주다/*추켜올리다

㉧ 곰곰/곰곰이, 들락날락/들랑날랑, 여태/입때/*여직

㉨ 멀찌감치/멀찌가니/멀찍이, 일찌감치/일찌거니, 제가끔/제각기

㉩ 좀처럼/좀체/*좀체로/*좀해선

20) '삐지다' 인가 '삐치다' 인가 : 둘 다 맞음(복수의 표준어)

㉠ 괴발개발/개발새발, 맨송맨송/맨숭맨숭/맹숭맹숭

㉡ 오순도순/오손도손, 휭허케/휭하니, 섬뜩/섬찟, 이키/이크

㉢ 먹을거리/먹거리, 자장면/짜장면, 손자/손주

㉣ 딴죽/딴지, 장난감/놀잇감, 마을/마실, 잎사귀/잎새

㉤ 메우다/메꾸다, 걸리적거리다/거치적거리다

㉥ 끼적거리다/끄적거리다, 치근거리다/추근거리다

ⓢ 두루뭉술하다/두리뭉실하다, 어수룩하다/어리숙하다

ⓞ 개개다/개기다, 허접스럽다/허접하다

ⓩ 예쁘다/이쁘다, 푸르다/푸르르다

21) '그러다/그렇다' 의 쓰임

㉠ 네가 자꾸 그러면 내보낼 수밖에 없다. : 그러다(← 그리하다)

㉡ 상황이 그렇다면 내가 이해를 해야지. : 그렇다(← 그러하다)

㉢ 그러고 나서(*그리고 나서) 우리는 집을 나섰다.

22) '가르치다', '가리키다', '가르키다' 의 구분

(1) 가르치다 : 교육하다

㉠ 학교에서는 다양한 지식을 가르친다.

㉡ 선생님께서 학생들에게 가르쳐 주는(*가리켜 주는) 지식

(2) 가리키다 : 손가락 따위로 지시하거나 알리다

– 시곗바늘이 정각 여섯시를 가리키고 있다. 방향을 가리키다.

* '가르키다' 는 잘못된 단어

23) '개발/계발' 의 구분

(1) 개발 : 개척하여 발전시킴(주로 물질적인 영역에 사용)

㉠ 경제개발 5개년 계획

㉡ 신물질을 개발하여 경제 발전에 이바지하다.

㉢ 신기술 개발로 어려운 국제 시장 상황을 극복해야 한다.

㉣ 저개발국, 개발도상국

(2) 계발 : 슬기와 재능, 사상 따위를 널리 일깨워 줌(주로 정신적인 영역에 사용)

㉠ 창의성을 계발하다.

㉡ 각자의 소질을 계발하다.

24) '안'과 '않'의 구분

(1) '안'은 부정 또는 반대의 의미를 가진 부사로 용언의 앞에 쓰이는 '아니'의 준말

㉠ 나는 안 간다.

㉡ 그 옷은 잘 안 맞았다.

㉢ 담배를 안 피우고 술을 안 마신다.

(2) '않'은 용언 '않다'의 어간

㉠ 나는 가지 않는다.

㉡ 그 옷은 잘 맞지 않았다.

㉢ 담배를 피우지 않고 술을 마시지 않는다.

25) '무'인가 '무우'인가 : '무'가 맞음

(1) 준말을 표준어로 인정한 경우

㉠ 귀찮다(*귀치 않다)

㉡ 똬리(*또아리)

(2) 준말과 본말을 모두 표준어로 인정한 경우

㉠ 노을/놀, 막대기/막대, 찌꺼기/찌끼

㉡ 서두르다/서둘다, 서투르다/서툴다, 머무르다/머물다, 외우다/외다

26) '낫다/낮다/낳다/나다'의 구분

(1) 낫다 : 나으니, 나아, 나은, 낫고, 나았다.

㉠ 병이 다 나았다. (*낳았다, *났다)

㉡ 여기가 더 나으니 (*낳으니) 그냥 여기 살자.

㉢ 먼 친척보다 가까운 이웃이 더 낫다. (*낫다)

(2) 낮다 : 낮으니, 낮아, 낮은, 낮고, 낮았다.

㉠ 문화 수준이 낮아서 불만이다.

㉡ 야트막하게 낮은 산이 가로막고 있다.

㉢ 질이 낮은 제품은 잘 팔리지도 않는다.

(3) 낳다 : 낳은, 낳아, 낳으니, 낳았다.

㉠ 아이를 낳은 (*나은) 산모는 힘들지만 행복해 했다.

㉡ 그 늙은 소는 힘겹게 새끼를 낳았다. (*나았다, *났다)

㉢ 그는 우리나라가 낳은 (*나은) 세계적인 학자이다.

(4) 나다 : 나고, 나니, 나, 난, 났다.

㉠ 그는 이 마을에서 나고 자란 사람이다.

㉡ 그가 난 곳을 아는 사람이 없다.

㉢ 스물다섯 살 난 청년

㉣ 봄이 되자 온 들에 싹이 났다.

27) '느리다/늘이다/늘리다' 의 구분

(1) 느리다

㉠ 걸음이 느리다.

㉡ 행동이 느리다.

(2) 늘이다

㉠ 고무줄을 늘이다. 길이를 늘이다.

㉡ 쇠도 잘 다루면 엿가락처럼 늘일 수 있다.

㉢ 옷고름을 길게 늘인 모습이 한복의 특징이다.

(3) 늘리다

㉠ 생산량을 늘리다.

㉡ 마당을 늘리다.

㉢ 수출량을 더 늘리다.

28) '다르다/틀리다'의 경우

(1) 다르다

㉠ 이론과 현실은 다르다.

㉡ 너와 나는 다르다.

㉢ 남자와 여자는 다르다.

㉣ 선생님, 제 생각은 다릅니다.

(2) 틀리다

㉤ 그 답은 틀렸다.

㉥ 이 수식은 계산이 틀렸다.

29) '-더라, -던'과 '-든지'의 구분

(1) '-더라', '-던' : 지난 일을 나타내는 어미

㉠ 작년 겨울은 몹시 춥더라.

㉡ 그렇게 덥던 여름이 가고 가을이 왔다.

㉢ 얼마나 놀랐던지 몰라.

(2) '-든지' : 가리지 않음을 나타내는 보조사 혹은 어미

㉠ 배든(지) 사과든(지) 많이만 먹어라.

㉡ 가든(지) 오든(지) 알아서 해라.

㉢ 얼마나 울었든(지) 이 일은 꼭 해라.

30) '벌이다'와 '벌리다'의 구분

(1) 벌이다

㉠ 일을 벌이다.

㉡ 놀이판을 벌이다.

㉢ 그는 이번에 사업을 벌였다.

(2) 벌리다

㉠ 입을 크게 벌리고 웃는다.

㉡ 자루의 입구를 크게 벌리다.

㉢ 틈을 좀 더 크게 벌리면 되겠다.

31) '-군/꾼', '-갈/깔', '-대기/때기', '-굼치/꿈치', '-배기/빼기', '-적다/쩍다' 등의 접미사는 된소리로 적는다

㉠ 심부름꾼, 일꾼, 나무꾼, 사기꾼, 장난꾼

㉡ 때깔, 성깔, 맛깔, 빛깔

㉢ 거적때기, 귀때기, 볼때기, 판자때기

㉣ 뒤꿈치, 팔꿈치

㉤ 코빼기, 이마빼기, 대갈빼기, 고들빼기

㉥ 객쩍다, 겸연쩍다

32) '부치다'와 '붙이다'의 구분

(1) 의미상 '붙다'와 연관성이 남아 있는 경우

㉠ 우표를 붙이다.

㉡ 흥정을 붙이다.

㉢ 불꽃을 붙이다.

㉣ 취미를 붙이다.

㉤ 조건을 붙이다.

㉥ 별명을 붙이다.

(2) 의미상 '붙다' 와의 연관성이 약한 경우

㉠ 힘이 부치다.

㉡ 편지를 부치다.

㉢ 논밭을 부치다.

㉣ 빈대떡을 부치다.

㉤ 식목일에 부치는 글.

㉥ 안건을 회의에 부치다.

33) '빌다/빌리다' 의 구분

(1) 빌다(乞, 祝) : '구걸하다', '소원하고 기도하다', '용서해 달라고 호소하다' 와 같은 경우에 사용함

㉠ 그는 몇 년째 떠돌면서 밥을 빌어먹고 다닌다.

㉡ 당신의 행복을 빕니다.

㉢ 하나님 앞에서 그 사람들을 위해 복을 빌다.

㉣ 용서해 달라고 간절히 빌다.

(2) 빌리다(借, 貸) : '임대하다', '남의 도움을 받다', '일정한 형식이나 글 따위를 따르다' 등의 경우에 사용함

㉠ 이번에는 은행에서 돈을 빌려 이 문제를 해결하기로 했다.

㉡ 도서관에서 책을 빌려 과제를 해결했다.

㉢ 칼빈의 말을 빌리자면,

㉣ 이 자리를 빌려 축하의 인사를 드립니다.

34) '내가 갈게' 인가 '내가 갈께' 인가 : '내가 갈게' 가 맞음

(1) 된소리로 나는 어미 중 의문을 나타내는 다음 어미들은 된소리로 표기한다.

㉠ 이제 어떻게 할까?

㉡ 누가 갈꼬?

㉢ 그 일을 누가 합니까?

㉣ 누가 할쏘냐?

㉤ 그러면 내가 하리까?

(2) 그 외의 경우에는 된소리로 표기하지 아니한다.

㉠ 내가 할게요.

㉡ 혹시나 다칠세라

㉢ 갈수록 태산이다.

㉣ 누가 올지 모른다.

35) '있음' 인가 '있슴' 인가 : '있음' 이 맞음

㉠ 전방 100미터부터 길 없음

㉡ 전세방 있음

* '있음' 은 '있다' 에 명사형 어미 '–음' 이 붙은 단어이다.

36) '–로서' 와 '–로써' 의 구분

(1) '–로서' : (자격) 자격이나 지위, 신분의 뜻을 나타내는 부사격 조사

㉠ 학생으로서 어떻게 그런 말을 할 수 있니.

㉡ 부모로서 너에게 한 마디 하겠다.

㉢ 그녀는 팀장으로서 팀원들을 잘 이끌었다.

(2) '–로써' : (수단) '~을 가지고' 의 뜻을 나타내는 부사격 조사. '써' 는 생략 가능.

㉠ 닭으로(써) 꿩을 대신했다.

㉡ 진정한 사랑으로(써) 하나가 되었다.

㉢ 잔재주로(써) 어려움을 벗어나다.

㉣ 눈물로(써) 호소하였다.

37) 틀리기 쉬운 단어들

(1) '몇일' 인가 '며칠' 인가 : '며칠' 이 맞음

(2) '짜집기' 인가 '짜깁기' 인가 : '짜깁기' 가 맞음

(3) '삼가하다' 인가 '삼가다' 인가 : '삼가다' 가 맞음

(4) '내노라하는 사람들' 인가 '내로라하는 사람들' 인가 : '내로라하는' 이 맞음

38) '드러나다' 인가 '들어나다' 인가 : '드러나다' 가 맞음

(1) 드러나다

㉠ 이번 일로 그 사람의 시커먼 속내가 드러났다.

㉡ 안개에 가려졌던 경치가 환하게 드러났다.

㉢ 그의 얼굴에 기쁜 빛이 드러났다.

(2) 들어내다

㉠ 옷장을 들어내고 그 자리에 책상을 놓았다

㉡ 그 사람을 들어내고 다른 이를 앉혔다.

39) '어떡해' 와 '어떻게' 의 구분

(1) '어떡해' 는 '어떻게 해' 의 준말

㉠ 모두 떠나버려서 <u>어떡해</u>.

㉡ 이제 나 <u>어떡해</u>.

(2) '어떻게' 는 '어떻다' 에 어미가 붙은 말

㉠ 이제 그가 어떻게 나올지 모르겠다.

㉡ 이 일을 어떻게 처리하지?

40) 구분해서 사용해야 할 어휘들

(1) 놀음/노름

㉠ 즐거운 놀음(노는 것)

㉡ 노름판이 벌어졌다.(도박)

(2) 달이다/다리다

㉠ 약을 달이다.

㉡ 옷을 다리다.

(3) 절이다/저리다

㉠ 배추를 절이다.

㉡ 다리가 저리다.

(4) 조리다/졸이다

㉠ 생선을 조리다.

㉡ 마음을 졸이다.

(5) 왠지/웬

㉠ 왠지 모르게 오늘은 영화가 보고 싶다.('왜인지'의 준말)

㉡ 웬 노인이 찾아왔다. 웬 일로 왔니?('어떤'의 의미를 지닌 관형사)

(6) 쌓다/싸다

㉠ 구석에 상자들이 쌓여 있다.

㉡ 물건을 산더미처럼 쌓아놓고 팔고 있다.

㉢ 이 책들은 얌전하게 보자기에 싸여 있다.

㉢ 아이들을 주려고 과자를 보자기에 잘 싸놓았다.

(7) 썩이다/썩히다 : '속을 썩이다'에서만 '썩이다'를 씀

㉠ 그녀는 아들 때문이 속을 썩이고 있다.

㉡ 네 능력을 이제는 그만 썩히고 열심히 살아 보자.

㉢ 풀을 잘 썩히면 좋은 거름이 된다.

3. 띄어쓰기의 실제

글쓰기 강의를 하다 보면 생각보다 많은 학생들이 띄어쓰기가 어렵다고 하소연한다. 이는 우리말의 띄어쓰기 규정 자체가 어려워서라기보다는 글을 많이 써보지 않아서 익숙하지 않기 때문에 느끼는 어려움이 아닐까 한다. 사실 한글맞춤법 규정 총칙에 보면 띄어쓰기의 원칙을 "문장의 각 단어는 띄어 씀을 원칙으로 한다.(제2항)"고 규정하고 있으며, "조사는 그 앞말에 붙여 쓴다.(제41항)"거나 "의존명사는 띄어 쓴다.(제42항)"와 같은 세부 규정들이 있다. 이를 통해 조사, 의존명사, 보조용언, 고유명사의 경우에는 어떻게 해야 할지를 상세히 설명하고 있다. 문제는 그 규정을 구체적으로 적용하는 것에 익숙하지 않다는 점이다. 그러므로 이것 또한 글쓰기를 연습하는 과정에서는 의심이 날 때마다 사전을 찾아보거나 구체적인 사례들을 살펴서 익숙해져야 할 문제이다. 여기서는 띄어쓰기에서 틀리기 쉬운 실례들을 중심으로 살펴보자.

1) '서울에서처럼', '좋습니다마는'의 띄어쓰기

＊ 조사는 앞말에 붙여 쓰는데, 둘 이상의 조사가 겹치거나 어미의 뒤에 조사가 붙을 때에도 조사는 앞말에 붙여 쓴다.

(1) 여러 개의 조사가 겹친 경우

㉠ 서울에서처럼

㉡ 꽃으로부터

㉢ 집에서만이라도

(2) 조사가 어미 뒤에 붙은 경우

㉠ 들어가기는커녕

㉡ 나가면서까지도

㉢ 헤어지고부터

㉣ 좋습니다마는

ⓜ "알았다"라고

ⓑ 웃고만 있다.

2) '아는 만큼'과 '책만큼'의 띄어쓰기

(1) 용언의 관형사형 뒤에 사용되는 의존명사는 반드시 띄어 쓴다.

㉠ 아는 것이 힘이다.

㉡ 나도 할 수 있다.

㉢ 먹을 만큼 먹어라.

㉣ 아는 이를 만났다.

㉤ 네가 뜻한 바를 알겠다.

㉥ 그가 떠난 지가 오래다.

㉦ 갈 수 있을 뿐이다.

㉧ 바른 대로 대라.

(2) 체언 뒤에서 조사로 쓰이는 경우 앞말에 붙여 쓴다.

㉠ 인생에서 <u>책만큼</u> 좋은 친구가 없다.

㉡ 먹을 것은 말라빠진 <u>빵뿐</u>이었다.

㉢ 그는 <u>약속대로</u> 다시 돌아왔다.

㉣ 이제 그는 돌아갈 <u>수밖에</u> 없다.

3) '등', '및'의 띄어쓰기

* 두 말을 이어주거나 열거할 때 다음 말들은 띄어 쓴다.

㉠ 책상, 걸상 등이 있다.

㉡ 사과, 배, 귤 등등

㉢ 부산, 광주 등지

㉣ 이사장 및 이사들, 국장 겸 과장, 열 내지 스물, 청군 대 백군 등

4) 숫자는 만 단위로 띄어 쓴다

㉠ 구십오억 이천칠백오십육만 삼천오백삼십칠(9,527,563,537)

㉡ 그 책은 백만 권이나 팔렸다.

㉢ 스물다섯 살에 느끼는 인생의 즐거움 (*스물 다섯 살)

5) '소 한마리' 인가 '소 한 마리' 인가 : '소 한 마리' 가 맞음

(1) 단위를 나타내는 명사는 띄어 쓴다.

한 개, 차 한 대, 옷 한 벌, 집 한 채

신 두 켤레, 스물두 살, 풀 한 포기

(2) 순서를 나타내거나 숫자와 함께 쓸 때는 붙여 쓸 수 있다.

㉠ 두 시/두시, 일 학년/일학년, 이십칠 대/이십칠대

㉡ 150 원/150원, 65 그램/65그램, 34 번지/34번지

6) '안 되다' 인가 '안되다' 인가, '못 되다' 인가 '못되다' 인가

(1) 부정의 의미가 살아 있을 경우에는 띄어 쓴다.

㉠ 일이 제대로 안 되었다.

㉡ 시간이 아직 안 되었다.

㉢ 아직 한 시간도 채 못 되었다.

㉣ 아파서 숙제를 못 했다.(아예 하지 못 하다)

(2) 의미가 달라진 경우에는 붙여 쓴다.

㉠ 강아지가 아파하는 모습이 참 안되어 보인다.(불쌍하다)

㉡ 탈락해서 참 안됐다.(안타깝다)

㉢ 심보가 못되다. 못된 친구 (나쁘다)

㉣ 숙제를 못하다. (잘하지 못 하다)

㉤ 동생보다 못하다.

7) '적어 놓다' 인가 '적어놓다' 인가, '아는 척하다' 인가 '아는척하다' 인가

(1) 보조용언은 띄어 쓰는 것이 원칙이지만 붙여 씀도 허용한다.

적어 놓다/적어놓다, 도와 주다/도와주다

꺼져 가다/꺼져가다, 막아 내다/막아내다

깨뜨려 버리다/깨뜨려버리다

읽어 드리다/읽어드리다

(2) (의존명사+하다, 싶다)의 경우도 앞말에 붙여 쓸 수 있다.

비가 올 듯하다/올듯하다, 할 만하다/할만하다

아는 척하다/아는척하다, 될 법하다/될법하다

학자인 양하다/학사인양하다, 모르는 체하다/모르는체하다

(3) '-어지다', '-어하다' 의 경우는 반드시 붙여 쓴다.

㉠ 예뻐지다, 좋아지다, 만들어지다, 구워지다

㉡ 슬퍼하다, 즐거워하다, 사랑스러워하다, 애통해하다

(4) 앞말에 조사가 붙거나 앞말이 합성동사인 경우, 중간에 조사가 들어가는 경우에는 띄어 쓴다.

㉠ 잘도 놀아만 나는구나. 책을 읽어도 보고

㉡ 떠내려가 버렸다. 덤벼들어 보아라.

㉢ 올 듯도 하다. 잘난 체를 한다.

8) '이, 그, 저, 아무, 여러' 와 의존명사의 결합 : 다음의 예 외에는 띄어 쓴다

㉠ 이것, 그것, 저것 / 이분, 그분, 저분 / 이이, 그이, 저이

㉡ 이자, 그자, 저자 / 이년, 그년, 저년 / 이놈, 그놈, 저놈

㉢ 이쪽, 그쪽, 저쪽 / 이편, 그편, 저편 / 이곳, 그곳, 저곳

㉣ 이때, 그때, 저때 / 이번, 저번 / 그동안, 그사이

㉤ 아무것, 아무데 / 어느새

(참고) 그 외에는 띄어 쓴다.

㉠ 이 책, 이 집, 저 나무, 그 편지

㉡ 아무 느낌도 없다.

㉢ 어느 구석에서 이 물건을 발견했지?

9) **'내, 외, 초, 말' 등의 띄어쓰기 : 앞말과 띄어 쓴다**

㉠ 이 집단 내에서, 이 구역 내에서

㉡ 예상 외 선전, 학문 외의 활동, 이 계획 외에도

㉢ 학기 초에 해야 할 일, 21세기 초의 대한민국, 10월 초

㉣ 학기 말에 해야 할 일, 19세기 말에 일어난 일, 고려 말 조선 초

(참고) 학기말 시험, 학년말 고사 : '학기말', '학년말' 등과 같은 단어처럼 한 단어로 굳어진 경우에는 붙여 쓴다.

3장

정확한 문장

1. 정확한 문장 쓰기의 필요성

정확한 문장은 정확한 글쓰기의 기본적인 요소이다. 여기서 말하는 정확한 문장이란 필요한 자리에 정확한 어휘를 사용하는 것에서부터, 문법적으로 정확한 표현을 구사하는 것까지 모두 포괄하는 표현이다. 학생들은 정확한 문법적 표현을 그리 중하게 생각하지 않는 것을 종종 본다. 특히 오늘날처럼 인터넷을 통한 글쓰기가 일상화된 상황에서 문법에 맞는 정확한 글쓰기에 대한 의식이 점점 흐려지는 것을 본다. 아예 단어 자체부터 잘못된 것을 쓰기도 하고, 문법적으로 잘못된 글을 쓰는 경우도 자주 보는 것이다. 심지어 문법적인 틀을 깬 표현을 오히려 더욱 환영하는 기이한 현상을 만나기도 한다.

그러나 좋은 글쓰기를 위해서는 이러한 현상을 분명히 극복해야 할 필요가 있다. 문법에 따른 정확한 글쓰기는 글을 읽는 독자에게 다가가는 느낌이 확연하게 다르다. 깨끗하게 정리되고 잘 닦여진 공간으로 독자를 초대하느냐 아니면 어수선하고 정리되지 않은 공간으로 독자를 끌어들여 혼란스럽게 만드느냐 하는 문제는 바로 이러한 문법을 지키느냐 아니냐에 의해 결정되는 것이다.

정확하고 깔끔한 글쓰기를 연습하는 방법은 문법적인 규정들을 정확하게 아는 것만으로는 불가능하다. 문법 이론을 배우는 것보다 더 필요한 것은, 실제적인 문장들을 통해 틀리기 쉬운 표현들을 하나하나 고쳐나가는 것이다. 그래야 자신도 모르게 잘 틀리는 것들을 교정할 수 있다. 묘하게도 사람들은 자신이 익숙하게 잘 쓰고 있는 표현들은 문법적으로도 옳다고 생각하는 경향이 강하다. 특히 자신이 항상 쓰는 모국어의 표현일수록 이러한 맹신은 더욱 강하다. 그러나 글을 많이 읽고 쓰는 사람들의 눈에는 잘못 쓴 문장들이 지닌 문제점들이 쉽게 드러난다. 그렇게 되면 그 글이 주는 감동은 반감될 수밖에 없는 것이다.

글쓰기를 연습하는 학생에게 꼭 필요한 것은 구체적인 표현들을 하나하나 고쳐나가는 과정이며, 정확한 문법적 표현을 알고 그것에 비추어 자신의 글쓰기 버릇을 돌아보는 일이다. 그리고 깔끔하고 정확하며 효과적으로 자신의 생각을 전달하는 글을 많이 읽는 것은 '좋은 글'의 기준을 높일 수 있는 매우 유용한 방법이다. 그러므로 독서는 새로운 정보를 얻거나 생각을 깊이 있게 만드는 것뿐만 아니라, 문장이나 글쓰기 능력을 향상시키는 데도 매우 중요한 역할을 한다. 자신의 글을 많이 써보는 것도 글쓰기 능력을 향상시키는 매우 좋은 방법이다. 이러한 훈련을 통해 글 쓰는 능력이 향상되면, 글을 잘 쓰게 될 뿐만 아니라 쉽게 쓸 수 있게 되기도 한다. 그리고 나중에는 자신의 글뿐만 아니라 다른 사람들의 글도 효과적으로 교정해 줄 수 있는 능력이 생기게 되는 것이다.

한글맞춤법이 단어 차원에서 적용되는 어문 규정이라면, 이제는 단어들을 결합하여 표현하는 문장 단위에 대한 연습이 필요하다. 문장을 잘 쓰는 것은 좋은 글쓰기의 기본이라고 할 수 있다. 그러므로 이러한 능력을 습득하기 위해 문장을 쓰는 과정에서뿐만 아니라 글을 읽는 과정에서도 끊임없이 다음과 같은 질문을 던져보는 것이 도움이 될 것이다.

① 정확한 어휘가 사용되고 있는가.

② 주어와 서술어는 제대로 연결되어 있는가.

③ 각 문장성분들은 적절하게 사용되었는가.

④ 수식어와 피수식어는 제대로 결합되어 있는가.

⑤ 우리말다운 문장인가.

글을 쓰거나 퇴고할 때 반드시 고려해야 하는 사항 중의 하나는 정확한 문장의 '유일한 정답' 은 존재하지 않는다는 점이다. 문장을 쓰는 방법은 사람에 따라 너무도 다양하기 때문에 어떤 하나의 표현이 유일한 정답이 되는 경우는 없다. 문법적으로 문제가 없고 전달하고자 하는 의미가 명확하게 전달되기만 한다면, 좋은 글의 구조나 문체는 다양할 수 있는 것이다.

글쓰기를 연습하는 학생들이 문장을 연습하는 과정에서 익숙해져야 하는 것은 그러므로 정답 찾기가 아니라, 얼마나 정확하고 효과적으로 자신의 생각을 전달할 수 있느냐 하는 점이다. 문법적으로 어긋남이 없이 정확하고 깔끔하게 문장을 쓰는 연습을 하여 자기만의 문체를 만들어 나가야 하는 이유도 여기에 있다. 여기서는 좋은 문장을 쓸 때 고려해야 할 필요가 있는 요소들을 중심으로 문장을 검토해 봄으로써 문장을 보는 눈을 향상시켜보고자 한다.

2. 어휘 사용에서 주의할 점

1) 의미와 어감까지 고려한 어휘의 사용

우리가 문장을 쓰는 과정에서 먼저 부딪히는 문제는 정확한 어휘를 얼마나 적절한 자리에서 사용하느냐 하는 문제이다. 어휘를 잘못 사용하면 그만큼 표현의 맛이 반감되기도 하고, 전달하고자 하는 의미마저 달라져 버리기도 한다. 그러므로 정확한 자리에 정확한 어휘를 사용하는 것은 알맞은 문장 쓰기의 출발점이 된다. 몇 가지 실례들을 살펴보자.

① 그 학파는 자신들이 합리주의의 계보를 가장 잘 잇고 있는 전통파라고 주장한다.

이 문장에서 '전통파'는 '정통파'를 잘못 사용한 표현이다. '전통'은 역사적으로 이어져 내려오는 사상이나 관습을 의미하고, '정통'은 바른 계통이나 혈통을 의미한다. '전통'에는 이어져 내려오는 것이 중요한 요소라면, '정통'은 바르다는 의미가 중요하다. 이 문장에서는 올바른 계통 혹은 정당한 학설을 잇는 학파라는 의미가 강하므로 '전통파'가 아니라 '정통파'라는 단어를 써야 한다. 이 두 단어는 각각 '역사와 전통을 자랑하다', '정통성을 인정하다' 등의 방식으로 사용한다.

②-1 "주님, 저희가 당신의 십자가 은혜로 구원의 기쁨을 누리게 됨을 감사합니다."

②-2 "이번 체육대회에서 저희 학과는 결승전에 진출하게 되었습니다."

우리말에는 높임법이 발달해 있는데, 그것을 잘못 사용하면 어색한 표현이 되는 경우가 많이 생긴다. 예문 ②-1에서처럼 기도할 때 '당신'이라는 인칭대명사를 쓰면 문제가 된다. 대화를 하고 있는 상대방에게 사용된 '당신'은 극존칭이 아니라 '하오'체 정도의 예사 높임 표현이다. 기도는 하나님과 우리 사이의 대화 관계이므로, 이 상황에서 하나님을 지칭하는 단어로 '당신'을 사용하는 것은 잘못이다.

'우리'의 낮춤말인 '저희'를 과도하게 사용해서 어색해지는 경우도 자주 본다. 예문 ②-2가 다른 학과의 선배들에게 한 말이라면 아무 문제가 없겠지만, 같은 학과 선배들에게 한 말이라면 상당히 심각한 문제가 생긴다. '저희'라는 말은 화자가 자신을 낮추어 청자를 높이는 방법인데, 이 표현의 이면에는 화자와 청자가 속한 집단이 다르다는 전제가 깔려 있다. 그렇다면 이 말은 자신이 의도하지는 않았지만, "선배님, 당신은 우리 학과의 학생이 아닙니다."라는 말을 하고 있는 것이다. 여기에서는 '우리 학과'가 되어야 정상적인 표현이 된다.

③ 한국이나 일본, 중국 같은 동아시아의 민족들은 유구한 역사를 자랑한다.

이 예문은 사용한 단어의 범주 때문에 문제가 생겼다. 여기서 거론한 한국이나 일본, 중국은 현존하는 국가의 명칭이지 민족의 명칭이 아니다. 중국만 해도 여러 민족들이 함께 모여 국가를 이루고 있다. 그러므로 용어를 사용할 때 그것이 내포하고 있는 범주나 수준을 정확하게 알고 사용하는 것이 필요하다. 여기서는 '민족' 대신 '국가'란 단어를 사용하여야 한다.

④ 새벽예배를 보고 난 다음에 기숙사로 돌아와 그만 다시 잠이 들어 버렸다.

아무 생각 없이 쓰는 말 중의 하나가 '예배보다'는 말이다. 그런데 '보다'라는 말을 의미상으로 보는 자로서의 주체와 보이는 대상으로서의 객체를 구분하는 단어이다. 그러므로 '예배보다'라는 말은 주체로서의 '나'가 대상으로서의 객체인 '예배'를 보는 표현이 된다. 이때 문제는 '예배보다'는 말이, 하나님을 '보고' 그 하나님께 '예배하는' 것이 아니라, '예배'라는 현상 자체를 보는 묘한 행위로 바뀌어 버리는 것이다. 그러므로 여기서는 '예배보다'가 아니라 '예배하다'나 '예배드리다' 정도가 적당한 표현이다.

각 문맥과 상황에 적합한 단어를 정확하게 쓰는 것은 문장 표현에 있어서 상당히 중요한 의미를 지닌다. 그러므로 많은 단어들이 가지고 있는 이러한 문법적이거나 의미론적인 결합 방식에 익숙해지는 것이 반드시 필요하다. 비슷한 의미를 지니고 있는 유의어들 사이에서도 단어들 사이의 차이를 정확하게 이해해야 적절한 자리에 적절한 단어를 효과적으로 사용하여 좋은 글을 쓸 수 있게 되는 것이다.

비슷한 의미를 지니고 있어서 자칫 잘못 혼용되는 예로 '서식하다/자생하다'와 같은 단어가 있다. '지카 바이러스는 브라질 등 열대지방에서 자생하는 숲모기에 의해 전염된다.'는 문장에서 사용된 '자생하다'는 단어는 원래 '식물이 저절로 나서 자라다'라는 의미를 지니고 있다. 그러므로 식물에 대한 서술어인 이 단어는 '숲모기'라는 동물에 대한 서술어로는 적합하지 않으므로, 여기에는 이 단어 대신 '동물이 깃들여 살다'는 의미를 지닌 '서식하다'를 쓰는 것이 적절하다.

이와 함께 단어의 사용에서 주의해야 할 사항 중의 하나는, 어휘들이 내포하고 있는 감정적이고 정서적인 가치판단을 고려해야 한다는 점이다. 일상생활 속에서 사용되는 많은 단어들은 가치중립적으로 사용되는 것이 아니라, 화자의 감정이나 정서적인 판단의 결과를 담고 있는 경우가 많다. 단어를 사용할 때 전체의 문맥도 고려해야 하지만, 그 단어가 긍정적인 함의를 가진 단어인지 부정적인 함의를 가진 단어인지 구분하여 정확하게 사용하는 것도 필요한 것이다. 이러한 단어의 어감을 적절히 고려하면 보다 명확한 표현을 얻을 수 있다.

⑤ 그는 그때의 잘못된 선택 <u>덕분에</u> 이렇게 힘들어졌다고 후회했다.

이 문장에서 사용된 '덕분'이라는 단어는 긍정적의 어감을 지닌 단어인데, 부정적인 감정을 표현하는 문맥에서 잘못 사용되고 있어서 문제가 된다. 화자는 이렇게 힘들어진 이유가 그때의 잘못된 선택 때문이라고 말하고 있다. 즉 그 선택을 부정적으로 보고 있는 것이다. 그렇다면 이 자리에는 긍정적 감정을 내포하는 '덕분'이라는 단어가 아니라, 부정적 어감을 지닌 '탓' 정도의 단어가 사용되어야 좋은 표현이 된다.

단어에는 이러한 어감이 작동하는 경우가 많다. 뿐만 아니라 판단의 기준으로 작동하는 여러 가지 요소들을 포함하고 있는 경우도 있다. '너무(過)'와 '아주(最)' 사이의 대비도 이와 유사하다. '아주'가 긍정적인 어감을 내포하고 있다면 '너무'는 지나치게 많다는 의미를 내포하고 있는 부정적인 단어이다. 그런데 이러한 어감이 시대를 넘어서 항상 고정화되어 있는 것이라고 보기는 어렵다. 언중의 언어 습관의 변화에 따라 어감도 조금씩 변해가는 것을 볼 수 있는데, '너무'의 경우에도 '너무 좋다'는 표현처럼 긍정적인 느낌을 강조하여 표현할 때 사용되기도 한다.

⑥ 올해는 국제상황이 나빠져서 회사의 수출량이 두 배 이상으로 줄었다.

일상적으로 곱을 표현하는 과정에서 자주 실수하는 것 중의 하나가 이 문장에 나타나 있다. 원래의 기준점보다 늘거나 줄 때 이러한 표현을 자주 사용하는데, 그것을 표현하는 방식이 잘못된 경우를 가끔 보게 되는 것이다. 양이 늘어난 경우의 표현은 그리 큰 문제가 되지 않는다. '두 배로 늘었다', '세 배로 늘었다', '열 배나 된다', '곱절이 늘었다' 등의 표현을 사용하는 것에는 일반적으로 익숙하다. 사람들이 범하는 실수 중의 하나는 기준량보다 줄어버렸을 때, 많은 사람들이 이를 '두 배로 줄었다'라고 잘못 표현하는 것이다. '두 배', '세 배', '곱절' 등의 단어는 기준량보다 늘어난 것을 표현하는 단어이므로, 이 경우에는 '(절)반으로 줄었다'고 표현하는 것이 정확하다.

⑦ 그는 우리 팀이 승리하는데 없어서는 안 될 필요 불가결한 선수이다.

문장 속에서 사용되는 단어들이 잘못 사용되는 방식에는 이 문장과 같이 동일한 의미를 지닌 단어를 반복적으로 사용하여 의미상의 중복이 일어나는 경우도 있다. 이 문장에서 보는 바와 같이 '없어서는 안 될'과 '필요 불가결한'은 의미상 동일한 말이다. 이 문장에서 화자가 반복을 통해 의미를 강조하고 있는 것도 아니다. 이러한 중복 표현은 습관적으로 이루어진 것이라고 하겠다. 이 문장을 깔끔한 문장으로 바꾸는 방법은 이 두 가지 중 한 가지만 선택하는 것이다.

일상의 언어 습관 중에서 이처럼 중복된 표현을 쓰는 경우는 주로 순우리말과 한자어 혹은 외래어가 겹쳐지는 경우에 자주 일어난다. '해변가'와 같은 단어에서 '변(邊)'은 '가장자리'를 뜻하는 '가'의 의미를 지니고 있는 한자어임에도 불구하고 우리는 거기에 '가'라는 순우리말 단어를 추가하여 표현한다. 한자어와 순우리말의 이러한 중복은 쉽게 발견된다. '좋은 호평', '같은 동포'나 '더러운 누명', '새로 입학한 신입생', '뇌리 속에', '작품을 출품하다', '앞으로 전진하다' 등과 같은 표현에서도 이를 확인할 수 있다. 좋은 문장을 쓰기 위해서는 이러한 중복 표현도 가능하면 사용하지 않는 것이 좋다.

⑧ 최근 우리 사회의 강력범죄가 점점 늘어나고 잔인해지는 추세인 바, 그 원인을 밝히는 것이 쉽지 않다.

문장에서 어휘를 사용할 때 주의해야 할 사항 중의 하나는 무의식 중에 사용하는 지시대명사나 각종 지시어들이다. 이 예문에 사용된 '그'는 지시 관형사로, 앞에 나온 말을 가리키는 용어이다. 이 문장에서 '그'가 지시하는 대상을 정확하게 확정하기가 쉽지 않다. 문맥상으로 볼 때 '그'가 '강력범죄'를 지칭해서, 이 문장의 의미는 강력범죄의 원인을 밝히는 것이 어렵다는 의미가 될 수 있다. 그리고 다른 관점으로 보면 '그'가 '늘어나고 잔인해지는 추세'를 지칭하여, 늘어나고 잔인해지는 추세의 원인을 밝히기 어렵다는 말일 수도 있는 표현이다. 좋은 글을 위해서는 이러한 지시어의 대상을 정확하게 표현하는 것이 좋다.

⑨ 모두들 고생하셨습니다. 수고한 직원들에게도 심심찮은 격려와 위로를 부탁드립니다.

⑩ 오늘 시내에 나갔다가 우연찮게도 영희를 만나서 즐겁게 이야기를 나누었다.

⑪ 그 사람은 이번에 대인배다운 행동을 보여주었다.

문장 ⑨에서 문제가 되는 것은 '심심찮은'이다. '심심'이라는 말은 주로 '심심한'의 꼴로 사용되는데, '매우 깊고 간절함'이라는 의미를 지닌 단어이다. 그런데 여기에서는 '심심찮은' 즉 '심심하지 않은'으로 사용됨으로써 부정의 의미를 지닌 표현이 되고 말았다. 수고한 직원들에게 '심심찮은 격려와 위로'를 부탁드린다는 것은, 피상적이고 마음이 담기지 않은 격려와 위로를 해 달라는 부탁이 되어 버린 것이다. 그러므로 여기서는 '심심한'으로 고쳐야 한다. ⑩의 경우도 이와 유사하다. 이 문장에서 '우연찮게도'는 '우연하지 않게도'의 준말로, 그 말을 글자 그대로 해석하면 필연적으로 만날 수밖에 없도록 '의도해서' 혹은 '약속을 정해서'라는 의미가 된다. 그러므로 이 단어를 '우연히'라는 긍정적 표현으로 바꾸어야 문맥상 정확한 표현이 된다.

단어 사용에 있어서 이러한 문제는 각 단어들이 가진 정확한 의미와 그 쓰임에 대한 바른 이해를 하지 못해서 발생한 문제라고 할 수 있다. ⑪의 경우도 비슷하다. 이 문장에서 문제가 되는 것은 '대인배'이다. 여기서 접미사로 활용된 '-배'는 '그런 사람'을 뜻하는 말로, 주로 '소인배', '모리배' 등에서처럼 부정적인 대상을 지칭하는 데 사용되어온 말이다. 그런데 요즈음 '소인배'에 대칭적인 상대어로 '대인'에 접미사 '-배'를 붙여 사용하게 된 것으로 보인다. 그러므로 여기에서는 접미사 '-배'를 빼야 한다.

2) 조사의 정확한 사용

다른 언어와 비교할 때 우리말이 가진 중요한 특징 중의 하나는 조사이다. 조사를 정확하게 사용하는 것은 정확한 의사를 전달하는 데 있어서나 화자의 다양한 어감을 살리는 데 필수적으로 요구되는 사항이다. 우리말에서 조사의 가장 중요한 역할은 결합한 단어들의 문법적인 역할을 표시해 주는 것이지만, 다양한 보조사들은 어감을 살리거나 의미를 풍성하게 만드는 데 중요한 역할을 하기도 한다.

ⓐ 책을 읽고 싶다.
ⓑ 책만 읽고 싶다.
ⓒ 책도 읽고 싶다.
ⓓ 책이라도 읽고 싶다.
ⓔ 책은 읽고 싶다.

이 예문들을 보면 목적격 조사 '-을'을 사용한 '책을 읽고 싶다'는 단순한 표현으로부터 다양한 보조사를 사용하여 화자의 여러 가지 생각들을 전달하고 있다. ⓑ 문장에서는 다른 아무것도 하지 않고 책만 보고 지냈으면 좋겠다는 생각이 그 속에 깔려 있고, ⓒ의 경우에는 다른 여러 가지 일들을 하면서 책도 함께 보고 싶다는 생각을 표현하고 있으며, ⓓ에서는 여러 가지 다른 일을 할 수 없는 상황이라면 책이라도 읽을 수 있었으면 좋겠다는 생각을 담고 있다. 그리고 ⓔ의 경우에는 다른 일들은 다 하기 싫은데 그래도 책은 읽고 싶다는 생각을 담고 있다.

이처럼 작다면 작은 조사 하나를 바꿨을 뿐인데, 그것으로 다양한 생각을 담아낼 수 있는 것은 우리말이 가지는 상당히 중요한 장점 중의 하나이다. 그래서 시인이나 소설가들은 이러한 조사의 활용에 상당한 주의를 기울이기도 한다. 이러한 조사들의 다양한 쓰임을 잘 익혀서 필요한 자리에 적절히 골라 쓰는 것은 좋은 글쓰기의 중요한 방법이 된다.

⑫ 이번에 정부는 아프리카에게 식량을 무상으로 원조하기로 약속했다.

우리말에서 어떤 조사들은 서로 쌍을 이루어 특정한 환경에서 사용되는데, 이 문장에서 사용된 '-에게' 도 그러한 예에 해당한다. '-에게' 가 유정물 즉 감정과 의지를 지닌 인격적 존재에게 사용하는 조사라면, '-에' 는 무정물 즉 비인격적인 존재에 사용하는 조사이다. 예를 들면 '마당에 물을 뿌렸다.' 와 같은 문장에서 보듯이 '마당' 이라는 무정물에는 '-에' 를 사용하고, '영희에게 꽃을 선물했다.' 와 같은 문장에서 보듯이 '영희' 라는 인격적 존재에게는 '-에게' 를 사용하게 되는 것이다. 이 예문에서는 '아프리카' 가 개별적인 인격적 존재이기보다는 집단적인 무생물로 보아야 하므로 '-에게' 가 아니라 '-에' 가 적절한 조사이다. 그러므로 '아프리카에' 로 수정하는 것이 필요하다.

여기서 말하는 무정물의 범주는 인격적 존재가 아닌 모든 것을 뜻한다. 그렇다면 '꽃에게 가서 물어봐.' 라는 말을 했다면, 여기에서는 화자의 의도를 생각해 보아야 정확한 이해가 가능하다. '꽃' 은 분명히 무정물임에도 불구하고 화자가 의도적으로 조사 '-에게' 를 사용하고 있다면, 화자는 그 '꽃' 을 사람으로 생각하고 있음을 보여주는 것이다. 이것은 수사학에서 말하는 '의인법' 이다. 이처럼 조사 하나를 다르게 사용함으로써 수사학적인 효과까지 노릴 수 있는 것이 우리말의 묘미이다.

⑬ 그 문제는 지도교수님에게 상의하세요.

'상의하다' 라는 말의 앞에는 조사 '-와(과)' 가 와서 '~와 상의하다' 는 방식으로 사용되는 단어이다. 그런데 여기에서는 '지도교수님에게 상의하다' 와 같이 '에게' 라는 조사를 잘못 사용하고 있다. 그러므로 이 문장에서는 '지도교수님과' 로 수정하면 정확한 표현이 된다. 만약 조사 '에게' 를 그대로 쓰고 싶다면, 먼저 '에게' 를 높임말인 '께' 로 바꾸고 '가다' 라는 서술어를 더하여 표현하면 된다. '지도교수님께 가서 상의하세요.' 로 고치는 것이다.

⑭-1 그는 "네가 무엇을 아느냐?"고 물었다.

⑭-2 철수는 지금 집에 가겠다라고 말했다.

인용을 할 경우 어떤 방식으로 인용하느냐에 따라 조사의 사용이 달라진다. 직접인용의 경우에는 조사 '-라고'를 사용하고, 간접인용의 경우에는 '-고'를 사용하는 것이다. 위의 두 가지 예문에서 ⑭-1 예문은 " "를 사용한 직접인용이므로 인용문 바로 뒤에 '-고'가 아니라 '-라고'를 사용해야 하고, ⑭-2 예문은 간접인용이므로 '가겠다고'라고 써야 하는 것이다.

3. 주어와 서술어 사용에서 주의할 점

문장을 구성하는 요소에는 여러 가지가 있지만, 그 중에서 가장 핵심적인 요소는 주어와 서술어라고 할 수 있다. 주어와 서술어 사이의 관계가 잘못되면 그만큼 그 문장을 통한 의사 전달 능력은 떨어질 수밖에 없고, 독자의 혼란은 커진다. 그런데 우리말의 중요한 특징 중의 하나는 동일하게 반복되는 주어가 자주 생략된다는 점이다. 이런 특징을 통해 우리말은 보다 경제적으로 의사를 전달하기도 하지만, 잘못 생략하여 문제가 발생하는 경우도 자주 만난다. 그러므로 정확한 문장을 쓰기 위해서는 우선적으로 주어와 서술어의 관계를 파악하는 것이 중요하다.

하나의 문장을 볼 때 뭔가 어색하고 이상한 부분이 있다고 느껴지면, 기본적으로 점검해야 하는 중요한 요소 중의 하나가 바로 주어와 서술어 사이의 호응이다. 우리말에서 주어가 자주 생략되는 점을 고려한다면, 먼저 서술어를 찾고 그 다음에 그 서술어와 연결되는 주어를 찾아보면 그 문장의 문제점을 쉽게 찾을 수 있다. 주어와 서술어 사이의 잘못된 호응을 보여주는 예들을 살펴보자.

① 인간의 근원적인 두려움 중의 하나는 죽을 수밖에 없는 존재이다.

이 문장은 주술관계가 잘못되어 문제가 생겼다. 서술어로 사용된 '존재이다' 라는 단어가 주어 '두려움 중의 하나는' 과 바로 연결되기 어렵다. '존재이다' 라는 서술어는 주어로 '인간' 과 같은 '존재' 로 표현될 수 있는 단어를 필요로 한다. 이렇게 보면 이 문장의 종속절은 '인간은' 이나 '자신이' 와 같은 주어가 생략된 문장인 것이다. 그렇다면 이 문장이 정확한 표현이 되기 위해서는 주절의 주어 '두려움 중의 하나는' 에 대한 서술어로 '~라는 점이다' 를 이 문장의 뒤에 첨가해 주어야 한다. 그래서 '존재라는 점이다' 정도로 수정해 주면 정확한 표현이 된다.

글쓰기를 배우는 많은 학생들이 이와 같은 실수를 자주 범하는 것을 본다. 문장의 흐름 자체에 집중하다 보면 종속절의 주어와 서술어 관계에 먼저 시선이 가게 되고, 그래서 그 너머에 있는 주절의 주어와 서술어의 관계를 놓치는 경우가 생기는 것이다. 다음 예문들도 이러한 문제점을 내포하고 있다.

② 저의 장점은 처음 만나는 사람이라도 쉽게 다가가 사귈 수 있습니다.
③ 여기서 지적해야 할 가장 중요한 요소는 현대 문화가 본질적으로 인간중심주의를 그 바탕에 깔고 있다.
④ 이 자리에서 분명히 지적해야 할 것은 인간의 한계가 신의 한계는 아니다.
⑤ 죄의 문제에서 중요한 점은 우리가 부패한 원인을 하나님께 돌릴 수 없다.

이 문장들은 모두 종속절의 서술어로 문장을 마무리해버림으로써 주절의 주어에 대한 서술어가 사라져버린 오류를 범한 것이다. ②에서는 주절의 주어 '저의 장점은' 에 해당하는 서술어를 포함하는 구절을 넣어 '사귈 수 있다는 점입니다.' 정도로 수정해야 하고, ③에서는 주절의 주어 '가장 중요한 요소는' 에 필요한 서술어를 넣어 '깔고 있다는 점이다.' 로 고쳐야 한다.

④에서는 주절의 주어 '지적해야 할 것은'에 해당하는 서술어가 와야 할 자리에 '아니다.'라는 종속절의 서술어가 자리 잡고 있는 상태이다. 그러므로 주절의 주어를 고려하여 이 문장의 끝을 '아니라는 점이다.' 정도로 수정해 줄 필요가 있다. ⑤에서도 주절의 주어 '중요한 점은'에 연결되는 서술어가 부재한 상황이다. 그래서 종속절의 서술어 '돌릴 수 없다'의 뒤에 주절의 서술어를 첨가해서 '돌릴 수 없다는 것이다.' 정도로 수정해 주어야 한다.

⑥ 바쁜 도시 생활에 지친 민수는 빨리 시골로 내려가 여유롭게 살고 싶은 마음이 있다.

이 예문은 주어 '민수는'과 '마음이'가 동일하게 서술어 '있다'에 걸려 문제가 생긴 경우이다. 이때에는 둘 중 하나를 다른 문장성분으로 바꾸어 주면 문제가 해결된다. 여기서는 뒤의 '마음이 있다'는 표현을 '마음을 품었다' 정도로 바꾸면 좋다.

⑦ 이번에 우리 학교는 정직을 생활화하기 위한 운동의 일환으로 무감독시험을 위한 지침이 만들어졌다.

이 문장은 주어 '학교는'과 서술어 '만들어지다'가 서로 연결되어 있을 뿐만 아니라, 서술어 바로 앞의 '지침이'가 또 다른 주어로 자리 잡고 있어서 어색한 표현이 되었다. 이 문장에서는 '우리 학교는'을 주어로 삼는 것이 좋은데, 그렇게 하려면 뒤에 연결된 주어 '지침이'를 목적어 '지침을'로 바꾸는 것이 좋다. 그리고 우리말에는 '지침이 만들어졌다'와 같은 피동적 표현은 그리 좋은 표현이라고 보기 어려우므로, 이를 '지침을 만들었다.' 정도로 바꾸면 문장의 어색함이 해결된다. 여기에 '학교는'을 '학교에서는'으로 바꾸는 것도 보다 우리말다운 문장으로 바꾸는 효과가 있다.

⑧ 지수가 다니는 학교는 공기가 맑고 아름다운 캠퍼스에서 친구들과 공부하는 것이 무척이나 즐겁다.

이 문장은 주어 '학교는' 과 서술어 '무척이나 즐겁다' 가 서로 맞지 않아서 어색해진 문장이다. 이러한 잘못된 서술을 하게 되는 중요한 이유는, 두 개의 문장을 이어놓는 과정에서 생략할 것을 잘못 생략했기 때문이다. 첫째 문장은 '지수가 다니는 학교는 공기가 맑고 아름다운 캠퍼스이다.' 라면, 두 번째 문장은 '지수는 그곳에서 친구들과 공부하는 것이 무척이나 즐겁다.' 정도가 될 것이다. 그런데 이 두 문장이 합쳐지는 과정에서 주어 '지수가 다니는 학교는' 의 서술어 '캠퍼스이다' 를 처소격 조사 '에서' 를 사용하여 부사어로 만들었기 때문에 문제가 발생한 것이다. 그러므로 이 문장의 주어 '지수가 다니는 학교는' 을 '지수는' 으로 바로 잡아야 한다.

이처럼 문장을 서술해 나가는 과정에서 처음 설정해 놓았던 주어와의 연결을 고려하여 서술어를 정확하게 써 주는 것은 정확한 문장을 작성하는 중요한 방법이 된다. 그런데 글을 쓰다 보면 이어지는 문장의 흐름에 이끌려 앞에서 설정해 놓은 주어를 놓치는 오류를 자주 범하게 된다. 특히 빠르게 글을 쓸 수 있는 컴퓨터를 쓰게 된 오늘날에는 이러한 실수가 더욱 자주 발견되므로 많은 주의가 필요하다. 다음의 예문들도 이러한 실수를 잘 보여준다.

⑨ 글쓰기 교육은 생각이나 느낌을 정확하게 표현하는 과정을 통해 사고하는 방법을 정밀하게 가다듬는 것이 주안점이다.

⑩ 이 대화 속에서 뱀의 목적은 하와를 유혹하여 하나님께 죄를 짓게 하기를 원했던 악의 세력이 있었다.

⑪ 아마도 그 이유는, 여자가 선악을 알게 하는 나무의 열매는 먹지 말라는 하나님의 명령을 직접 들은 것이 아니라, 아담으로부터 간접적으로 들었다.

⑫ 이 말은 시내산에서 하나님을 만났던 세대가 결국 광야에서 전멸했다고 진술하는 신명기의 첫 몇 장은 인상적이다.

예문 ⑨는 주어 '글쓰기 교육은' 과 '것이' 가 함께 '주안점이다' 라는 서술어에 걸려 문제가 생긴 경우이다. 그래서 '글쓰기 교육은 ~ 주안점이다.' 라는 어색한 표현이 되어 버렸다. 그러므로 이 문장은 '가다듬는 것이 주안점이다.' 라는 서술절을 바꾸어 '가다듬는 효과가 있다.' 로 수정하는 것이 바람직하다. ⑩은 문장이 진행되는 과정에서 중간에 생각의 방향이 다른 곳으로 흘러버린 경우라고 할 수 있다. 주어를 쓸 때의 문장 구조와 서술어를 쓸 때의 문장 구조가 다른 것이다. 그러므로 '뱀의 목적은' 에 해당하는 서술어로 뒷부분을 바꾸어 '죄를 짓게 하는 것이었다.' 로 바꾸는 것이 필요하다.

⑪의 경우에도 주절의 주어 '그 이유는' 에 대한 적절한 서술어가 없어서 문제가 될 뿐만 아니라, 문장의 처음에 사용된 '아마도' 라는 부사어와 호응하는 표현이 뒤에 나타나지 않는 문제도 있다. '아마도' 는 추측을 의미하는 서술어 '~일 것이다' 라는 서술어와 결합하는 특성을 지니고 있다. 그래서 이 둘을 고려하여 서술어를 '간접적으로 들었기 때문일 것이다.' 로 수정할 필요가 있다. ⑫의 문장에서는 서술어 '인상적이다.' 와 연결된 주어를 찾으면 문장의 이상한 점을 쉽게 고칠 수 있다. 이 서술어의 주어는 '첫 몇 장은' 이다. 그렇다면 이 문장의 처음에 나온 '이 말은' 은 불필요한 구절이 되므로 없애버리는 것이 좋다.

⑬ 진정으로 사랑할 줄 아는 사람의 손길은 도움이 꼭 필요한 사람을 살려낼 뿐만 아니라, 자신의 삶도 풍성하고 아름답게 만들기 위해 노력하는 것이 더 필요하다.

이 문장 또한 전체적인 의미의 흐름에 따라 주절의 주어에 합당한 서술어를 제대로 기술하지 못하고, 필요 없는 말을 첨가해서 문제가 생긴 경우이다. 문장의 주어 '진정으로 사랑할 줄 아는 사람의 손길은' 과 연결된 서술어는 '살려낼 뿐만 아니라' 와 '만들어 줄 것이다.' 이다. 그런데 이 문장에서는 '노력하는 것이 더 필요하다.' 라는 불필요한 구절을 첨가함으로써 오히려 문장이 이상해진 것이다. 그러므로 이 문장을 '만들어 준다.' 로 종결하는 것이 좋다.

⑭ 이제 인생을 새롭게 시작하는 젊은이들은 다양한 환경에서 생생한 경험을 하게 만들어야 한다.

이 예문에서 문제가 되는 것은 주어 '젊은이들은' 이 서술어 '만들어야 한다' 와 의미상으로 적절하게 연결되지 않는다는 점이다. '생생한 경험' 을 하는 존재가 누구인지, 그 경험을 하게 만드는 존재는 또 누구인지 고려해야 이 문장의 정확한 표현을 찾을 수 있다. 이 문장에서는 "젊은이들은 생생한 경험을 해야 한다."는 말을 하고 싶어 한다. 그런데 이 문장을 있는 그대로 읽어보면, "젊은이들이 생생한 경험을 하도록 만들어야 한다."고 주장하고 있다. 역으로 생생한 경험을 하게 만드는 것이 젊은이들일 수도 있는데, 그렇게 되면 누가 생생한 경험을 하게 되는지 분명하지 않은 문장이 된다. 그러므로 '젊은이들은' 을 '젊은이들이' 로 바꾸거나, 뒷부분을 '생생한 경험을 해야 한다.' 정도로 바꾸는 것이 좋다.

⑮ 이 같은 사실은 감사원이 수개월 간의 집중적인 감사를 통해 밝혀졌다.

이 문장의 주어 '이 같은 사실은' 에 연결되는 서술어는 '밝혀졌다' 이다. 그런데 이 문장에서는 '감사원이' 가 주격조사를 사용하여 '밝혀졌다' 와 결합하는 종속절의 역할을 하게 되면서 발생한다. '감사원이' 를 종속절의 주어로 인정하게 되면 '밝혀졌다' 라는 피동형의 서술어를 쓰면 안 된다. '감사원이 ~ 밝혔다.' 가 되어야 하는 것이다. 또 다른 방법은 주절의 주술관계를 그대로 살리는 것인데, '감사원이' 라는 주어를 없애는 것이다. 이처럼 문장 수정에는 하나의 정답만 있는 것이 아니라, 각자의 취향이나 언어적 습관에 따라 여러 방법이 사용될 수 있다.

⑯ 진정한 믿음의 시작은 인간이 본질적으로 죄인이라는 점과 하나님의 은혜가 반드시 필요한 존재라는 점을 명확하게 깨닫고 인정하는 데서 출발한다.

이 문장의 문제는 주어인 '진정한 믿음의 시작은' 과 서술어인 '인정하는 데서 출발한다.' 사이의 불일치 때문에 발생한다. 즉 '시작은 ~출발한다' 는 표현이 되어 어색해진 것이다. 이것을 해결하기 위한 첫 번째 방법은 주어를 서술어 '출발한다' 에 맞춰 수정하는 것으로, '진정한 믿음의 시작은' 을 '진정한 믿음은' 으로 바꾸면 된다. 또 다른 방법은 이 문장의 주어 '믿음의 시작은' 에 맞추어 서술어를 수정하는 방법으로, '인정하는 데서 출발한다.' 를 '인정하는 것이다.' 로 바꾸면 된다.

4. 여러 문장성분들의 사용에서 주의할 점

주어와 서술어 사이의 관계뿐만 아니라 여러 문장성분 사이의 적절한 호응도 좋은 문장을 만드는 매우 중요한 요소가 된다. 꼭 필요한 문장성분을 잘못 생략하는 경우나 문장성분들 사이의 관계를 잘못 형성하는 경우에는 문장이 이상해지고 의미의 전달에 심각한 오류를 불러올 수 있는 것이다.

1) 목적어의 정확한 사용

① 우리 회사에서는 이번에 외국의 유명한 게임회사와 계약하여 정식으로 내놓았다.

이 문장에서 문제가 되는 것은 서술어 '내놓았다'에 필요한 목적어가 없다는 점이다. 무엇을 내놓았는지에 대한 설명이 불가능한 이상한 문장이 된 것이다. 그러므로 여기에서는 '이 게임을' 이라는 목적어를 첨가해야 하는 것이다.

② 인류가 발전시킨 문명과 기술들은 삶에서 부딪히는 각종 불편함을 해결하고, 향상시키기 위해 생겨난 것이다.

이 문장이 어색한 이유는 서술어 '향상시키는'의 목적어가 명확하지 않다는 데 있다. 이 문장의 주어 '문명과 기술들은'의 첫 번째 서술어는 '해결하고' 인데, 이 서술어의 목적어는 '불편함을' 이다. 그런데 두 번째 서술어 '향상시키는'의 목적어를 이 문장에서는 확인하기가 쉽지 않다. 즉 무엇을 향상시키는 것인지 명확하지 않은 것이다. 일반적으로 문장성분이 생략된다면 바로 앞에서 사용된 문장성분을 가져오는데, 여기서는 '향상시키는'의 목적어로 '불편함을'을 가져오게 된다. 그렇게 되면 이 문장의 원래 의도와는 반대로 '불편함을' 향상시킨다는 이상한 의미가 되어 버린다.

이 문장의 문제는 그러므로 '향상시키기 위해'의 목적어가 잘못 생략된 것에 있다. 이 문장이 정확한 의미를 전달하는 올바른 문장이 되기 위해서는 그 서술어의 목적어를 정확하게 표기해 주는 것이 필요하다. 그러므로 '향상시키기 위해' 앞에 그 말의 목적어로 '생활의 질을' 정도를 첨가해 주는 것이 필요하다.

③ 인문학 교육은 비판적 사고능력으로 성장시키는 효과가 있다.

이 문장의 문제는 '성장시키는'의 목적어가 명확하지 않다는 데 있다. 목적어 역할을 해야 하는 단어가 여기서는 '비판적 사고능력'이 분명한데, '으로' 라는 조사가 붙어서 부사어가 되었기 때문에 문제가 된 것이다. 그러므로 '비판적 사고능력으로'를

'비판적 사고능력을' 로 바꾸어 주면 된다.

2) 부사어의 정확한 사용

④ 사람은 자기를 둘러싼 환경을 지배하기도 하지만, 지배당하기도 한다.

문장에서 필수적으로 요구되는 부사어가 생략되거나 잘못 사용되는 경우에 어색한 문장이 된다. 이 문장은 '사람은 ~ 환경을 지배한다' 는 문장과 '사람은 ~ 지배당하기도 한다' 는 두 개의 문장이 결합한 경우이다. 이런 두 개의 문장이 결합하여 하나의 문장으로 결합되면 반복되는 주어가 생략되는 경향이 강하므로 두 번째 문장에서 주어의 생략은 문제가 없지만, 그 과정에서 '지배당하다' 는 서술어가 필수적으로 요구하는 부사어까지 없어져서 문제가 생긴 경우이다. 즉 '~에' 지배당하는 표현에 필요한 부사어가 없는 비문법적인 표현이 되는 것이다. 그렇다고 앞 절에서 그에 합당한 부사어를 가져올 수도 없는 것이, '지배하다' 는 앞 절의 서술어는 '환경을' 이라는 목적어로 충분히 문법적인 요구를 만족하고 있기 때문이다. 그러므로 '지배당하다' 는 서술어 앞에 '환경에' 라는 부사어를 넣으면 문법적인 문장이 된다.

⑤ 인간 윤리에 대한 올바른 이해에는 본질적 근원이나 기준이 무엇인지를 밝히는 것으로 가능하리라고 본다.

이 문장의 경우에는 주어가 사용되어야 할 자리에 부사어를 사용함으로써 의미상으로 문제가 생긴 것이다. 서술어 '본다' 에 필요한 주어 '나는' 은 얼마든지 생략이 가능한 주어이므로 큰 문제가 없지만, '가능하리라고' 에 필요한 주어로 사용될 단어를 여기서는 정확하게 확인할 수가 없어 문제가 된 것이다. 이 서술어의 경우에는 의미상으로 볼 때 처음의 '인간 윤리에 대한 올바른 이해' 가 주어로 사용되어야 하지만, 여기에서는 그것이 '올바른 이해에는' 이라는 부사어로 잘못 표현되어, 문장이 전체적으로 이상해져 버린 것이다. 그래서 이를 '인간 윤리에 대한 올바른 이해는' 으로 바꾸어 주는 것이 필요하다.

그래도 남는 문제는 '본질적 근원과 기준' 이 무엇에 대한 설명인지 명확하지 않다는 점이다. 문맥상으로 그것은 분명히 '인간 윤리' 의 '본질적 근원과 기준' 이라는 점이 분명한 듯하지만, 이 문장만으로 보면 그것이 명확하게 살아나지 않는 것이다. 그러므로 '본질적 근원과 기준' 앞에 '인간 윤리의' 라는 구절을 넣어야 의미상으로도 명확한 문장이 될 것이다. 그런데 이 수정은 '인간 윤리의' 라는 구절이 한 문장 내에서 자주 반복되게 만들므로 '그것의' 라는 지시대명사를 활용하는 것도 한 방법이 된다. 그러므로 이 문장을 수정하면 '인간 윤리에 대한 올바른 이해는 그것의 본질적 근원과 기준이 무엇인지 밝히는 것으로 가능하리라 본다.' 정도가 될 것이다.

⑥ 우리 그리스도인들은 삶 속에서 절대로 하나님을 인정해야 합니다.

이 문장에서 주로 부정적인 서술어와 함께 사용되는 부사어 '절대로' 가 긍정적인 당위를 주장하는 서술어와 함께 결합되어 문제가 된다. 여기에서는 '절대로' 가 '반드시' 를 대신한 일종의 강조를 위한 표현으로 사용된 듯하지만, 이것은 아직은 비문법적인 표현이므로 '반드시' 로 바꾸어야 한다.

우리말의 부사어 사용에 있어서 고려해야 할 점 중의 하나는 특정의 부사어가 특정의 서술어와 호응하여 사용되는 경향이 있다는 점이다. 이러한 관계는 관습적으로 매우 강하게 고착되어 있기 때문에, 그 관계를 파괴하게 되면 상당한 반발이 일어나게 된다. 즉 독자가 비문이라고 생각하게 된다는 것이다. 예를 들면 '반드시' 라는 부사어는 '~ 해야 한다' 라는 서술어를 요구하는 것을 볼 수 있다. 이와 대비되는 자리에 있는 것이 '절대로' 라는 부사어로, 이 부사어는 '~ 해서는 안 된다' 라는 부정적 서술어를 요구하는 것이다. 특정 부사어와 특정 서술어 사이의 이러한 언어적 호응은 매우 강력하게 작용하므로, 그것을 부정하지 않고 적극적으로 활용하는 것이 필요하다.

우리말 표현에는 부사어와 서술어 사이의 관계에 있어서 주의를 기울여야 할 관습적 표현들이 몇 가지 있다. '절대 ~ 하면 안 된다(부정)', '반드시 ~ 해야 한다(긍정)' 등과 함께 '하물며 ~ 하랴', '왜냐하면 ~ 때문이다.', '비록 ~할지라도', '틀림없이 ~ 했을 것이다', '아마도 ~ 했을 지도 모른다', '결코 ~ 할 수 없다', '만약 ~ 한다면', '설령 ~ 할지라도' 등의 호응어들도 익혀둘 필요가 있다.

⑦ 일이 진행되는 상황으로 볼 때, 이 일에는 틀림없이 더러운 탐욕에 찌든 민호의 입김이 처음부터 지금까지 작용했을지도 모른다.

⑧ 죄인들은 결코 지옥으로 향하는 길에서 돌아서야 한다.

⑦에서 문제가 되는 것은 부사어 '틀림없이'와 결합되는 서술어 '~ 했을 것이다.'가 와야 할 것 같은데, 이 문장에서는 막연한 추측을 보여주는 '작용했을지도 모른다.'라는 서술어가 잘못 사용되었다. 그러므로 이 문장을 깔끔하게 만들기 위해서는 이 문장의 마지막에 사용된 서술어를 '작용했을 것이다.'로 바꾸거나, 아니면 끝의 서술어는 그대로 두고 부사어를 '틀림없이'에서 '아마도'로 바꾸면 된다. ⑧의 경우 '결코'라는 부사어는 '~ 해서는 안 된다' 등과 같은 부정적 서술어와 잘 호응하는데, 여기서는 '돌아서야 한다.'는 긍정적 서술어가 사용되어 문제가 생긴 것이다. 그러므로 여기에서는 '결코' 대신에 긍정적 서술어와 결합하는 '반드시'를 부사어로 사용하면 된다.

3) 수식어를 사용할 때 주의할 점

우리말에서 수식어를 사용하는 데 있어서 주의해야 할 몇 가지 요소가 있다. 무엇보다 먼저 수식어는 피수식어와 가까이 두는 것이 좋다. 수식어와 피수식어 사이가 멀어진다고 해서 문법적으로 큰 문제가 생기는 것은 아니지만, 의미를 명확하고 쉽게 파악하는 데에는 다소 영향을 미치기 때문이다.

⑨ 인수는 어릴 때부터 정말 열심히 남들을 돕는 일을 해 왔다.
⑩ 민수는 이번에 힘들게 지혜와 한 조가 되어 과제물을 완성하였다.
⑪ 사람들이 아름다운 은혜의 옷맵시에 찬사를 보냈다.

예문 ⑨에서는 부사어 '열심히'가 수식하는 동사가 '돕는'인지 '해 왔다'인지 명확하지 않은 문제가 생겼다. 인수가 열심히 남을 돕는 것도 가능하고 어릴 때부터 남을 돕는 일을 열심히 해 온 것도 가능한 해석이다. ⑩에서도 마찬가지로 '힘들게'라는 부사어가 수식하는 것이 무엇인지 명확하지 않다는 문제가 발생하였다. 민수가 지혜와 한 조가 되는 것이 힘든 일이었는지, 둘이 함께 과제물을 작성하는 것이 힘든 일이었는지 명확하지 않은 것이다. ⑪의 경우에는 '아름다운'이라는 형용사가 은혜를 꾸미는지 은혜의 옷맵시를 꾸미는지 혼란스러워진 경우이다.

수식관계에서 발생하는 이러한 혼란을 방지하기 위해서는 수식을 받는 말 가까이에 수식하는 말을 두는 것이 가장 좋다. 예를 들면 ⑨에서 '남들을 돕는 일을 열심히 해 왔다.'로 바꾸면 무엇을 수식하고자 했는지 명확해지는 것이다. 이처럼 수식어의 위치에 따라 문제가 발생한다는 것을 알고 글을 쓰는 경우, 훨씬 정확하고 선명하게 의미를 전달할 수 있는 장점이 있다.

정확한 수식어 사용법에서 고려해야 할 또 하나의 요소는, 복수의 수식어를 사용할 때 그 배치 순서를 적절하게 조정해야 한다는 점이다. 적절한 배치 순서를 고려하지 않았을 경우에 의미의 전달에서 심각한 문제가 발생할 수도 있다. 수식어의 길이가 차이가 나는 경우에는 일단 긴 것이나 구 혹은 절로 이루어져 있는 것을 먼저 쓰고, 짧은 것이나 단어로 이루어져 있는 것을 나중에 쓰는 것이 좋다. 그래야 의미의 전달이 보다 명확해지기 때문이다.

⑫ 지수는 고독한 비가 내리는 산길을 홀로 걷고 있었다.

이 문장에서는 '고독한' 이라는 형용사가 수식하는 단어가 '비' 인지 '산길' 인지 혼란스러워졌다. 원래의 의도는 '고독한 산길' 이라고 의도했겠지만, 여기에서 보면 '고독한' 이라는 단어 바로 뒤에 '비' 가 와서 이 둘 사이의 관계가 우선적으로 독자의 눈에 들어오게 되기 때문이다. 수식어들 사이의 순서를 고려하여 서술하면 이런 문제는 확연하게 줄어든다. '산길' 을 수식하는 말인 '고독한' 은 한 단어의 형용사이며 '비가 내리는' 은 두 개의 단어로 이루어진 절이다. 긴 것을 먼저 쓰고 짧은 것을 나중에 쓰면, '비가 내리는 고독한 산길' 이 되어 그 의미가 훨씬 명확해진다.

⑬ 수척하게 야윈 파랗게 질린 파도가 차갑게 몰려오고 있었다.

복수의 수식어를 사용할 때 고려해야 할 또 하나의 요소는 수식어들 때문에 문장의 흐름이 단절되어서는 안 된다는 점이다. 특히 비슷한 형태의 구문을 중첩해서 사용한 글에서 문장의 흐름을 단절시키는 표현을 자주 보는데, 이렇게 되면 흐름을 방해받은 독자는 그 글에 대해 좋은 인상을 갖기 어렵게 된다. 예문 ⑬의 경우 '수척하게 야윈' 과 '파랗게 질린' 은 둘 다 유사한 길이로 이루어져 '파도' 라는 주어를 수식하고 하고 있다. 그런데 이 문장을 읽는 독자는 '수척하게 야윈' 이라는 어절 뒤에 ' , ' 를 하나 넣어서 일단 한 호흡 쉬고 나서 '파랗게 질린' 을 읽어야 의미상으로 '파도' 에 '수척하게 야윈' 이라는 어절을 연결시킬 수 있다. 그렇게 되면 독자는 흐름의 단절을 경험하게 된다.

이러한 흐름의 단절을 극복하는 가장 좋은 방법이 둘 사이를 이어주는 어미나 접속어를 적절하게 사용해 주는 것이다. 이 문장에서는 '수척하게 야위고 파랗게 질린' 정도로만 고쳐도 문장의 흐름이 훨씬 부드러워진다. 사실 이렇게 수식하는 말로 어절을 중첩하여 사용하는 것은 그리 좋은 글쓰기 방법이라고 하기는 어렵지만, 많이 사용하는 방법 중의 하나이기도 하다. 그렇다면 효과적으로 쓰는 방법을 염두에 두고 연습하는 것도 유용할 것이다.

⑭ 지금 우리가 드리고 있는 이 예배가 은혜가 넘치는, 복이 가득한, 평강으로 인도하는 예배가 되기를 바랍니다.

이 문장의 경우에도 '예배'를 수식하는 세 개의 절이 각각 ' , '를 사용하여 이어지고 있다. 이 경우 각 절 사이에 연결어미를 사용하여, '은혜가 넘치고 복이 가득하며 평강으로 인도하는'으로 고치면, 훨씬 매끄러운 문장이 된다.

5. 접속문을 사용할 때 주의할 점

하나의 문장에는 하나의 주어-서술어 관계만 존재하는 것이 아니라, 여러 개의 주어-서술어 관계가 있을 수 있다. 이때 주로 접속사나 연결어미 등을 사용하여 두 문장을 연결하게 되는데, 이러한 경우에 생길 수 있는 문제들을 미리 생각해 두어야 좋은 문장 표현을 얻을 수 있다. 먼저 생각해야 할 요소 중의 하나는, 대등절로 연결된 문장의 경우 대구적 표현이 많다는 점이다. 대구는 연결된 두 개의 문장 성분이나 내용이 서로 쌍을 이루는 경우를 말한다. 이러한 대구는 문법적으로 쌍을 이루기도 하고 내용상으로 쌍을 이루기도 한다.

예를 들면 "호랑이는 죽어서 가죽을 남기고, 사람은 죽어서 이름을 남긴다."라는 속담을 생각해 보자. 이는 "호랑이는 죽어서 가죽을 남긴다."라는 문장과 "사람은 죽어서 이름을 남긴다."라는 두 문장이 결합되어 있는데, 이 두 문장은 연결어미 '-고'를 사이에 두고 문법적으로나 의미상으로 대등한 쌍을 이루고 있다. 이것을 만일 "호랑이는 죽어서 가죽을 남기고, 사람은 아름답다"라고 표현한다면, 매우 어색하고 잘못된 표현이 되는 것이다. 한국어를 모국어로 사용하는 사람이라면, 이 두 절 사이에 구조적으로나 의미상으로 대칭의 형태가 형성될 것이라는 기대감을 은연중에 가지고 있기 때문이다. 그러므로 이러한 접속문을 사용한다면 반드시 문법적이고 의미적인 대칭관계를 확인해야 한다.

접속어를 사용하여 두 개의 구절이나 문장을 잘못 연결했을 때 발생할 수 있는 또 다른 문제점 중의 하나는 수식관계가 혼란해지는 것이다. 연결되지 않은 원래의 문장에서는 아무 문제없이 사용되었던 표현이, 두 문장이 결합되는 과정에서 어색해지는 경우를 자주 보는 것이다. 특히 반복이라는 생각이 들어 문장 성분 중 일부를 생략했을 경우에 이러한 문제는 더욱 쉽게 나타나기도 하므로 주의가 필요하다.

① 뿌리 깊은 나무는 바람에 흔들리지 않고, 샘이 깊은 물이라도 가뭄에 마른다.

용비어천가의 첫 구절을 살짝 변형한 이 표현은 읽다보면 자연스럽게 문제가 있다고 느끼게 된다. 그 이유는 바로 대구로 되어 있는 양쪽이 문법적으로나 의미적으로 적절한 대칭을 이루지 않았기 때문이다. '뿌리 깊은 나무' 와 '샘이 깊은 물' 이 각 절의 주어를 이루고 있는 대칭 구조이지만, '흔들리지 않는다' 라는 부정문과 '가뭄에 마르다' 라는 긍정문 사이에 대칭이 이루어지지 않아 어색한 표현이 되어 버린 것이다. 게다가 의미상으로 앞부분은 바람에 흔들리지 않는 굳건하고 튼튼한 나무를 그리고 있다면, 뒷부분은 샘물을 가뭄에도 쉽게 마르는 것으로 부정적인 어감을 담아 말하고 있어 더욱 어색하게 만든다. 접속문에서 정확한 대칭을 이루는 것이 중요함을 이를 통해 확인할 수 있다.

② 어제 발표에서 그 친구는 정확한 발음과 내용이 짜임새 있다고 참석한 사람들의 칭찬을 받았다.

이 문장은 '-과' 로 연결되어 있는 두 부분의 문법적 구조가 달라서 문제가 생긴 경우이다. 이 문장을 그대로 살펴보면 조사 '-과' 는 앞뒤로 '발음' 과 '내용' 을 연결하는 것으로 읽혀서, '정확한' 이라는 수식어가 이 두 단어에 동시에 연결된다. 뿐만 아니라 '짜임새 있다고' 라는 서술어에도 이 두 단어가 동시에 연결되어 의미상으로 이상한 결과를 만든다. 즉 '내용이 정확하다' 라는 의미나 '발음이 짜임새 있다' 는 의도하지 않은 의미가 생성되는 것이다. 이렇게 된 이유는 문법적으로 볼 때 '정확한 발음' 이라는 구와 '내용이 짜임새 있다' 는 절이 함께 결합되었기 때문이다.

이 문제의 해결책은 연결어미 '-과' 를 사이에 두고 대칭을 이루고 있는 두 부분을 동일한 구조로 만들어 주는 것이다. 이 두 구절을 동일하게 절로 만들거나 동일하게 구로 만들어 주면 문제가 해결되는 것이다. 즉 둘 모두 구로 만들어 '정확한 발음과 짜임새 있는 내용으로' 라고 고치거나, 둘 다 절로 만들어 '발음이 정확하고 내용이 짜임새 있다고' 로 고치면 된다.

③ 과제 집착력과 문제를 잘 해결하는 능력이 뛰어난 사람이 좋은 연구자가 된다.

이 예문은 '과제 집착력' 과 '문제' 가 조사 '-과' 를 사이에 두고 연결된 것처럼 구조화되어 있어 문제가 생긴 경우이다. 원래 이 글이 표현하고 싶은 의도는 '과제 집착력' 과 '문제 해결 능력' 이 조사 '-과' 를 사이에 두고 대칭을 이루는 것이다. 그런데 이 문장에서는 '과제 집착력' 과 '문제' 가 대칭을 이루어, '과제 집착력을 잘 해결하는' 이라는 이상한 의미가 생성되어 버린 것이다. 이를 올바른 대칭 구조로 바꾸어 '과제 집착력과 문제 해결 능력이 뛰어난 사람이' 로 수정해야 한다.

④ 그는 인격적으로 치명적인 결함과 포용력을 동시에 지니고 있다.

이 문장에서는 조사 ‘–과’ 를 통해 ‘결함’ 과 ‘포용력’ 이 함께 결합되어서 ‘치명적인’ 이라는 형용사의 수식을 받는다. 그렇게 되면 ‘치명적인 포용력’ 이라는 의미가 생성되어, ‘포용력’ 을 부정적으로 만드는 표현이 된다. ‘결함’ 과 ‘포용력’ 을 분리하면 이 문제가 해결되는데, 이를 위해 ‘포용력’ 앞에 ‘넓은’ 이라는 형용사를 따로 넣어주면 매끄러운 문장이 된다.

⑤ 역사는 과거와 미래를 예측할 수 있게 한다.

여기서도 ‘–와’ 를 사이에 두고 ‘과거’ 와 ‘미래’ 가 대칭 구조가 되어, ‘예측하다’ 에 연결된다. 그 결과 ‘과거를 예측하다’ 는 어색한 표현이 만들어져 버렸다. ‘과거는’ ‘돌아보는 것’ 이지 ‘예측하는 것’ 이 아니다. 이 문장을 정확한 표현으로 바꾸기 위해서는 ‘역사는 과거를 돌아보고 미래를 예측할 수 있게 한다.’ 로 고쳐야 한다.

⑥ 친구들이 모두 떠나고 난 다음에야 늦게 도착한 진호는 먹을 것과 마실 것이 잔뜩 든 무거운 가방과 흔들리는 버스를 타고 서서 가야만 했다.

이 문장에서는 문법적으로 ‘무거운 가방’ 과 ‘흔들리는 버스’ 가 대칭적으로 결합되어 있기 때문에, ‘무거운 가방을 타고 서서 가야만 했다.’ 는 이상한 표현이 생겨버렸다. 이 문장은, ‘진호는 무거운 가방을 들어야 했다.’ 는 문장과 ‘진호는 흔들리는 버스를 타고 서서 가야만 했다.’ 는 두 개의 문장이 합쳐진 문장이다. 이 둘이 합쳐지면서 ‘들어야 했다.’ 는 서술어와 ‘타고 가야만 했다.’ 는 서술어가 다름에도 불구하고 하나를 생략해서 문제가 생겼으므로 ‘가방을 들고’ 로 고치면 된다.

⑦ 어머님, 생신 축하드립니다. 건강하시고, 사랑합니다.

이 문장은 '건강하시고, 사랑합니다.' 라는 말에 문제가 발생했다. 이 말은 '어머님, 건강하세요. 사랑합니다.' 라는 말을 합쳐 놓은 문장이다. 그런데 여기에서 '건강하다' 라는 말은 형용사이다. 형용사는 본래 사물의 상태를 나타내는 것으로, 명령형, 청유형으로 쓰기 어렵다. 그래서 정확한 표현은 '건강하세요' 라는 말보다 '건강하시기 바랍니다' 가 정확한 표현이다. 그리고 이 문장에서 유의해야 할 것은 '건강하다' 의 주체는 어머니인데 반해 '사랑합니다' 의 주체는 자식들이라는 점이다. 이 둘을 한 자리에 연결어미 '-고' 로 결합함으로써 의미상으로 이상한 표현이 되어 버린 것이다. 그러므로 이 표현이 정확하게 되려면 '건강하시기 바랍니다. 사랑합니다.' 처럼 되어야 할 것이다.

6. 우리말다운 표현을 해치는 요소들

1) 피동이나 사동의 오용

현대의 우리말을 해치는 두드러진 현상 중의 하나는 영어나 일어 등의 영향에서 오는 번역투의 표현이다. 외국어를 자주 사용하게 되는 요즈음에는 이러한 현상이 더욱 두드러지는 것을 볼 수 있는데, 그 중의 하나가 피동형 표현이다. 우리말에서도 피동형이 존재하고 자주 사용되기는 하지만, 번역투에서 말미암은 피동형은 우리말 표현을 상당히 심각하게 훼손하는 것을 볼 수 있다. 대표적인 피동형 중의 하나가 어미로 '-지다', '-되다' 등을 사용하는 것이다.

원래 '-지다' 는 보조동사로 사용될 때 피동의 의미를 부여하는 역할을 한다. '이루다' 라는 동사에 '-지다' 가 붙어 '이루어지다' 가 되거나, '올리다' 에 붙어서 '올려지다' 와 같이 활용된다. 그리고 형용사에 붙으면 그 형용사를 '그렇게 되다' 는 의미를 지닌 동사로 바꾸기도 한다. '예쁘다' 에 '-지다' 가 붙어서 '예뻐지다' 가 되거나 '넓다' 에 '-지다' 가 붙어 '넓어지다' 등으로 활용되는 것이다.

'-되다' 도 이와 유사하게 활용된다. '-되다' 는 '-하다' 가 붙을 수 있는 동사적 명사에 붙어서 그 움직임이나 상태가 스스로 그렇게 이루어짐을 나타내는 접미사로 활용된다. 예를 들면 '극복' 은 '하다' 가 붙어 '극복하다' 라는 동사로 활용될 수 있는데, 여기에 '-되다' 가 붙어 '극복되다' 로 사용되는 것이다. 이렇게 되면 스스로 그렇게 극복된 것이란 의미가 되어 피동의 의미를 지니게 되는 것이다.

① 정확하게 해석되어지지 않은 구절은 오해를 불러일으킬 수 있다.
② 창밖에는 희끗한 눈발이 보여졌는데, 실내는 난로 덕분에 따뜻하다.

우리말은 본질적으로 사물을 주어로 하는 수동형 표현보다 행위의 주체를 주어로 표현하는 능동형 표현을 선호하는 데 비해, 영어는 행위의 대상이 되는 사물이나 주체가 주어로 표현되는 수동태를 매우 익숙하게 사용한다. 영어에 익숙해지면서 이런 표현 또한 익숙해져 우리말에도 피동형 표현이 자주 사용되는 것을 볼 수 있다. 이 예문의 '해석되어지다' 나 '보여지다' 등이 바로 그러하다.

'해석되어지다' 는 원래 동사적 명사인 '해석' 에서 피동의 의미를 부여하는 접미사 '-되다' 가 결합하여 '해석되다' 는 피동형의 표현으로 바뀐 것이다. 그런데 여기에 다시 동사를 피동형으로 만드는 '-지다' 가 붙어서 '해석되어지다' 라는 형태가 되었다. 이렇게 되면 그 단어 속에 이중으로 피동의 의미가 부여되는 것이다. '보여지다' 라는 단어도 마찬가지이다. 동사 '보다' 를 피동형으로 만들어 주는 접미사 '-이-' 가 붙어 '보이다' 가 된 단어에, 다시 피동의 의미를 부여하는 보조동사 '-지다' 가 결합하여 '보여지다' 가 된 것이다. 이것 또한 마찬가지로 이중 피동이 되어 우리말답지 않은 어색한 표현이 되었다. 그러므로 이 두 문장에서 각각 '해석되지' 와 '보이는데,' 로 수정할 필요가 있다.

③ 우리는 잃어진 영혼들이 하나님 앞으로 나아오도록 기도해야 합니다.

'잃어진 영혼들' 이라는 표현이 매우 어색함에도 불구하고 많은 사람들이 사용한다. 이 말은 '잃다' 라는 동사에 피동의 의미를 부여하는 보조동사 '-지다' 가 결합된 용언으로, 우리말의 일반적인 쓰임으로 볼 때 매우 어색한 표현이다. 이를 우리말다운 표현으로 바꾸면 '잃어버린' 정도로 충분하다.

④ 그는 나중에 학생을 교육시키는 선생님이 되는 것이 꿈이다.

사동형을 오용하는 것도 우리말다운 문장을 해치는 중요한 요소 중의 하나이다. '-시키다' 는 명사 뒤에 붙어서 '하게 하다' 는 사동의 의미를 지닌 동사로 만들어 주는 접미사이다. 그런데 이 형태소를 '-하다' 가 붙은 타동사에 사용하여 '-하다' 의 기능을 하도록 잘못 사용되는 경우가 있다. 이 문장에서 사용된 '교육시키다' 와 같은 경우가 이런 예이다. '교육하다' 라는 동사는 '교육' 이라는 명사에 '-하다' 가 붙어 타동사가 된 경우로, '~를 교육하다' 와 같이 사용된다. 그런데 이 자리에 '-하다' 대신 '-시키다' 를 잘못 사용한 것이다. '교육시키다' 라는 단어를 엄밀하게 따지면 의미가 상당히 이상해진다. '-시키다' 는 말을 정확하게 해석할 경우, '학생을 교육시키는 선생님' 이라는 말은 '학생이 교육을 할 수 있도록 만드는 선생님' 이라는 의미가 된다. 그렇게 되면 여기서 선생님은 직접 교육을 담당하는 자가 아니라, 학생이 누군가를 교육할 수 있도록 만드는 사람이 되는 것이다. 그러므로 이 문장의 정확한 표현은 '교육시키다' 대신 '교육하다' 라는 단어를 사용해야 한다. '소개시키다', '가동시키다' 등도 '소개하다', '가동하다' 로 사용하는 것이 바람직하다.

단어에서 '-적' 의 잦은 사용도 상당히 조심할 필요가 있다. '-적' 은 한자어 뒤에 붙어서 사용되는 접미사로 '경제적, 내면적, 국가적, 육체적' 등 다양하게 사용된다. 그런데 이 접미사가 사용되면 상당히 딱딱하고 어려운 문장이 된다. 예를 들면 '국가적 재난에 효과적으로 대응하는 국민적 자세' 와 같은 표현은 정부의 발표에서나 볼 수 있는 딱딱한 표현인 것이다. 그러므로 '-적' 은 필요한 자리에만 쓰고 절제를 하는 것이 편안하고 친근한 글을 쓰는 방법 중의 하나가 된다. 이런 특징을 가진 접미사에는 '-적' 이외에도 '-화', '-성' 등 여러 가지가 있다. '보다 효율적인 구조화' 라든지 '학생 운동의 방향성' 등과 같은 표현이 바로 그것이다.

2) '-적', '-의' 의 오용

⑤ 이번 일 때문에 나는 마음적으로 많이 힘들었다.

원래 '-적' 은 한자어에만 붙을 수 있는 접미사이지만, 이를 순우리말에 잘못 붙여서 쓰는 경우도 자주 본다. '마음적으로' 와 같은 단어에서 보듯이, '마음' 은 '-적' 이라는 접미사가 붙을 수 없는 순우리말인데도 이를 사용하여 우리말답지 않은 단어를 만들어 버린 것이다. 이를 우리말답게 만들려면 이 단어를 '마음이' 나 '심적으로' 로 바꾸는 것이 필요하다.

⑥ 그는 우리 교회의 성도들의 자랑이 되었다.
⑦ 정부는 빠른 시일 내에 국가의 위기의 극복의 단서를 찾겠다고 약속했다.

'-의' 의 잦은 사용도 우리말다운 문장을 방해하는 요소 중의 하나이다. 일본어 번역의 영향으로 많이 사용되는 '-의' 는, 체언을 관형어로 만들어 주는 조사로 소유나 소속 등을 나타내는 데 주로 사용된다. 그런데 이 조사를 계속 이어서 사용하게 되면 상당히 어색한 말이 되어 버린다. 예문 ⑥은 '-의' 를 연이어 사용하지 않고 없애도 문장 구조상 큰 문제가 없고, 오히려 의미가 더 명료해지는 것을 볼 수 있다. 즉 '우리 교회 성도들의 자랑' 이라고 표현하면 되는 것이다. '교회' 와 '성도' 라는 두 단어를 함께 결합해 놓기만 해도 그 사이에 소유 관계가 충분히 표현되기 때문이다.

예문 ⑦과 같은 경우는 '-의' 가 더 많이 사용된 경우이다. '국가의 위기의 극복의 단서' 와 같이 '-의' 가 반복적으로 사용될 경우, 사람들은 각 단어들 사이의 소유관계나 포함관계를 찾느라 상당한 에너지를 소모하게 된다. 그렇게 되면 그 문장은 그리 좋은 문장이라고 말하기 어렵게 되는 것이다. '국가 위기 극복을 위한 단서' 정도로 수정하면 훨씬 깔끔한 문장이 된다.

3) 의존명사 '것 같다' 의 오용

⑧ 오늘 너와 함께 영화를 볼 수 있어서 참 즐거웠던 것 같아.
⑨ 오늘 저녁은 맛있게 먹은 것 같아요.
⑩ 학교 주변의 경치가 참 아름다운 것 같아요.

의존명사 '것' 은 '같다' 와 결합되어 추정을 나타내는 표현이 된다. 그런데 이 표현이 분명한 사실을 말하거나 객관적인 현상을 설명할 때도 잘못 사용되는 현상을 자주 볼 수 있다. 정확하고 단정적으로 말하면 듣는 사람이 조금은 교만하게 느낄 수도 있는데, '것 같다' 는 표현은 단정이 아니라 추정으로 표현함으로써 청자에게 겸손하다는 인상을 줄 수도 있다. 그렇지만 이 표현을 객관적 사실이나 자신의 경험에 잘못 사용함으로써 명확한 대상을 명확하지 못하게 만들어 버리는 잘못을 범하기도 하는 것이다.

⑧의 경우를 보면, 화자는 '너' 와 함께 영화를 보았고, 그것이 참 즐거운 경험이었다는 것을 분명하게 인지하고 있다. 그러나 '것 같다' 는 표현을 사용함으로써 이러한 자신의 경험조차 불확실한 추정으로 만들어 버렸다. 여기서는 뒷부분을 '참 즐거웠어요.' 정도로 수정만 하면 된다. 문장 ⑨는 저녁을 '맛있게 먹었다' 고 말하여, 그 저녁을 대접한 사람에게 감사를 표하는 문장이다. 이런 자리에서 화자가 사용한 '맛있게 먹은 것 같아요.' 라는 표현은 저녁이 맛이 있었는지 없었는지 정확하게 잘 모르겠다는 표현이 되어, 그 음식을 준비한 사람에게는 상처가 될 수 있는 것이다. 그러므로

여기서는 '맛있게 먹었어요.' 라고 말하는 것이 바람직하다. 문장 ⑩의 경우도 마찬가지이다. 경치가 '아름다운 것 같다' 는 표현은 그것에 확신이 서지 않는다는 말인데, 현재의 자신이 느끼는 감정에도 확신이 서지 않는다는 표현이 되는 것이므로 문제가 있다. 그러므로 이 표현도 '참 아름다워요.' 로 고쳐야 한다.

4) 높임말의 오용

우리말의 중요한 특징 중의 하나가 높임말이 발달해 있다는 점이다. 그런데 이러한 높임법이 잘못 사용되는 경우에는 매우 어색한 표현이 되기도 한다.

⑪ 부장님께서 이번 발표는 우리 팀 막내인 은혜가 하시라고 했어.

무조건 존칭이나 겸양법을 사용한다고 높임말이 되는 것은 아니다. 높임의 대상을 정확하게 높여 주고 화자의 겸양을 표시해 주는데 알맞은 어휘를 선택하는 것이 적절한 높임법이 된다. 이 예문에 사용된 '하시라고' 는 분명히 높임말 표현이기는 하지만, 그 적용 대상이 잘못되어 문제가 생겼다. 이 문장에서 높여야 할 대상은 '막내인 은혜' 가 아니라 '부장님' 인데, '하시라고 했어.' 라는 표현은 '부장님' 을 높이는 표현이 아니라 '은혜' 를 높이는 표현이 되어 버린 것이다. 그러므로 여기에서는 '하라고 하셨어.' 로 바꾸는 것이 정확한 높임법이 된다.

⑫ 이 상품은 할인하면 십만 원 나오십니다.
⑬ 오리 훈제는 다 익은 거구요, 양파는 육즙만 나오시면 먹으면 돼요.

이 두 예문은 최근 일상생활에서 높임법이 많이 혼란스러워지면서 등장하기 시작한 표현법이다. 주로 고객을 상대로 하는 서비스업 종사자들 사이에서 많이 사용하게 되는 표현인데, 과도하게 높임법을 사용해서 문제가 생긴 경우이다. 예문 ⑫의 경우

'나오십니다.' 라는 높임말이 적용되는 높임의 대상이 문제가 된다. 원래 이런 대화 상황이라면, 높임의 대상은 당연히 그 말을 듣고 있는 청자 즉 고객이 되어야 하지만, 이 문장 그대로 보면 '-시-' 의 위치가 잘못되어 고객이 아니라 '이 상품' 이 높임의 대상이 되어 버리는 것이다. 우리말의 높임법은 사람이 아니라 사물을 높임의 대상으로 하게 되면 상당히 어색한 표현이 되어 버린다. 그럼에도 불구하고 이런 현상이 나타나는 이유는 서비스업을 하면서 손님을 친절하게 맞이해야 한다는 생각이 과도하게 적용되었기 때문이다. 그러므로 이 문장이 정확하게 표현되려면 '나옵니다.' 로 바꿔야 한다. ⑬의 경우 '나오시면' 의 높임 대상이 '육즙' 이 되어 어색한 표현이 되었다. 게다가 이어지는 '먹으면 돼요.' 는 정작 높여야 할 대상인 손님을 제대로 높이지 못하는 잘못된 표현이 되었다. 그러므로 이 문장은 '양파는 육즙이 나오면 드시면 돼요.' 가 되어야 정확한 표현이다.

〈연습문제〉 다음 문장을 자연스럽게 고쳐 보자.

① 역사를 공부함으로써 우리는 현재를 보는 올바른 시야를 열어준다.

② 내가 성경을 열심히 읽는 이유는 세상의 그 어떤 보석보다도 소중한 것이 성경이다.

③ 저 친구의 장점은 언제나 친구들의 말을 잘 들어주며 적절한 조언을 해 준다는 것이 큰 장점이다.

④ 이제 막 입학한 학생들에게 꼭 당부하고 싶은 것은 대학에 들어오기만 하면 마음껏 놀 수 있을 것이라는 생각을 버려야 합니다.

⑤ 깊은 바다 속에는 우리가 잘 알지 못하는 다양한 생물들이 해저에 살고 있다.

⑥ 할머니는 이빨이 좋지 않으셔서 음식을 먹을 때마다 심한 고생을 하신다.

⑦ 대학은 모든 시대와 나라에서 형성된 가장 심오한 진리 탐구와 치밀한 과학 정신을 배양하고 형성하는 도장입니다.

⑧ 계단 물청소를 할 때 많은 물이 계단으로 흐르므로, 계단 출입시 넘어짐, 소지품 및 의류가 젖지 않도록 각별히 주의하시기 바랍니다.

⑨ 화분에 식물을 키울 때 가장 주의해야 할 일은 물을 너무 많이 주어도 식물이 쉽게 죽을 수 있다.

⑩ 가정은 누구 할 것 없이 사랑을 실천하면 가정의 기능은 회복됩니다.

⑪ 종교와 예술 사이의 긴장과 갈등 관계는 르네상스부터 시작되었으며, 이때부터 서로 자율적인 영역으로 나뉘어 발달하기 시작했다.

⑫ 정지선 위반, 신호 위반, 안전띠 착용과 같은 교통 악습을 버리자.

⑬ 흰 눈이 올 때 빨갛게 달려 있는 대추나 감을 보면서 도시 생활에서 잠시 느낄 수 있는 여유와 정서가 우리 아파트의 자랑입니다.

⑭ 원활한 교통 소통을 위한 갓길주차를 금합니다.

⑮ 지금 우리 아파트 현관 지붕 방수공사를 하고 있는데, 작업자들이 담배꽁초를 던져서 작업에 많은 어려움을 겪고 있으니, 주민 여러분께서는 현관 지붕에 담배꽁초를 던지지 말아주세요.

⑯ 여기서 제기될 수 있는 한 가지 질문은 이상에서 언급된 재능과 능력과 은사들이 하나님의 형상에 속한 것이다.

⑰ 불혹의 나이에 접어든 시인 영랑은 죽음을 어떤 자세로 받아들여야 하는 것이 그의 중심 과제였다.

⑱ 일 때문에 바쁘게 돌아다니다 잠시 카페에 앉아 한 잔의 커피를 마시며 여유를 누릴 수 있기에 삶에서 누리는 소소한 기쁨이다.

⑲ 우리나라에서는 국어를 배우고자 하는 재외동포나 외국인을 위한 교육과정과 전문가를 양성하는 계획을 세워 시행하고 있다.

⑳ 참새 소리와 사방에 녹색의 푸름을 간직한 시골에서 살고 싶다는 생각도 든다.

㉑ 충치 예방 및 입속 유해균을 억제하여 입 냄새, 잇몸 질환을 개선합니다.

㉒ 대학에 들어가기 전에는 학교에서 배워 주는 것을 의심없이 받아들이기만 했다.

㉓ 개성은 문화를 흡수하여 자기의 숨은 능력을 개발하고 발달시키는 데서 교양은 형성된다.

㉔ 그 친구는 얼굴이 잘 생겨서 사람들이 연예인 같다는 말을 많이 듣습니다.

㉕ 이제 시장님의 인사 말씀이 계시겠습니다.

㉖ 이번에 우리 연구소에서 제출한 연구 계획이 선정되어져서 연구비를 받게 되었다.

㉗ 진정한 지도자의 가르침은 사람들의 존경을 받고, 변화시키기도 한다.

4장

올바른 문단 작성

1. 문단의 개념

좋은 글을 쓰는 데 필요한 요소 중의 하나는 문단을 잘 쓰는 것이다. 문단은 여러 개의 문장으로 이루어진 것으로, 하나의 생각의 덩어리라고 할 수 있다. 어떤 글은 깔끔한 문장을 사용하고 그 문장들을 적절히 배열하고 있는 것은 분명한데 전체적으로 읽으면 무슨 이야기를 하고 있는지 명확하지 않은 경우가 있다. 그런 경우는 대부분 문단에서 문제가 생긴 것을 볼 수 있다. 분명히 하나의 문단으로 이루어져 있는데, 그 문단을 통해 저자가 무엇을 말하고 싶어 하는지 명확하게 파악할 수 없다면, 그 글은 쉽게 이해되기 어려울 것이다.

글쓰기 교육에서 문단을 작성하는 방법에 대한 이해와 연습은 매우 중요한 과정이라고 할 수 있다. 문단이 하나의 생각의 덩어리라는 점은 여러 가지 의미를 지니고 있는 표현이다. 하나의 문단에 하나의 소주제가 표현되는 것이 필요함을 말해 주는 것이기도 하고, 그 소주제와 다른 생각의 조각이나 문장이 들어가면 그 문단이 어색해질 뿐만 아니라 의사전달능력이 떨어지게 될 것이라는 점을 말해 주기도 한다. 그러므로 글을 쓰는 데 있어서 정확한 단어의 사용이나 정확한 문장의 사용도 중요하지만, 정확한 문단의 작성 능력도 매우 중요한 것이다.

형식적으로 보면 하나의 문단은 시작할 때에는 행을 바꾸고 첫 행을 들여쓰기하는 것이다. 원래 글의 왼쪽 첫 칸은 비우지도 않고 물음표나 느낌표 같은 문장부호도 쓰지 않는다. 다만 문단이 처음 시작하는 행에는 첫 칸을 비워 여기가 문단의 시작이라는 것을 독자에게 명확하게 알려주는 역할을 하게 되는 것이다. 이어지는 문장들은 그 문장이 끝이 나도 행을 바꾸지 않고 모두 이어서 쓰며, 그 문단의 마지막 문장이 끝나면 그 뒤는 비워놓는다. 한눈에 보기에도 이게 하나의 문단이라는 것을 명확하게 구분할 수 있도록 형식적으로 만들어 놓는 것이다.

하나의 문단은, 각 문단이나 그것을 구성하는 문장의 길이에 따라 차이가 있을 수는 있지만, 일반적으로 4-6개 정도의 문장으로 이루어진다. 그리고 여기에서 사용되는 문장들은 한 가지 생각을 말해 주는 것들로 이루어져야 효과적으로 의사를 전달할 수 있다. 이 하나의 생각을 '소주제' 라고 표현하기도 하고 '화제' 라고 부르기도 한다. 이를 소주제라고 부르는 이유는 그 글의 전체적인 주제와 구분하기 위한 방편이다.

하나의 문단이 전달력이 좋으려면 반드시 하나의 소주제만 있는 것이 효과적이다. 둘 이상의 소주제가 존재하게 되면 그 문단을 통해 말하고자 하는 바가 독자에게 명확하게 다가오지 않게 되기에, 이 부분은 상당히 중요한 요소이다. 글을 편집하는 과정에서 문단이라는 형식을 갖추는 이유는 단순히 보기 편하도록 만들기 위한 것만은 아니다. 문단이라는 하나의 형식적 덩어리를 통해 소주제를 독자들에게 효과적으로 전달하기 위해 그러한 형식을 취하게 되는 것이다. 그러므로 문단은 형식적이면서도 내용적인 하나의 덩어리로 존재할 때 가장 좋은 문단이 된다.

문단에 하나의 소주제가 존재한다면 그것을 문장으로 만든 것이 소주제문이고, 그러한 소주제를 보충해 주고 명확하게 만들어 주는 것이 뒷받침문장이다. 일반적으로 하나의 문단은 하나의 소주제문과 서너 개의 뒷받침문장으로 이루어진다. 소주제문은 하나의 생각을 담아내야 하는 관계로 단일한 내용일 필요가 있으며, 명료하게 자신의 생각을 전달할 수 있는 문장이 좋다. 또한 적절한 범위의 추상적인 진술이 되는 것이 뒷받침문장과의 연결을 좋게 할 수 있는 방법이 된다. 뒷받침문장은 이러한 소주제문을 구체화시키고 보충할 수 있는 역할을 하는 문장들이다. 이 문장들은 소주제문에 사용된 개념이나 용어의 정의를 내리기도 하고 소주제와 관련된 예를 들어주기도 하는 등 다양한 방법으로 소주제문과 연결된 문장으로 구성할 수 있다.

문단의 형태와 특징이 이러하다면, 글을 쓰는 과정에서뿐만 아니라 글을 읽는 과정에서도 문단은 매우 중요한 역할을 한다. 문단이 하나의 소주제를 담고 있는 글의 기본적인 덩어리라면, 그 속에 담고 있는 소주제를 찾아내는 것이 글을 읽는 효과적인 방법이 될 것이기 때문이다. 한 문단 속에 들어 있는 소주제를 정확하게 분별하고 그것을 뒷받침하는 뒷받침문장들을 구분하게 되면, 그 문단을 통해 저자가 하고자 하는 말이 어떤 것인지 보다 쉽게 파악할 수 있게 되는 것이다.

〈보기1〉

① 김현승 시인은 기독교적인 가정에서 태어나 기독교적인 분위기 속에서 자랐고, 기독교적인 시를 쓰다가 마지막까지 기독교인으로 살다 간 시인이다. ② 그는 부친이 목사가 되기 위해 평양에서 공부하고 있을 때 그곳에서 태어났다. ③ 어린 시절에는 아버지의 목회지를 따라 제주도와 광주에서 살았다. ④ 자라서는 부친의 뜻에 따라 숭일학교와 평양의 숭실중학교에 입학하여 공부하였고, 1932년에는 숭실전문학교 문과에 입학하여 공부하였는데, 이러한 학교들은 모두 기독교학교들이라는 공통점이 있다. ⑤ 뿐만 아니라 그는 초기부터 후기까지 지속적으로 기독교적 세계관을 토대로 한 기독교적인 시를 쓴 시인이다. ⑥ 게다가 그는 나중에 자신의 아들을 목사로 사역하게 할 정도로 기독교적인 신앙을 지속적으로 소유하고 있던 시인이다.

이 문단은 모두 6개의 문장으로 구성되어 있는데, 각 문장들을 간단하게 정리해 보면 다음과 같다.

① 김현승은 기독교적인 시인이다.
② 그는 목사의 아들로 태어났다.
③ 그는 아버지의 목회지를 따라 살며 자랐다.
④ 그는 기독교학교를 다녔다.
⑤ 그는 초기부터 후기까지 기독교적인 시를 썼다.
⑥ 그는 자신의 아들을 목사로 키웠다.

이렇게 각 문장을 간단하게 정리하고 보면, 각 문장들 사이의 관계를 쉽게 알아볼 수 있다. 두 번째 문장과 세 번째 문장은 그가 기독교적 가정에서 태어났고, 목회를 하시는 아버지를 따라 제주와 광주에서 어린 시절을 보냈다고 말하고 있다. 네 번째 문장은 그의 학력을 이야기하는데, 그가 다닌 숭일학교, 숭실중학교, 숭실전문학교는 모두 기독교 교육을 표방하는 기독교 학교였던 것이다. 이를 통해 독자는 김현승이 받은 교육이 기독교적인 교육이었을 것이라고 생각하게 된다. 다섯 번째 문장은 시인으로서의 김현승이 얼마나 기독교적인 세계에 관심이 많았는지를 그의 시세계의 특징을 말함으로써 보여준다. 마지막 문장은 그가 아들을 목회자로 키웠다는 말을 하는데, 이것은 그가 기독교에 얼마나 헌신되어 있었는지를 보여주는 것이라고 하겠다.

이러한 내용들을 하나로 모아주는 것은 첫 번째 문장이다. 첫 번째 문장은 이어지는 다섯 개의 문장이 담고 있는 내용들을 전체적으로 아우르는 하나의 생각을 표현하고 있는데, "김현승은 기독교적인 시인이다."라고 할 수 있다. 이렇게 한 문단 전체의 내용을 하나로 모아놓은 이것을 소주제문이라 하고, 이어지는 두 번째에서 여섯 번째 문장을 뒷받침문장이라고 한다.

2. 소주제문과 뒷받침문장

소주제문은 문단을 구성하는 핵심적인 내용이므로 이 소주제문을 어떻게 만드느냐 하는 문제는 그 문단의 내용을 결정하는 중요한 요소가 된다. 이 소주제문은 반드시 하나의 내용으로 이루어져야만 그 문단에서 설명하는 내용이 단일할 수 있다. 하나의 문단에 여러 개의 생각이 들어가 있으면 저자가 집중해서 하고자 하는 말이 어떤 내용인지 독자는 알아듣기 힘들어지는 것이다.

이와 함께 고려해야 할 소주제문의 특징은 명료하고 간결해야 한다는 점이다. 소주제문은 독자에게 자신의 생각을 전하기 위해 제시하는 것이므로, 명료하고 간결할 때 그 전달력은 훨씬 향상된다. 그러므로 소주제문을 애매모호하거나 추정하는 형식의 문장을 쓰면 그리 좋은 소주제문이 되지 못한다. 소주제문이 명확한 주장이 되어야 하는 것이다.

뿐만 아니라 소주제문은 적당히 추상적인 진술이 필요하다. 만약 〈보기1〉의 예문에서 소주제문을 "김현승은 1913년에 평양에서 태어났다."와 같은 단순명료한 사실로 잡았다면, 이어지는 뒷받침문장을 쓸 내용이 없어지게 된다. 물론 이 사실이 논쟁의 여지가 있어서 기록에 따라서 다른 연도나 다른 지역일 가능성이 있다면, 그것에 대해 논증을 통해 접근할 수 있겠지만, 김현승의 전기를 살펴보면 이것은 너무나 명확하여 다른 여지를 주지 않는다. 이렇게 단순한 사실만으로는 하나의 문단을 쓰기가 쉽지 않으므로, 소주제문은 "김현승은 기독교적인 시인이다."와 같은 어느 정도는 추상적인 진술이 필요한 것이다. 그렇다고 소주제문에서 너무 추상적이고 포괄적인 내용을 담게 되면 그 문단 내에서 모두 설명하기가 어려워지는 문제점이 있으므로 적당한 수준이 필요하다.

그리고 한 문단의 소주제문은 반드시 그 문단에서 거론된 모든 내용들을 모두 포괄하는 내용이어야 하며, 소주제문의 내용 또한 뒷받침문장들에 의해 모두 설명되어야 한다. 그래서 소주제문은 한 문단 내에서 설명될 수 있는 내용이어야 한다는 한계가

정해지는 것이다.

〈보기2〉

____ 우리 동네 사람들은 숲을 가꾸기 위해 적극적으로 나무 심기를 한다. 매년 식목일에는 함께 모여 마을 주변에 있는 북악산에다 각자 한 그루씩의 나무를 심는다. 그래서 마을 전체의 공기가 점점 좋아지는 것이 느껴진다. 또한 집집마다 공간이 있으면 나무를 심고 기르는 분위기가 만들어졌다. 우리 집도 예외는 아니어서, 우리 집 마당에는 세 그루의 나무를 가꾸고 있다. 덕분에 집안에서도 맑은 공기를 맡을 수 있어서 좋다. 또한 동네 사람들은 자동차 사용 때문에 발생하는 대기 오염 물질을 줄이기 위해 승용차를 타지 않고 자전거를 자주 이용하는 운동을 벌이고 있다. 그래서 요즈음에는 우리 동네 전체의 공기가 훨씬 맑아지고 있음을 체감한다.

이 문단의 전체적인 내용을 잘 고려하여 밑줄 친 부분에 소주제문을 작성하여 넣는다고 생각해 보자. 이 문단에서는 두 가지 내용을 말하고 있는데, 하나는 동네 사람들이 식목일에 산에다 나무를 심을 뿐만 아니라 각자의 집에도 나무심기를 한다는 것이고, 다른 하나는 대기오염 물질을 줄이기 위해 자동차 대신 자전거를 이용한다는 것이다. 이 문단의 소주제는 이 두 가지 내용을 함께 포괄할 수 있는 적당히 추상적인 내용이어야 할 것이다. 또 하나 고려해야 할 문제는, 마을사람들이 벌이는 나무심기와 자전거 타기 운동이 환경오염을 방지하기 위한 마을 사람들의 노력이며, 그것의 결과로 마을 전체의 공기가 좋아졌다는 점이다.

이러한 요소들을 고려한다면 이 문단의 소주제문을 만들어 볼 수 있을 것이다. "우리 동네는 사람들이 (나무심기와 자전거 타기 운동 등으로) 많이 노력하여 공기가 점점 맑아지고 있다." 정도가 될 것이다. (나무심기와 자전거 타기 운동 등으로)를 괄호로 묶은 이유는 굳이 소주제문에서 이것을 밝히지 않아도 충분히 소주제문으로서의 역할을 할 수 있기 때문이다.

문단에서 사용되는 뒷받침문장은 소주제문의 내용을 논리적으로 뒷받침해 주는 역할을 한다. 그러므로 뒷받침문장의 가장 중요한 덕목은 소주제문의 내용을 벗어나지 않는 것이다. 소주제문의 내용을 구체적으로 증명하고 설명해서 독자가 그 소주제문을 잘 이해하고 받아들이게 만드는 것이 뒷받침문장이기 때문에, 소주제문의 내용을 벗어나는 뒷받침문장이 그 문단에 들어가게 되면 오히려 독자의 이해를 방해하게 된다.

뒷받침문장이 소주제문의 내용을 벗어나지 않으면서도 소주제문을 적절하게 뒷받침해 주는 서술이 되기 위해서는 여러 가지 방법이 있다. 용어에 대한 구체적인 정의를 내리거나 소주제문의 내용을 부연하고 상술하는 방법, 소주제문의 주장에 대한 이유와 근거를 대는 방법, 예를 들어주는 방법 등 다양한 방법이 있는 것이다.

소주제문이 어느 정도 추상적 진술이라면, 뒷받침문장에서는 이러한 내용을 보다 구체적으로 표현하여 명확하고 분명하게 이해할 수 있도록 만들 필요가 있다. 그 대표적인 방법이 부연설명 혹은 상술이다. 소주제문에서 말한 내용을 보다 상세하게 풀어서 설명해 주는 부연설명은 간단하고 명료하게 표현된 주장을 보다 분명하고 이해하기 편하게 만들어 줄 수 있는 것이다. 이 과정에서 필요하다면 용어에 대한 정의나 설명도 뒤따라야 할 것이다.

이와 함께 뒷받침문장은 예시를 많이 활용한다. 예시는 말 그대로 소주제문에서 말한 내용을 이해하거나 명료하게 인식할 수 있도록 만들어 주는 구체적인 예를 들어 설명해 주는 것이다. 논지에 정확하게 일치하는 구체적인 예는 그 논지를 쉽고 분명하게 이해하는 데 매우 유용하게 활용된다. 그런데 이때 주의해야 할 것은 예시의 재료로 가져온 실례가 소주제와 얼마나 잘 일치하느냐 하는 문제이다. 예시가 잘못되면 오히려 이해를 방해하기도 하고, 오해를 불러오기도 할 수 있기 때문이다.

〈보기3〉

음력 정이월(正二月)에 까치가 마른 나뭇가지와 풀을 물어다가 보금자리를 둥그렇게 지어 놓고 3, 4월에 새끼를 치는 것인데, 뜻하지 않은 침략을 받아 보금자리를 송두리째 빼앗긴다는 것입니다. 이 침략자를 강진골에서는 '때까치' 라고 이르는데, 까치가 누구한테 배운 것도 아닌 보금자리를 얽는 정교한 법을 타고난 것이라고 하면, 그만한 재주도 타고나지 못한 때까치는 남의 보금자리를 빼앗아 드는 투쟁력을 가질 뿐인가 봅니다. 알고 보면 때까치는 조금도 맹금류에 들 수 있는 놈이 아니요, 다만 까치가 너무도 순하고 독하지 못한 탓이랍니다. 우리 인류의 도의로 따질 것이면 죄악은 확실히 때까치한테 돌릴 것입니다. 그러나 만일 보금자리를 빼앗긴 까치 떼가 역습하여 와서 다시 탈환하는 꼴을 볼 수가 있다면 낮잠이 달아날 만큼 상쾌한 통쾌를 느낄 만한 것입니다.

– 정지용, 〈때까치〉

이 문단을 통해 저자가 말하고 싶은 주제는 마지막 문장에 내포되어 있다. 까치와 때까치 사이에서 일어나는 일을 이야기하고 있지만, 그 두 동물 사이에서 일어나는 생물학적인 이야기를 하는 것이 이 글의 목표는 아니다. 까치가 집을 짓고 새끼를 치려고 하면 때까치가 침입해서 그 집을 빼앗아 자신의 것으로 만들어 버리는 습성을 설명하고, 그것으로 인간들 사이의 관계에 관한 메시지로 만드는 것이 이 글의 목적인 것이다.

저자는 마지막 문장에서 까치의 역습이 일어나서 때까치에게 빼앗긴 자기 집을 다시 탈환하면 매우 통쾌할 것이라고 말하고 있는데, 이 글이 1930년대에 발표된 글이라는 점을 고려하면 그 의미가 보다 명료해진다. 자신의 집을 빼앗긴 까치와 그것을 빼앗은 때까치 사이의 관계를 통해 저자는 제국주의 일본의 침략과 그렇게 나라를 빼앗긴 조선 사이의 관계, 그리고 그러한 현실을 바라보는 저자의 바람을 비유적으로 표현해 놓고 있는 것이다. 때까치 이야기를 통해 저자는 우리 민족이 돌이켜 나라를

되찾으면 좋겠다는 말을 하고 싶은 것이다. 이 문단의 마지막 문장은 이러한 저자의 바람을 표현한 소주제문이 된다.

이 문단의 소주제문은 마지막 문장이며, 나머지 문장들은 뒷받침문장 역할을 한다. 뒷받침문장의 역할을 하는 첫 문장은 까치와 때까치의 관계를 예시로 든 문장이며, 두 번째와 세 번째 문장은 그 예를 자세히 설명하고 있고, 네 번째 문장은 도덕적 관점에서 그 의미를 부연설명한다. 이 과정을 통해 마지막 문장에 제시된 소주제문이 보다 명확하게 의미를 지니게 된다. 그러므로 이 문단은 소주제문이 마지막 문장에 제시된 미괄식 문단이다.

한 문단 내에서 소주제문의 위치에 따라 문단을 각각 두괄식 문단, 미괄식 문단, 중괄식 문단, 양괄식 문단 등으로 나누기도 한다. 두괄식 문단은 소주제문이 문단의 처음에 와 있는 경우이며, 미괄식 문단은 소주제가 그 문단의 마지막 문장에 있는 경우이고, 중괄식 문단은 그 문단의 중간에 소주제가 제시되는 경우이며, 양괄식 문단은 앞뒤에 반복해서 소주제가 제시되는 경우이다. 그러므로 〈보기1〉이나 〈보기2〉는 두괄식 문단이다.

두괄식 문단은 주로 논리적인 글에서 많이 사용하는 문단 구성 방식이다. 먼저 소주제문을 제시함으로써 주장하고자 하는 바를 보다 명료하고 확실하게 제시할 수 있고, 이어지는 문장을 통해 쉽게 그 주장의 논리적인 근거들을 제시할 수 있기 때문이다. 이에 비해 미괄식 문단은 수필과 같은 장르에서 많이 이용한다. 구체적인 예들을 제시하면서 독자의 호기심을 자극하고 심리적이고 미적인 욕구를 충족시키고 난 다음 핵심적인 주제를 제시함으로써 독자들의 감동을 더욱 깊게 만들 수 있는 장점이 있기 때문이다. 그렇지만 이러한 구성 방식이 절대적인 것이 아니라 각자의 기호와 습관에 따라 다양하게 사용된다.

어떤 경우에는 두괄식과 미괄식을 합쳐 놓은 문단도 볼 수 있다. 문단의 앞부분에서 소주제문을 제시하고 그것에 대해 뒷받침문장을 통해 논리적으로 설명한 다음 문단의 마지막에 다시 한 번 주제를 제시하는 경우이다. 이러한 문단 구성 방식은 먼저 말하고자 하는 바를 제시한 다음 마지막에 다시 한 번 그것을 강조함으로써 자신의 주장을 확실하게 전달할 수 있는 유용한 방법이라고 할 수 있다. 그런데 이 경우 조심해야 하는 것은 첫 문장에 제시된 소주제와 마지막 문장에서 다시 반복되는 소주제가 같은 내용이지만 약간은 다른 표현으로 바꾸어, 단순반복에서 오는 지루함을 극복해야 한다는 점이다. 그러다 보니 자칫 잘못하면 첫 문장의 소주제와 마지막 문장의 소주제가 서로 맞지 않는 경우도 나올 수 있어 조심해야 한다.

3. 문단의 기능에 따른 유형

하나의 문단이 글 속에서 어떤 역할을 하는가에 따라 여러 가지 문단으로 분류해 볼 수 있다. 한 문단 내의 각 문장들도 중심사상인 소주제문과 뒷받침문장이 있듯이 문단들도 한 편의 글 속에서 각각 다양한 역할을 하게 되는 것이다. 이를 크게 나누어 보면 다음과 같은데 이 중 몇 가지만 살펴보자.

① 도입문단, 전개문단, 정리문단, 전환문단, 종결문단
② 묘사문단, 서사문단, 설명문단, 논증문단
③ 중심문단, 보충문단(부연문단)
④ 일반문단, 특수문단(인용문단, 대화문단 등)

도입문단은 글을 처음 시작하면서 사용하는 문단이다. 그 글 전체의 내용을 이끌어 가기 위하여 독자의 주의를 환기시키거나 그 글이 앞으로 전개될 내용에 대하여 간단하게 알려주는 문단이다. 도입문단은 말 그대로 주제에 대한 환기를 주목적으로 하기 때문에 지나치게 무거운 내용을 담는 것보다는 독자들의 주의를 끌 수 있는 가벼운 예나 경험 같은 것으로 시작하면 좋다. 그럼에도 불구하고 이 문단은 그 글에 대한 첫

인상을 결정하는 문단이기 때문에 대단히 중요하다.

종결문단은 한 편의 글을 끝맺는 문단을 말한다. 이제까지 설명하고 논증한 주제를 마지막으로 정리하고 매듭지어 끝맺는 단계이므로, 자신이 주장한 주제를 명확하게 제시하고 그것이 가진 의미와 가치를 설명해 주는 문단이기도 하다. 논문에서 결론에 해당하는 부분이다.

한 편의 긴 글이 구성될 때에는 그 글의 주제 내에서 화제를 옮기게 되는 경우가 있다. 한참 다루어 오던 화제로부터 다음 화제로 옮겨갈 때 사용하는 문단이 전환문단이다. 이러한 문단에서는 앞에서 다룬 화제가 어떠한 의미가 있으며, 이어지는 내용과 어떤 관계가 있는지를 명확하게 제시해 주는 것이 필요하다. 만약 이 전환문단이 제대로 기능하지 못한다면, 그 글은 그 문단을 기점으로 해서 앞뒤에 전혀 다른 글을 모아놓은 것 같은 문제가 생긴다. 전환문단을 효과적으로 사용할 수 있게 되면 글의 전체적인 구성이 훨씬 부드러워지고 자연스러워지는 효과를 볼 수 있다.

한 편의 글에서는 주제를 구체적으로 제시하는 중심문단이 있고, 그 주제를 부연설명해 주는 보충문단이 있다. 중심문단은 그 글의 주제를 제시하는 핵심적인 문단이기에 이 문단이 빠져서는 안 된다. 그리고 글을 읽는 사람이 특별히 주의를 기울여서 파악해야 하는 문단이 바로 중심문단이다. 사실 독서 과정에서 필수적으로 요구하는 능력 중의 하나가 중심문단과 보충문단을 구분할 수 있는 능력이다. 저자의 생각을 중심적으로 전개하고 있는 중심문단들만 정확하게 읽어도 그 글은 충분히 이해할 수 있게 되는 것이다.

4. 좋은 문단의 요건

문단이 여러 개의 문장으로 이루어지기 때문에 그 문장들이 어떻게 구성되느냐에 따라서 좋은 문단인지 그렇지 않은 문단인지 구별할 수 있다. 한 편의 글이 쉬우면서도 명확하고 논리적인 글이 되기 위해서는 문단 단위에서부터 좋은 글이 되어야 할 필요가 있다. 글을 읽는 사람들이 문단 단위를 통해 저자의 생각과 사유를 읽어내기 때문이다.

좋은 문단을 만드는 조건으로 일반적으로 세 가지를 이야기한다. 통일성과 완결성, 긴밀성이 그것이다. 통일성은 한 문단 내의 모든 문장들이 하나의 소주제문으로 온전히 묶이는 것을 말한다면, 완결성은 그 문단에서 이야기해야 할 내용을 모두 다 말하는 것을 말한다. 긴밀성은 문단을 구성하는 여러 문장들 사이를 적절한 요소를 통해 긴밀하게 묶어주는 서술방법을 말한다.

1) 통일성

문단을 구성하는 방법 중에서 통일성은 그 문단의 성패를 가르는 가장 중요한 요소 중의 하나이다. 문단이 하나의 생각의 덩어리라는 말이나, 하나의 소주제문과 여러 개의 뒷받침문장으로 이루어진다는 말은, 문단의 통일성을 말해 주는 다른 표현이기도 하다.

하나의 문단 내에 사용되는 여러 개의 문장들은 반드시 그 문단의 소주제문과 긴밀한 관계를 형성하는 문장들이어야 한다. 그 소주제와 무관하거나 상반되는 견해를 가지고 있는 문장이 사용된다면, 그 문단은 독자들에게 혼란을 주어 글 전체를 이해하기 어렵게 만든다. 그러므로 문단에 사용된 뒷받침문장은 반드시 그 문단의 소주제문을 직접적으로 설명하거나 예를 들어주는 등 긴밀하게 관련된 문장만 써야 하는 것이다.

만약 논의의 과정에서 소주제문과 직접 관련은 없지만 꼭 필요한 내용이 있다면, 그 내용은 새로운 문단을 만들어 새롭게 서술하는 것이 바람직하다. 경우에 따라서는 하나의 소주제를 뒷받침해 주는 새로운 부연문단을 사용할 수도 있지만, 해당 문단 내에서 사용되는 모든 문장들은 반드시 그 문단의 소주제와 일치해야 한다.

〈보기1〉

죽음을 미화하고 상품화하는 소비자 허무주의는 우리가 직면하게 되는 위기 중의 하나이다. 가장 중요한 인생의 진주 즉 시간, 사랑, 서로와의 관계와 창조계가 짓밟혀지는 동안, 대중은 인기 연예인들에 의해 조달되는 가장 저급한 오물들을 열광적으로 받아먹는다. 서구는 지금 일종의 도덕적 AIDS(면역결핍증)로 인해 고통 받고 있다. 그들의 도덕적 면역체계가 무기력해져서 감염, 부패 그리고 결국에는 죽음에 이르게 될 것을 모르는 채 점점 죽음을 향해 걸어가고 있다. 개인적 절제는 사라진 지 이미 오래이고, 내적 자제를 하지 못하여 무질서 상태가 되어 버린 것이다.

– 대로우 밀러, 『생각은 결과를 낳는다』, 윤명석 역.

현대문명의 위기에 대한 분석을 하면서 기독교적 세계관이 왜 필요한지를 주장하고자 하는 글의 한 문단이다. 이 문단에서 말하고자 하는 바는 첫 문장에서 명확하게 제시된다. '죽음을 미화하고 상품화하는 소비자 허무주의' 에 직면한 것이 현대 사회를 살아가는 우리가 직면할 수밖에 없는 위기 중의 하나라는 것이다. 저자는 그 위기의 구체적인 양상들을 이어지는 문장들을 통해 하나하나 설명한다. 대중들은 저급한 오염물에 열광하고, 일종의 도덕적 면역결핍증으로 인해 고통 받게 되는데, 그 결과는 도덕적 감염과 부패, 죽음에까지 이르게 되는 것이다. 개인으로서의 인간은 그 속에서 무질서 상태가 되어 버린다고 지적한다.

이 문단의 두 번째에서 다섯 번째 문장은 소주제문인 첫 번째 문장의 내용을 구체적으로 부연해서 설명해 주는 뒷받침문장이다. 즉 '죽음을 미화하고 상품화하는 소비자 허무주의' 가 얼마나 우리 삶을 위기로 만드는지에 대한 구체적인 설명들이다. 그 양상이 타락한 대중문화이고 도덕적 면역결핍증이라는 것이다. 이러한 뒷받침문장들을 읽으면 소주제문이 말하는 소비자 허무주의의 양상이 어떠한 모양으로 드러나는지를 잘 이해할 수 있다. 문단을 형성하는 모든 문장들이 이 소주제문과 다른 이야기를 하는 것은 없다. 그러므로 이 문단은 하나의 소주제를 중심으로 모든 문장들이 효과적으로 결합한 형태로, 전체적으로 통일성을 잘 이루고 있는 문단인 것이다.

그러나 글을 읽다 보면 통일성을 달성하는 데 실패한 문단들을 자주 만난다.

〈보기2〉

우리 학교는 공기가 좋아서 좋은 학습 환경을 지니고 있다. 도시로부터 멀리 떨어져 있어서 자동차나 공장 같은 데서 뿜어져 나오는 오염된 공기의 영향을 받지 않는다. 뿐만 아니라 학교 주변에는 남한강과 많은 산들이 있어서 언제나 맑고 풍부한 공기를 누릴 수 있다. 더구나 우리 학교 가까이에 전철역이 있어서 교통도 상당히 좋아져 여러 모로 학교 환경이 좋아지고 있다. 학교 내에도 나무들이 많아 학생들이 항상 맑은 공기를 마실 수 있어서 정신을 맑게 유지하는 데 도움을 준다.

이 문단의 소주제는 '우리 학교의 공기가 좋다.' 는 것이다. 이어지는 내용들은 우리학교의 공기가 좋은 이유에 대해 구체적으로 설명해 준다. 도시로부터 멀리 떨어져 있어 오염된 공기의 영향을 받지 않는다든지, 학교 주변에 있는 남한강과 산들의 영향으로 맑고 풍부한 공기를 누릴 수 있다든지, 학교 내부에도 나무들이 많이 자라고 있음을 구체적인 예로 들어 학교의 공기가 좋을 수밖에 없다고 설명하고 있는 것이다.

그런데 문제는 네 번째 문장이다. 이 문장에서는 학교 가까이에 전철역이 생겨서 교통이 좋아졌다는 점을 지적하고 있는데, 이 내용은 소주제문에서 말하는 '공기가 좋다' 는 점과 직접적인 연관이 없는 내용이다. 글을 쓸 때 주의해야 하는 것은 하나의 문단 속에 갑자기 끼어드는 바로 이러한 엉뚱한 내용이다. 이 글의 전체적인 흐름이 학교의 환경이 좋다는 말을 하고 있는데, 이 문단에서는 그 중 하나로 공기가 좋다는 이야기를 하고 있는 상황이다. 그런데 글을 쓰다가 환경이 좋다는 점을 생각하느라 갑자기 떠오른 교통 환경 문제까지도 이렇게 글 속에 자연스럽게 들어올 수 있는 것이다. 그러나 이렇게 다른 내용이 갑자기 들어오게 되면 그 문단의 통일성은 깨어지고 좋은 글이 되기 어렵게 된다.

이런 경우에는 교통 환경 문제를 새로운 문단으로 만들어 이 문단 다음에 연결시키면 문제가 해결된다. 통일성 문제는 그러므로 하나의 문단의 크기를 어떻게 해야 적절한지에 대한 나름의 기준도 제공한다. 문단을 무한정 키울 것이 아니라 그 문단의 소주제가 내포하고 있는 내용만으로 그 문단을 완성해야 하는 것이다.

2) 완결성

좋은 문단의 요건 중 하나인 완결성이란, 제시된 문단의 소주제문에서 다루어야 할 내용을 전부 설명하는 것을 말한다. 다시 말해 문단의 소주제가 뒷받침문장에 의해 충분하고도 구체적으로 설명되고 해명되어야 한다는 것이다. 소주제문을 뒷받침해 주는 문장들은 소주제문에서 언급이 필요한 항목들을 모두 설명해 주어야 한다. 이때 그 문단은 완결성을 지니고 있는 문단이라고 할 수 있다.

한 문단 내에서 소주제가 내포하고 있는 내용들을 다 설명하지 못한다면, 독자는 그 소주제를 제대로 이해하기 어려울 것이다. 글을 쓰는 사람은 자신의 논리 속에서 그 소주제를 완전히 설명할 필요가 있으며, 그래야 독자는 저자의 입장에서 그 내용을 온전히 이해할 수 있게 되는 것이다. 그런데 그 문단에서 제대로 설명하지 않고 넘어가게 되면, 저자의 관점이 아니라 독자의 관점에서 그것을 미루어 짐작해야 하는 사태가 생길 수도 있으며, 그렇게 되면 그 글의 의사전달 효과는 반감될 수밖에 없는 것이다.

만약 소주제문에서 다루어야 할 내용이 너무 많다면, 처음부터 소주제문의 범주를 줄여서 한 문단 내에서 설명할 수 있는 크기로 만드는 것이 필요하다. 그래야 제대로 된 문단을 만들 수 있는 것이다. 여기에서도 적절한 크기나 범주의 소주제문과 적절한 길이의 문단의 관계를 확인할 수 있기도 하다.

〈보기3〉

비극의 전체는 시작과 중간과 끝을 가지고 있다. 시작은 그 자신 필연적으로 다른 것 다음에 오는 것이 아니고, 그것 다음에 다른 것이 존재하거나 생성되는 성질의 것이다. 반대로 끝은 그 자신 필연적으로 또는 대개 다른 것 다음에 존재하고, 그것 다음에는 다른 것은 아무것도 존재하지 않는 성질의 것이다. 중간은 그 자신 다른 것 다음에 존재하고, 또 그것 다음에 다른 것이 존재하는 것이다.

– 아리스토텔레스, 『시학』, 천병희 역.

이 예문은 그리스의 철학자 아리스토텔레스가 비극이라는 장르의 특징 중 이야기가 전개되어 나가는 구조를 설명하고 있는 부분이다. 비극은 전체적으로 '시작'과 '중간'과 '끝'이 있다는 말이 소주제문이고, 그 각각의 위치가 어떻게 결정되는지를 구체적으로 설명하고 있는 것이 이어지는 뒷받침문장들이다. 소주제문에서 거론한 세 가지 항목인 '시작', '중간', '끝'이라는 항목을 이어지는 문장에서 잘 설명해 내고 있으므로, 이 문단은 완결된 문단이라고 할 수 있는 것이다.

〈보기4〉

문학의 효과는 일반적으로 재미와 교훈이라고 말한다. 한 편의 소설을 통해 사람들은 자신이 경험하지 못한 삶의 여러 가지 상황들과 그 속에서 발현되는 인간 내면의 갖가지 고민과 갈등을 간접적으로 경험하면서 인생이 가진 의미를 새롭게 깨닫게 된다. 한 편의 시를 통해 사람들은 시인이 느끼는 벅차오르는 감동을 진하게 체험하면서 인생이 얼마나 아름다울 수 있는지를 새롭게 경험하기도 한다. 뿐만 아니라 문학은 어떻게 사는 삶이 도덕적이며 옳은 삶인지 생각할 수 있게 만들어 주기도 하고, 도무지 이해하기 어려웠던 주변 사람들의 속마음까지 깨닫게 만드는 눈을 주기도 한다. 이렇게 보면 문학은 참으로 많은 교훈을 독자에게 던져주는 좋은 도구이기도 하다.

이 문단의 소주제문은 첫 번째 문장이다. 문학의 효과가 재미와 교훈이라는 두 가지 요소임을 지적하고 있는 문장이다. 그런데 이 문단의 끝부분에는 이 소주제문을 다시 한 번 반복하여 제시하는 문장이 있는데, 여기에는 재미가 빠지고 교훈만 남아 있다. 이것은 단지 마지막 문장에서 실수한 것이 아니라, 이 문단이 전체적으로 상당한 문제가 있음을 보여주는 것이기도 하다.

이 문단의 뒷받침문장들을 살펴보자. 두 번째 문장은 소설의 특징을 들어 설명하면서 그것이 주는 교훈을 말하고 있다. 소설은 여러 가지 간접경험을 통하여 인생이 가진 의미를 새롭게 깨닫도록 해 준다는 것이다. 그 다음 문장은 시의 특징을 들어 새로운 정서적 체험을 할 수 있게 만들어 준다고 말한다. 이어지는 문장에서 저자는 문학 전체로 이야기의 범위를 확장하여, 문학 작품이 삶에서 찾아야 할 도덕적 기준을 생각할 수 있도록 만들어 주기도 하며, 타인의 속마음을 이해할 수 있게 눈을 주기도 한다고 설명한다. 마지막 문장에서는 이것들이 모두 문학의 교훈이라고 말하고 있다.

이렇게 놓고 보면 이 문단에는 몇 가지 문제가 있다. 첫 번째 문제점은, 여기서 제시된 뒷받침문장들이 모두 이 문단의 소주제로 제시된 '문학의 재미와 교훈' 중 '교훈' 에만 집중된 설명이라는 점이다. 인생의 의미를 새롭게 깨닫거나 새로운 정서를 체험을 하는 것, 도덕적 기준을 세우고 타인의 마음을 이해할 수 있는 눈을 갖는 것은 모두 문학이 주는 교훈의 효과이다. 이것은 이 문단이 소주제문의 내용 중 '재미' 를 설명하지 못한 것이라고 할 수 있다. 이 문단이 지닌 다른 문제점은 문학을 설명하면서 시와 소설만 설명하고 있다는 점이다. 문학은 일반적으로 시(서정), 소설(서사), 드라마(극)로 나눈다. 그런데 여기서는 시와 소설만 설명함으로써 문학의 모든 장르에 대한 설명을 완전하게 해 내지 못한 문제점이 생긴 것이다.

이러한 문단은 완결되지 못한 문단이라고 한다. 이 문단을 읽다보면 자연스럽게 '문학에서 말하는 재미라는 것이 뭘까?', '드라마는 어떤 효과가 있지?' 등과 같은 의문이 떠오르게 되는 것이다. 이 문단을 완결성이 있는 좋은 문단으로 만드는 방법은 소주제문을 바꾸고 드라마에 대한 설명을 넣는 것인데, 글의 문맥상 '문학의 재미' 와 관련된 설명이 꼭 필요하므로 이를 새로운 문단으로 만들면 된다.

하나의 문단에 지나치게 여러 가지 내용을 한꺼번에 넣고 각 항목들에 대한 설명을 제대로 하지 못하게 될 때도 문단의 완결성 문제가 제기된다.

〈보기5〉

서정주의는 일종의 세계관이다. 서정적 세계관은 자아와 세계 사이에 거리를 두지 않는 일원론이다. 달리 말하면 감정은 의인관과 더불어 자아와 세계를 관계 맺게 하는 힘이다. 무엇보다 이것은 시 쓰기에서 체험들을 통일시키는 친화력을 발휘한다. 그래서 정서는 이미지 선택의 원리이기도 하다. 색조는 이런 동화, 통일의 기능에 대한 관습적인 비유이다. 한 편의 시가 체험의 질서화 또는 형상화라고 할 때 이것은 최재서의 용어를 빌린다면 체험의 조직화이며 정서적 언어가 그 기능을 직접 수행하는 것이다. 예술이 감정을 창조한다는 것은 이것을 뒤집어 말한 것이다.

– 김준오, 『시론』.

이 문단의 경우에는 한 문단 내에 지나치게 여러 가지 내용이 들어가서 문단의 통일성을 해치고 있을 뿐만 아니라, 각 소주제들에 대한 구체적이고 명확한 설명이 따라오지 않아 완결성에서도 문제가 생긴 문단이다.

문단의 첫 문장은 '서정주의는 일종의 세계관이다.' 라고 주장을 하고 있다. 그렇다면 자연스럽게 따라와야 할 것은 서정주의가 왜 세계관이 되는지, 그리고 그것이 어떤 의미가 있는지를 구체적이고 상세하게 설명해 주는 뒷받침문장일 것이다. 그런데 이 문단에서는 이러한 내용에 대한 구체적인 설명이 없이 서정적 세계관이 어떠한 것인가에 대한 서술로 넘어가 버렸다. 그래서 독자는 '서정주의는 일종의 세계관이다.' 라는 주장에 대해 제대로 인식하거나 설명을 듣기도 전에 다른 주장을 또 들어야 되는 문제에 직면하게 되는 것이다. 이어지는 문장들도 이와 비슷한 방식으로 작동하고 있다.

사실 이 문단은 문학을 전공하는 자가 아니면 이해하기가 상당히 어려운 내용을 담고 있는데, 문단 구성의 문제점이 그 어려움을 더해 주고 있는 것이다. 주장은 있으나 그 주장을 뒷받침하고 이해시킬 만한 설명이나 예시와 같은 것들이 전혀 없는 문단이 되었기 때문에 독자에게는 더욱 어렵게 다가온다. 설명이 없는 주장은 이렇게 어렵고 난해한 문단을 만들고, 그러한 문단들이 모여 이루어진 글은 그만큼 의사전달 능력이 떨어질 수밖에 없다.

3) 긴밀성

긴밀성은 문단에 사용된 모든 문장들 사이에 논리적이고 유기적인 관계를 갖추어야 함을 말한다. 각 문장 사이에 의미적으로나 논리적으로 단절이 생기면 독자는 그 문단을 이해하기 어려워질 가능성이 커진다. 문단에서 설명하고 있는 내용들 사이의 연결고리를 제대로 파악하지 못하고 그 내용이 왜 나왔는지 이해하기 어려워지기 때문이다.

문장 사이의 연관성을 명확하게 보여주기 위해 일반적으로 형식적 긴밀성과 내용적 긴밀성을 적극적으로 고려하여 서술한다. 형식적 긴밀성은 문장들 사이의 연결관계를 겉으로 드러나는 형식적인 요소들을 사용하여 달성한다. 문장들 사이에서 적절한 접속어를 사용하거나, 문장이 꼬리에 꼬리를 물고 이어나가게 만들기도 하는 것이다. 내용적 긴밀성은 문단에 사용된 문장들의 내용이 어떠한 논리적 연관성을 지니게 만드는 방법이다. 예를 들면 공간적 질서에 따라 교실이라는 공간을 묘사하거나 시간적 질서에 따라 하나의 사건을 서술하는 방식이 바로 그러한 효과를 노리는 것이다.

문단이 이러한 긴밀성을 달성하게 되면, 글을 읽는 독자는 저자가 말하고자 하는 바를 훨씬 쉽게 이해하고 받아들일 수 있게 된다. 문장들 사이의 논리적 연관성이 명확하게 표현되어 있으면, 각 내용들 사이에 어떠한 논리적 흐름이 내재되어 있는지 고민하지 않고도 그 문단을 읽어나갈 수 있다. 또한 서술에 있어서 공간적 질서나 시간적 질서를 만들게 되면 그 서술을 읽는 사람의 마음속에 그 장면이나 사건에 대해 쉽게 상상해 볼 수 있게 되는 것이다.

〈보기6〉

그렇게 그리워하던 바다를 향해 그는 길을 나섰다. 먼 길을 돌아온 느낌이었다. 바다로만 가면 모든 것이 해결될 것 같았다. 복잡하고 해소할 길이 없던 부정적 감정의 찌꺼기들이 아무도 없는 바닷가에 서면 잔잔한 물처럼 차분하게 가라앉을 것만 같았다. 덕분에 바다로 가는 길 내내 경험했던 버스 안에서의 소란스러움이나 택시 운전사의 수다도 억지로 참을 수가 있었다. (　　) 어렵게 도착한 바다는 또 다른 소란스러움만이 가득하여 그를 한없이 지치게 만들었다. 한 떼의 관광객이 시끄러운 난장판을 벌이고 있었고, 사람들이 흘리고 간 쓰레기들이 여기저기 흩어져 있어 도무지 안정을 주지 못했다.

이 예문의 경우에는 문단의 앞부분과 뒷부분 사이의 정서가 매우 상반되는 관계를 형성하고 있다. 바다를 찾아가는 마음이 얼마나 기대를 갖고 있었는지를 긍정적인 관점에서 이야기하고 있다가, (　　)를 기점으로 도착한 바다에서 경험한 소란스러움과 지저분함 때문에 실망하는 마음이 표현된다. 만약 이 둘 사이의 관계를 그대로 둔다면, 그 정서의 차이를 갑자기 경험하게 되는 독자는 상당히 당혹스러워질 것이다. 이러한 자리에서 필요한 것이 접속어이다. (　　) 부분에 '그러나' 라는 접속어 하나를 넣어주게 되면 독자는 이어지는 내용이 원래의 기대와는 전혀 상반된 현실을 접할 수도 있겠구나 하는 생각을 하게 되고, 자연스럽게 이어지는 내용을 받아들일 준비를 하게 되는 것이다. 이러한 요소가 문단의 형식적인 긴밀성이다.

〈보기7〉

차분하게 가라앉은 강의실에는 잔잔하고 무거운 침묵이 흐르고 있었다. 심각한 주제를 들고 열심히 강의를 하던 교수는 학생들에게 질문을 던진 뒤 잠시 말을 멈추고 학생들을 바라보고 있었고, 고민에 잠긴 학생들은 소곤거리던 잡담마저 그만두고 교수의 얼굴을 뚫어져라 쳐다보고 있었다. 강의실 정면의 화면에는 교수가 던진 질문 하나가 떠올라 학생들의 마음을 무겁게 누르고 있었고, 창문 옆에 걸린 시계의 초침이 째깍대는 소리가 귓가를 크게 울릴 정도로 적막이 짙게 드리우고 있었다. 뒷면 벽에 누군가가 걸어놓은 사진 하나가 묘하게도 그 질문의 무게를 더해 주고 있었다.

이 문단은 '잔잔하고 무거운 침묵이 흐르는 강의실'에 대한 묘사를 하고 있는 문단이다. 화자는 첫 번째 문장에서 이 소주제를 먼저 제시하고 나서 강의실 전체에 대한 구체적인 모습들을 그려 나가는 것이다. 먼저 질문을 던지고 학생들의 대답을 기다리는 교수의 모습을 설명하고, 그 질문 때문에 고민에 빠져 침묵하고 있는 학생들의 모습을 그린다. 그리고 이어지는 문장들은 그러한 상황을 담고 있는 강의실의 전체적인 모습을 묘사하는데, 먼저 강의실 앞에 펼쳐진 화면을 묘사하고, 창문 옆에 걸려 있는 시계를 이야기한 다음, 뒷면 벽에 걸린 사진까지 언급한다.

이 문단을 읽다 보면 강의실 상황이나 분위기가 어떻게 형성되어 있는지를 명확하게 인식할 수 있다. 교수와 학생의 모습, 그리고 삼면 벽의 상황이 한눈에 쏙 들어오는 것이다. 이렇게 상황이나 분위기가 독자에게 선명하게 전달되는 중요한 이유는 이 문단이 통일성과 긴밀성을 갖추고 있기 때문이다.

먼저 이 문단을 구성하고 있는 각 문장들은 모두 교수가 던진 질문의 무거운 분위기를 반영하고 있다. 교수의 질문이 내포하고 있는 무거운 분위기가 각 문장의 서술 대상들인 학생들뿐만 아니라, 정면의 질문 내용, 옆면의 시계 초침, 뒷면의 사진 등 삼면 벽에 대한 서술에 그대로 옮겨져 있는 것이다. 이것은 이 문단이 지닌 내용의 통일성을 보여주는 특징이라고 할 수 있다.

보다 중요한 것은, 이 문단의 각 문장들이 묘사하고 있는 각각의 대상들이 공간적으로 일관성을 갖고 배치되어 있다는 점이다. 이것이 이 문단의 내용적 긴밀성을 보여주는 것이다. 각 대상들의 위치는 강의실에 들어선 사람이 한눈에 쓱 훑어보는 것처럼 느껴질 정도로 체계적이다. 강의실에 들어서면 먼저 그곳에서 강의하고 있는 교수와 듣고 있는 학생들에게 눈이 갈 것이고, 다음에는 강의 내용이 펼쳐져 있을 정면 칠판에 눈이 갈 것이며 그 다음에야 옆면이나 뒤면 벽에 관심이 갈 것은 당연하다. 그렇게 눈이 갈 수 있는 순서대로 이 문단의 내용이 전개되고 있는 것이다. 문단이 보여주는 내용적 긴밀성이란 이처럼 서술되는 내용이 어떤 나름의 기준에 의해 서로 긴밀하게 결합되어 있는 경우를 말한다.

제 Ⅱ 부
비판적 읽기와 서평
1장 – 비판적 읽기의 필요성
2장 – 요약하기
3장 – 서평하기

1장

비판적 읽기의 필요성

1. 학문과 비판적 읽기

학문을 하는 과정에서 글을 읽는 것은 매우 중요한 활동 중의 하나이다. 다양한 논문들을 읽고 분석하며 비판적으로 읽어 그것을 소화하고 자기화하는 과정이 학문을 하는 출발점이 되기 때문이다. 논문을 쓰는 과정에서 꼭 필요한 것 중의 하나가 해당 주제와 관련된 연구사를 정리하는 것인데, 이것은 기존의 연구업적들을 검토하여 자신의 연구를 어느 지점에서부터 시작해야 하는지를 결정하는 과정이다. 기존의 연구업적을 검토하는 것이 다양한 책과 논문을 읽어야 가능한 것이, 학문 연구에 있어서 비판적 읽기는 필수불가결하며 핵심적인 것이라고 할 수 있다.

독서는 학문 연구과정에서뿐만 아니라 인간의 성숙을 위해서도 너무나 필요한 행위이다. 독서를 통해 우리는 생각을 발전시키고 지식의 양을 늘리며, 세계를 바라보는 눈을 정밀하고 올바르게 다듬어 갈 수 있게 되는 것이다. 많은 책을 읽다보면 사고하는 능력이 생기고 세상을 읽을 수 있게 되며, 자기만의 시야를 가질 수 있게 된다.

책을 읽는 과정에서 사람들은 자기도 모르는 사이에 사고하는 훈련을 하게 되고, 그것이 자신의 시야를 갖게 되는 방법이 되는 것이다. 독서는 그러므로 성숙해 가는 인간을 위한 지름길이라고 할 수 있다.

그런데 무조건 책을 읽은 양만 많다고 해서 이런 능력이 자연스럽게 생긴다고 하기는 어렵다. 컴퓨터에 아무리 많은 책 데이터를 쌓아 놓는다고 해도, 그것들이 자연스럽게 판단하는 능력을 위한 재료나 생각하는 힘을 기를 수 있는 자료가 되지는 않는 것이다. 결국 읽은 책을 어떻게 자양분으로 만들어 잘 섭취해서 자신의 사고와 판단, 인식의 재료로 만들어 내느냐가 중요한 것이다. 그러므로 독서하는 훈련은 개인적인 발전을 위해서 필요할 뿐만 아니라, 학문을 위해서도 꼭 필요하다. 글을 비판적으로 읽어 자신만의 사유의 재료로 만들어 낼 수 있을 때 좋은 독서가 되는 것이다.

대학 생활을 효과적으로 보내기 위해서도 올바른 독서능력은 필수적으로 요구된다. 전공과목에 대한 공부에서뿐만 아니라 교양과목이나 다양한 영역들을 공부하는 과정에서 많은 책을 빠르고 정확하게 읽고 그것을 소화하여 자신의 지식과 사유의 재료로 삼을 수 있어야 대학에서의 공부가 쉬워진다. 수업을 듣는 과정에서나 과제물을 작성하는 과정에서 끊임없이 요구되는 것이 책읽기이고, 그렇게 읽은 책을 자신의 것으로 만들어 가는 과정이 독서하는 과정인 것이다.

글을 읽는 과정에서 학생들이 반드시 기억해야 할 것은, 주어진 글이나 그 글이 전달해 주는 지식을 그대로 받아들이고 수용하는 것만이 능사가 아니라는 점이다. 읽는 책을 통해 제공되는 지식을 받아들이는 과정에서 그것을 일방적으로 수용하기만 한다면, 그렇게 얻은 지식은 온전히 자신의 것이 되기 어렵다. 책을 통해 얻은 지식들을 자신이 가지고 있는 지식 체계 속에서 새롭게 해석하고 이해하고 분석하는 과정이 필요한 것이다. 이 과정에서 독자는 자신이 가지고 있는 지식 체계와 글에서 제시하고 있는 지식 체계 사이의 상호 작용을 경험하게 된다. 그 상호 작용을 통해 새롭게 얻게 되는 지식을 자기화하는 과정이 일어나고, 이를 통해 비판적 읽기는 완성된다.

여기서 한 가지 전제로 삼아야 할 것은, 이 세상 어떤 사람의 글도 완벽하고 완전한 글은 없다는 점이다. 모든 인간은 자신의 관점에서 세계를 바라보고 분석하고 사유하여 그 결과를 자신의 글 속에 표현해 낸다. 모든 글들은 그 글을 쓴 저자의 관점과 특징을 내포하고 있으며, 동시에 한계도 가지고 있는 것이다. 아무리 위대한 철학자가 쓴 글이라고 하더라도 후대의 사람들에 의해 그 속에 감춰져 있던 한계가 드러나고 비판의 대상이 되는 것이다. 그러므로 좋은 독자는 책에 표현된 사유나 지식을 절대적인 것이라고 인정해서는 안 된다.

그런데 많은 학생들이 활자로 표현된 지식 체계 앞에 나약해지는 것을 볼 수 있다. 이것이 활자가 가지고 있는 고유한 위력이기는 하지만, 좋은 독자가 되기 위해서는 반드시 극복해야 할 것이기도 하다. 우리가 학문을 하는 과정 중에 반드시 습득해야 하는 능력 중의 하나도 바로 이것이다. 좋은 독자로서 올바를 자세를 가지고 활자를 대할 수 있는 능력이 제대로 갖춰져야 좋은 학문적 자세를 가질 수 있다.

이를 위해서 반드시 필요한 자세 중의 하나가 자신의 견해 혹은 자신의 가치관에 대한 확신을 가지는 것이다. 활자의 위력에 굴복하게 만드는 요인 중의 하나는 우리가 책을 읽으면서 하는 경험이다. 책은 저자가 가진 지식을 논리적이고 설득력 있게 체계적으로 정리해서 펼쳐 놓은 훌륭한 구조물이기 때문에, 그 속에 들어가는 순간 독자들은 그 체계 속에 빠져들 수밖에 없다. 그러한 지식 체계와 자신이 가지고 있는 지식 체계를 비교해 보는 순간 독자는 지식의 양에서나 체계에서 모두 주눅이 들게 되어 활자의 위력에 굴복해 버리게 되는 것이다. 특히 공부를 처음 시작하는 학생들의 경우에는 이러한 경험이 더욱 크게 다가올 것이 분명하다.

좋은 독자가 된다는 것은 바로 그러한 경험까지도 넘어서서 자신의 관점으로 책을 읽어보는 것을 말한다. 인간은 어느 누구도 절대적이고 완전무결한 사상을 가진 사람은 있을 수 없다는 생각을 가져야 할 뿐만 아니라 자신이 가진 생각 또한 동일하게 중요하고 가치가 있음을 생각해야 한다. 좋은 독서는 바로 그러한 자신의 생각을 기반으로 자신의 관점에서 저자의 생각을 분석하고 비판하는 과정이다. 그러므로 자신이 가지고 있는 지식의 양이나 체계가 아무리 작고 보잘 것 없어도, 그것은 자신만의 고유한 것임을 인정하고 받아들이며 소중하게 생각하는 자세가 반드시 필요하다.

좋은 독자로서의 출발점은 그러므로 자신만의 관점 세우기에 노력하는 것이다. 독서를 하는 과정에서 얻을 수 있는 중요한 자산 중의 하나는 자신이 어떤 생각을 하고 있는지를 확인할 수 있는 것이다. 책과 대화하는 과정에서 책 속의 생각과 자신의 생각이 어떤 점에서 같고 어떤 점에서 다른지를 생각하다 보면, 자신이 생각하는 방식을 알게 되고 자신이 가지고 있는 지식의 양도 알 수 있게 된다. 그리고 지속적인 독서를 통해 그것을 계속 확장하고 개선해 나가다 보면 좋은 독자이자 좋은 학자로 설 수 있게 될 것이다.

우리가 독서를 통해 의미를 찾아가는 과정은 책이 가지고 있는 지식을 일방적으로 받아들이기만 하는 것이 아니라, 그 책이 가지고 있는 인식의 지평과 독자가 가지고 있는 인식의 지평이 만나서 새로운 의미의 지평을 열어 가는 것이다. 그러므로 독자로서의 자신이 가진 가치를 인정하고 제대로 세워나가는 것이 좋은 독서의 출발점이 된다. 비판적 읽기는 그러한 면에서 반드시 필요하다.

2. 글의 종류에 따른 읽기의 방법

학생들이 접하는 글의 종류는 여러 가지가 있을 수 있다. 학교라는 특성상 전공을 공부하는 과정에서 필연적으로 만날 수밖에 없는 전공서적과 각종 교양서적들, 그리고 소설이나 시도 있고 수필도 있다. 이런 다양한 종류의 글들을 읽는 적절한 방법들이 따로 있는 것이 사실이나 그 중 중요한 것 두 가지를 생각해 보자면, 시나 소설을 읽을 때 활용되는 상상하면서 읽기와 논리적인 글을 읽을 때 활용되는 논쟁하면서 읽기가 있다. 상상하면서 읽기는 문학 작품과 같은 상상력이 필요한 글에서 그 글이 만들어 내는 세계와 공감하면서 동화되어 읽는 방법이고, 논쟁하면서 읽기는 논문과 같은 글을 읽을 때 저자가 가진 논리와 독자가 가진 논리가 서로 투쟁적으로 논쟁을 하면서 해답을 찾아나가는 읽기의 방법이다.

1) 상상하면서 읽기

시나 소설과 같은 문학 작품을 읽는 독자는 그 세계 속으로 푹 빠져드는 경험을 많이 하게 된다. 소설이 제공하는 세계 속에 자신도 모르게 깊이 몰입하다 보면 주인공이 느끼는 심적인 갈등까지 함께 경험하고 그 갈등이 해소되는 과정에서 카타르시스를 느낀다는 아리스토텔레스의 주장처럼, 문학 작품을 읽는 과정에서 공감은 핵심적인 독서방법 중의 하나가 된다. 이러한 공감을 가능하게 하는 것이 바로 상상력이다.

상상력은 문학을 누리는 핵심적인 요소가 된다. 작가가 작품을 창조하는 과정에서 상상력을 적극적으로 사용할 뿐만 아니라, 그것을 읽는 독자도 상상력을 발휘해야 문학 작품을 읽을 수 있다. 문자를 매개로 하여 연결되는 작가와 독자 사이의 거리는 상상력이 작동하지 아니하면 도달할 수 없는 거리이기 때문이다. 독자가 소설의 주인공이 되어 주인공이 아파하거나 힘들어 하는 일들을 함께 경험하며 적대자에 대한 분노를 표출하기도 하고, 시를 통해 제공되는 시인의 정서에 같이 빠져들어 세상을 바라보기도 하는 것이다. 상상력은 바로 이러한 공감을 가능하게 하는 원천이다. 소설가나 시인이 글이라는 매체를 통해 펼쳐내는 세계가 어떤 세계인지 상상하는 능력이 좋으면 좋을수록 더욱 깊은 독서가 된다.

좋은 독자는 그런데 여기에서 상상력을 통해 공감만 하는 것이 아니라, 그 세계로부터 한 걸음 벗어나서 시인이나 소설가가 왜 이런 세계를 창조하여 그려 내고 있는지도 생각해야 한다. 그래서 시인이나 소설가의 생각 속에까지 들어가서 그 생각의 깊이와 의도와 가치까지 읽어낼 수 있다면 보다 깊이 있는 독서가 가능해진다.

〈보기1〉

길동이 억울하고 답답한 마음을 걷잡지 못해 칼을 잡고 달 아래 춤을 추며 장한 기운을 감추지 못했다.

이때 승상이 밝은 달을 사랑하여 창을 열고 기대어 앉았다가 길동의 거동을 보고 놀라 물었다.

"밤이 이미 깊었거늘 너는 무엇이 즐거워 이러고 있느냐?"

길동이 칼을 던지고 엎드려 대답했다.

"소인이 대감의 정기를 타고 당당한 남자로 태어났으니 이만큼 즐거운 일도 없을 것입니다. 다만 평생 서러운 것은 아비를 아비라 부르지 못하고, 형을 형이라 못하는 것이니, 위아래 종들이 다 저를 천하게 보고, 친척과 오랜 친구마저도 저를 손가락질하며 아무개의 천생이라 이릅니다. 이런 원통한 일이 또 어디에 있겠습니까?"

이어서 대성통곡하였다.

– 허균, 『홍길동전』, 김탁환 역.

잘 알고 있는 소설 『홍길동전』의 한 장면으로, 천재로 태어났지만 서자로 자라난 길동이 자신의 처지에 대해 답답해 하는 장면이다. 이 장면을 통해 독자는 길동의 고민과 갈등의 본질을 알 수 있을 뿐만 아니라, 그 장면 속의 길동을 상상력을 통해 만날 수 있게 된다. 길동이 왜 달밤에 나와서 그렇게 칼춤을 추고 있는지, 그것을 바라보는 아버지 '승상'이 "너는 무엇이 즐거워 이러고 있느냐"라고 물었을 때 길동이 얼마나 좌절하고 아파했을지 상상해보면 이 장면이 더욱 생생하게 독자에게 다가오는 것이다.

그 다음에 드는 의문은 작가 허균은 왜 이런 인물을 여기에다 내세웠을까 하는 것이다. 이것은 독자가 상상력을 통해 그 세계 속에 들어가 인물들의 생각과 사건을 경험하는 생생한 경험과 함께, 그 경험으로부터 한 걸음 물러나 그것을 비판적으로 바라보게 하는 물음이기도 하다. 왜 작가는 굳이 이 장면을 이 자리에서 넣어 놓았으며, 왜 하필 이 시대에 홍길동 같은 인물을 내세웠을까. 그리고 아버지인 승상은 왜 저런 행동을 할 수밖에 없었을까. 이런 의문들을 제기하다 보면 홍길동전에 대한 훨씬 깊은 생각에 도달할 수 있게 된다. 이러한 질문을 통해 작품을 객관화하고 비판적으로 바라볼 수 있게 되면, 그것이 바로 비판적 읽기의 방법이 되는 것이다.

〈보기2〉

오랫동안 로마를 떠나 있었던 비니키우스에겐 이 모든 것이 흥미로운 광경이었다. 세계를 지배하고 있는 로마인의 광장은 바로 그 때문에 여러 나라에서 온 다양한 인종들의 무리로 홍수를 이루고 있었다. 페트로니우스는 젊은 동행인의 마음을 읽고, 이 광장을 가리켜 '퀴리테스'(순수한 로마 혈통을 가진 로마 시민)가 사라진 '퀴리테스의 둥지'라고 말해 주었다. 온갖 인종과 민족이 뒤섞여 있는 이 거대한 무리 속에서 로마의 고유한 요소들은 거의 사라져가고 있었다. 이곳에는 에티오피아 인도 있고, 먼 북방에서 온 금발에 커다란 몸집을 지닌 브리타니아 인, 갈리아 인, 게르마니아 인도 있었다. …… 귓불에 구멍을 뚫은 노예들 가운데는, 먹고, 마시고, 입고, 즐길 것을 황제로부터 공짜로 얻어내고 할 일 없이 빈둥거리는 해방노예들도 있었다. 안락한 생활과 돈벌이를 꿈꾸며 거대한 도시로 찾아든 이주민도 있고, 떠돌이 장사치들도 많았다. 야자수 가지를 손에 쥔 세라피스의 제사도 있었고, 카피톨리움의 주피터 신전보다 더 많은 제물을 받고 좋아하는 이시스 신전의 제사들도 있었다.

– 시엔키에비츠, 『쿠오바디스』 중에서, 최성은 역.

『쿠오바디스』는 폴란드 출신의 작가 시엔키에비츠가 19세기 말에 쓴 소설로, 1세기의 기독교 박해의 시대에 그리스도인들이 어떻게 박해를 이겨내고 로마 사회에서 승리했는지를 다루고 있는 소설이다. 위에 인용한 장면은 이 소설의 앞부분으로, 남자 주인공 비니키우스가 오랫동안 변방에서 전쟁을 수행하다가 로마 시내로 복귀하는 장면이다. 그의 눈에 비치는 로마의 거리를 묘사를 통해 길게 그려 내고 있는데, 이 장면들은 많은 것을 말해 준다. 당대의 로마 사회가 얼마나 다양한 인종들로 구성되어 있는지를 말해 주고 있을 뿐만 아니라, 얼마나 다양한 종교들이 자리 잡고 힘을 발휘하고 있었는지를 여실히 보여주고 있는 것이다. 그런데 서술을 조심스럽게 읽다 보면 다양한 인종들이 평화롭고 조화롭게 공존하는 것이 아니라 서로 구분되어 있고 갈등과 알력이 있는 듯한 분위기가 조성되어 있음을 알 수 있다. 뿐만 아니라 여기에서 거론되고 있는 종교들은 제물들을 좋아하는 타락한 모습으로 그려진다.

이 장면이 그려 내고 있는 로마가 19세기 말의 유럽인인 시엔키에비츠가 그리는 로마라는 점에 주목할 필요가 있다. 작가는 상상력을 통해 당대 사회를 그려 내고 있는 것인데, 너무도 생생하여 현실적인 공간을 보듯이 그려 내고 있다. 그리고 로마 시내를 그려 내는 그 장면들 속에는 부정적인 감정들이 다분히 내포되어 있음을 느낄 수 있기도 하다. 이는 실체 그대로 그러한 세계가 존재했다기보다는, 작가가 의도적으로 그러한 세계를 창조하여 그려 내고 있는 것이다.

그렇다면 이 글을 읽는 독자는 작가가 그려 내는 그러한 세계가 내포하고 있는 의도를 읽어내야 한다. 왜 하필 이러한 장면을 소설의 첫머리에 창조해 놓고 있을까, 이를 통해 작가가 얻고자 하는 것은 무엇인가, 이러한 장면은 소설의 어떤 면과 대조를 이루고 있을까 등등 다양한 질문들을 던져볼 수 있는 것이다. 소설에 대한 비판적 읽기는 이런 질문들로부터 출발한다. 그 질문들에 대한 답을 얻기 위해서는 소설의 장면으로 몰입해 들어가는 상상력의 세계로부터 한 걸음 빠져나와야 가능하다. 소설 너머에 존재하는 작가의 의지를 읽고, 그 세계에 대하여 독자의 입장에서 분석하고 가치판단을 내려야 하기 때문이다.

이 소설에서 작가는 타락한 로마 사회의 문화와 건강하고 경건한 그리스도인들의 문화를 비교하고 대조하여 제시하고, 그 속에서 그리스도인들이 어떻게 그렇게 심한 박해를 뚫고 승리할 수 있었는지를 조명한다. 위에 제시된 장면은 타락한 로마 사회의 한 측면을 로마 시내의 모습을 통해 은근히 내보이고 있는 장면인 것이다.

〈보기3〉

힘

– 조창환

사람이 등장하지 않고 덩굴풀
더듬이만 기웃거리는 풍경은
아슬아슬하다.

실핏줄 같은 말간 줄기 끝으로
허공에서의 도약을 시도하는
등나무 덩굴에 숨은
광기(狂氣)
혹은 오기(傲氣).

건너편 기둥, 혹은
높은 천장을 향해 온몸을 던져
고개 내어미는 연두빛
속살을 들여다 보면
간밤 별빛 내리던 하늘 꿰뚫어
피울음 솟구치는 기도 응어리진
멍자국들이 보인다.

풍경은 짐짓 기웃거리는 시늉으로
숨을 고르지만
등나무 잎에 바람 무심히 불 때
온몸이 피리처럼 떨린다.

한 편의 시를 읽는 과정에서 상상력은 더욱 많이 필요해진다. 이 시 한 편을 읽기 위해서는 많은 질문들이 필요할 수 있다. 지금 현재 시적 자아는 무엇을 하고 있는가, 시에서 '덩굴풀'은 어떤 이미지로 그려지고 있는가, 시인은 이 이미지에 어떤 정서를 담아내고 있는가, 시인은 왜 하필이면 이런 이미지를 사용했을까, 시인은 이를 통해 무슨 말을 하고 싶은 것일까 등 다양한 질문들을 풀어놓을 수 있는 것이다.

시도 분명히 의사를 전달하기 위해 사용하는 문자 체계의 하나라는 점을 인식한다면, 시가 어려워서 읽을 수 없다는 말은 하지 않을 수 있다. 시도 문자를 매개로 하여 시인의 정서를 전달하는 의사전달 수단인 것이다. 그렇다면 이 시에서 시인은 무슨 이야기를 하고 싶어 하는 걸까. 시는 핵심적인 이미지를 통해 시인의 정서를 전달하는 장르라는 점을 안다면, 시에 대한 해석도 보다 쉬워질 것이다.

이 시에서 '덩굴풀'이 핵심 이미지로 사용되고 있는데, 그것은 시적 자아가 내다보는 창밖에서 건너편을 향해 온몸을 던지는 존재로 그려지고 있다. 그 여린 덩굴풀에는 '피울음 솟구치는 기도'가 응어리진 멍자국들이 자리 잡고 있다. 왜 이런 이미지를 그리고 있을까. 이 시가 암 선고를 받고 수술에 들어가기 직전의 시인의 정서를 표현한 작품이라는 배경을 알게 되면 그 대답은 더욱 쉬워지겠지만, 그 사실을 몰라도 우리는 이 시에 표현된 정서를 쉽게 알아차릴 수 있다. 시인이 소망하는 것이 결코 쉬운 것이 아니며, 그것을 위해 쏟아내는 간절한 기도가 덩굴풀의 그 여린 손끝으로 형상화되고 있는 것이다.

상상력을 활용하여 글을 읽는 방법은 이처럼 작품 속에 독자가 빠져 들어가 그 세계를 경험하는 것이다. 여기에도 당연히 그러한 세계로부터 한 걸음 물러나서 그러한 세계가 가지고 있는 의미와 그렇게 세계를 그리고 있는 저자의 의도까지도 끊임없이 물어보는 비판적 독서가 필요하다.

2) 논쟁하면서 읽기

논문과 같은 논증적인 글은 그 글을 읽는 사람을 설득하여 자신의 견해를 인정하도록 만드는 목적을 가지고 쓴 글이다. 쉽게 표현하면 이해와 설득을 통해 자기편으로 끌어당기기 위해 쓰는 글이라는 말이다. 논증은 자신의 주장을 먼저 내세우고 그것이 얼마나 타당하며 얼마나 설득력 있는 말인가를 증명하는 글쓰기의 한 방법으로, 이를 통해 글을 읽는 독자는 자연스럽게 머리를 끄덕이며 그 논리에 동조하게 되는 것이다.

이러한 글을 읽을 때 주의해야 할 점은 가능하면 수동적 독서를 지양해야 한다는 점이다. 독자가 일방적으로 저자의 논지나 논리를 따라가서 그것에 동조하고 인정하기만 하는 것은 좋은 독서라 할 수 없다. 그렇게 되면 저자와 독자 사이의 대화를 통해 새로운 의미를 찾아내는 것이 아니라, 저자의 사상이 일방적으로 독자에게 주입되는 현상이 일어날 뿐이다. 이것은 상당히 수동적인 독서가 되고 만다. 수동적 독서로는 새로운 지식체계를 만들어 갈 수 없으므로 생생하게 살아 있는 지식이 되기 어렵다.

그러므로 독자는 자신의 인식체계나 지식체계와 논문이나 저서에서 제시하는 인식체계나 지식 체계와 끊임없이 비교 분석하고 가치평가를 내리며 서로 대화하게 만드는 독서를 해야 한다. 이러한 독서를 논쟁적 독서라 할 수 있다. 많은 독서와 다양한 생각을 통해 수립한 자신의 지식체계 속에서 현재 읽고 있는 책은 어떤 의미를 지니는지, 어떻게 이해할 수 있고, 어떤 평가를 내릴 수 있을지 끊임없이 생각하면서 읽는 것이 논쟁적 독서이다.

여기서 주의해야 할 것은 논쟁을 한다고 해서 꼭 상대방의 잘못을 지적하는 것은 아니라는 점이다. 비판적 읽기는 읽는 글이 지니고 있는 단점에 대한 생각보다 먼저 그 글이 지니고 있는 장점을 찾고, 그 장점이 장점인 이유를 밝혀내는 과정이 필요하다. 독자가 그 논문이나 책을 읽겠다고 선택한 행위 자체가 이미 그 글이나 논문의 가치를 인정한 상태라고 보아야 한다. 장점을 밝혀내고 그 이유를 찾아 설명하는 것도 매우 중요하고 가치 있는 독서활동인 것이다.

이런 장점이나 가치가 독자의 생각과는 상관없이 객관적으로 존재한다고 하기는 어렵다. 가치 판단 행위 자체가 어떤 기준에 따라 이루어지는 것이고, 책을 읽는 순간 작동하는 독자가 가지고 있는 지식 체계와 가치 체계가 그 기준의 역할을 하는 것이다. 그러므로 독서는 상당히 주관적인 행위라고 할 수 있지만, 가능하면 그것을 객관적인 지식 체계로 승화시켜 나가는 것이 좋은 독서의 방법이 된다.

〈보기4〉

이런 움직임(아는 것과 믿는 것을 분리하는)의 위대한 개척자로 흔히 거론되는 인물은 데카르트다. 그는 지식의 확고한 토대, 곧 합리적인 사람이 도저히 의심할 수 없는 그 무엇을 열심히 찾았고, 그 토대 위에 확정적인 의미를 가진 명석하고 판명한 관념, 단어, 개념들을 통해 확실한 체계를 쌓으려 했다. 그 이상형은 수학에서 찾았는데, 수학에서는 모든 것이 절대적으로 명석하고 판명하며, 이성이 파악할 수 있을 만큼 일관된 방식으로 모든 것이 나머지 것과 서로 연관되기 때문이다. 그리고 잘 알려진 것처럼, 그 출발점을 '코기토 에르고 숨'(Cogito ergo sum) – "나는 생각한다, 고로 나는 존재한다" – 에서 찾았다.

나는 이 프로그램에 대해 세 가지 의문을 제기하고자 한다. 첫째, 거기에는 이미 상당한 신앙의 행위가 존재한다는 점이다. 사물의 실상을 인식하는 면에서 우리가 오류를 완벽하게 피할 수 있는 것처럼 생각하는 것 같은데, 그럴 수 있다는 걸 어떻게 아는가? 오히려 인생이라는 것이 위험을 감수하도록 되어 있다는 가능성을 왜 배제해야 하는가? 사실 인간과 동물의 삶을 보면 위험을 감수하도록 되어 있는 것 같다. 총체적 확실성이라는 이 관념이 결코 환상이 아니라고,

> 실재와 관계없는 희망적 사고에 불과한 것이 아니라고 보증할 만한 근거는 무엇인가? 이런 가정이 환상이 아니라는 증거를 어디서도 찾을 수 없다.
>
> – 레슬리 뉴비긴, 『다원주의 사회에서의 복음』, 홍병룡 역.

이 예문은 레슬리 뉴비긴이 데카르트의 철학을 논쟁적으로 읽은 기록이라고 볼 수 있는 부분이다. 데카르트는 이성적 합리성을 통해, '아는 것과 믿는 것' 을 구분하여 '지식의 확고한 토대' 를 세워 '합리적인 사람이 도저히 의심할 수 없는 그 무엇' 을 찾았던 사람이다. 그런데 뉴비긴은 그것 자체가 또 하나의 믿음 혹은 '신앙의 행위' 가 된다고 비판하고 있다. 데카르트가 합리주의 위에 절대적인 진리를 명확하게 세울 수 있을 것이라는 확신도 다른 자리에서 보면 하나의 맹목적 신앙에 불과하다는 비판인 것이다.

뉴비긴의 이 논리는 기독교적인 세계관을 세워가는 과정에서 근대적인 합리주의가 가지고 있는 치명적인 문제점을 지적하는 논리이다. 객관적이고 합리적인 지식이라는 근대인들이 가지고 있는 확신이 또 다른 하나의 맹목적 믿음에 기반을 두고 있는 것이라면, 그 작동방식에 있어서는 그들이 맹목적 신앙이라고 비판하는 기독교적인 믿음과 그리 크게 차이가 나지 않는다는 지적이다.

이 글을 읽는 독자는 바로 이러한 뉴비긴의 견해에 대한 비판적 접근이 필요하다. 뉴비긴이 고민하면서 읽어낸 데카르트의 논리에 대한 비판을 어떻게 받아들여야 할지에 대한 자신의 기준을 가지는 작업이 필요해지는 것이다. 기독교적인 세계관이라는 관점에서 그의 논리가 가지고 있는 가치를 인정하고, 그것의 장점을 지적하는 것도 매우 좋은 독서법의 하나가 된다. 뿐만 아니라 그러한 논리가 가지고 있는 한계와 문제점이 있다면 함께 지적하는 것도 좋다. 그것도 아니라면 뉴비긴이 제시하는 기독교적 세계관의 부정적인 면을 지적하면서 이 논리를 비판하는 것도 좋은 비판적 읽기일 수 있는 것이다.

대학에서 이루어지는 대부분의 독서는 이러한 논쟁적 독서에 기반을 두고 이루어진다. 전공 공부도 그러하며 교양서적들도 그렇게 읽어야 한다. 그러므로 대학 생활을 효과적으로 수행하기 위해서 꼭 필요한 부분이 논쟁적 독서에 익숙해지는 것이다. 이 논쟁적 독서의 가장 중요한 방법이 비판적 독서이다.

2장

요약하기

1. 요약과 서평의 차이

학생들은 대학까지 오는 동안 '독후감', '감상문', '서평' 등 다양한 이름으로 읽은 글에 대한 감상을 쓰는 숙제를 많이 해 왔을 것이다. 이런 숙제를 하면서 많은 학생들이 자기도 모르는 사이에 잘못된 버릇이 드는 경우가 있는데, 그 중의 하나가 요약과 서평을 구분하지 못하는 것이다. 한 권의 소설을 읽고 독후감을 쓰라고 하면, 써야 할 분량의 대부분을 그 소설의 줄거리를 소개하는 것으로 채우고 마지막에 가서야 '참 재미있었다.' 등과 같은 감상평 한두 줄로 끝내버리는 방식에 알게 모르게 익숙해져 있는 것이다.

대학에 와서도 서평 내지는 독서 감상문을 쓰라는 과제를 내주면 많은 학생들이 책의 내용을 소개하는 데 그치는 것을 볼 수 있어서 안타깝다. 독후감 혹은 감상문은 정확하게 말하면 서평에 들어가는 독서활동인데, 그 글의 대부분을 책에 나온 내용 소개로 마무리하고 마는 것이다. 이것은 엄밀히 말하면 요약을 하는 것이지 서평을 하는 것은 아니다. 요약과 서평은 단순한 용어의 차이가 아니라, 글 쓰는 방식과 지향점이 상당히 다른 독후감상활동이다. 그러므로 이 둘 사이의 공통점과 차이점을 명확하게 이해해야 올바른 서평을 할 수 있게 될 것이다.

1) 요약은 원래의 글을 그대로 축소하는 것이다

학문을 하는 과정에서 볼 때 요약은 읽기의 출발점이라고 할 수 있다. 글이 의사전달의 방법이라는 점을 고려한다면, 글을 읽는 과정에서 일차적으로 중요한 것은 그 글에서 말하고 있는 내용을 정확하게 이해하는 것이다. 대화를 나누는 경우, 먼저 상대방의 말을 알아들어야 그것에 비추어 내가 해야 할 말이나 비판적인 생각을 말할 수 있게 된다. 글을 읽는 과정으로 바꾸면 요약은 상대방이 한 말을 먼저 알아듣는 과정이다. 저자가 글을 통해 표현하고자 하는 사상이나 생각이 어떤 것인지를 정확하게 이해하고, 그것을 글로 정리한 것이 요약인 것이다.

그러므로 요약은 무엇보다 먼저 그 글을 정확하게 이해했음을 보여줄 필요가 있다. 독자가 읽은 글에 포함된 내용을 축소한 것이 요약이므로, 요약은 그 글에 대한 독자의 이해의 정도를 보여주는 것이기도 하다. 요약은 쉽게 정리하자면, 원래의 저자가 그 글을 쓰면서 가지고 있는 생각이나 의도까지도 포함하는 내용의 축소판이라고 할 수 있는 것이다. 그 글을 쓴 원저자의 의도가 중심이 된 글이기 때문에, 독자의 의견이나 생각 혹은 반응은 중요한 요소가 아니다. 오히려 이런 것들이 가능한 한 배제되는 것이 더욱 좋은 요약이 된다.

요약은 대부분 원래의 글의 축소판이므로 대체로 그 글보다 길이도 짧지만, 원저자의 의도나 주제가 그대로 살아나는 글이다. 그래서 원래의 글이 가진 형태나 내용, 구조 등을 가능한 한 그대로 살리는 것이 중요하다. 저자가 강조하는 것이나 저자가 의도한 목적, 전달하고자 하는 내용 등이 가능한 한 그대로 반영될 수 있도록 쓰는 것이 필요하다. 글에서 차지하는 분량과 같은 것에도 저자의 의도가 포함되어 있으므로, 요약도 비율상으로 비슷한 형태를 취하는 것이 좋다.

2) 서평은 독자의 생각이 중심이 된 새로운 글이다

서평은 이와는 전혀 다른 새로운 글이다. 요약이 원래의 저자가 가진 생각이 중심이 된 글이라면 서평은 독자가 가진 생각이 중심이 된 다른 글이다. 여기에서 중심이 된다는 것은 글을 쓰는 대상에 대한 판단의 기준이 어디에 있느냐를 말해 주는 표현이다. 즉 요약은 원저자의 판단의 기준을 그대로 적용하여 내용을 축소하는 것이고, 서평은 글을 읽는 독자가 가진 가치판단의 기준을 적용하여 원래의 글에 대해 가치평가를 내리는 새로운 글이라는 말이다.

서평도 요약처럼 대부분의 경우 원래의 글보다 길이가 짧아지는 것이 대부분이지만, 길이는 그리 중요한 요소가 아니다. 어떤 경우에는 원래의 글보다 더 길어질 수도 있는 것이다.

서평은 독자의 세계관과 가치판단에 따른 평가가 이루어지고 그것이 기반이 되는 글쓰기의 방식이므로, 독자(서평자)의 세계관과 입장이 선명하게 살아난다. 그래서 서평은 중요한 학문 활동의 하나로 인정받기도 하는 것이다. 그만큼 서평은 한 편의 글에 대한 독자의 가치판단과 평가가 중요한 요소이기 때문에 그 분야의 전문가적 시야가 상당히 필요한 것이 사실이다. 그러므로 서평은 요약보다 훨씬 고차원적인 읽기의 방식이 된다.

2. 요약의 과정과 주의할 점

1) 요약의 과정

요약은 원저자의 의도와 생각이 중심이 되는 글이므로 읽은 글의 핵심적인 내용을 잘 정리하는 것이 중요하다. 그러므로 다음과 같은 과정을 사용하면 좋다.

① 글 전체를 관통하여 흐르는 중심 주제를 찾는다.

② 그 글의 주요 개념, 주요 용어들을 찾는다.

③ 주어진 글의 전체적인 구성(개요)을 파악한다.

④ 글을 부분으로 나누어서 각 부분의 핵심어와 소주제를 정리한다.

⑤ 글의 전체 내용을 요약, 정리하고 있는 결말 부분의 내용을 정확히 이해한다.

⑥ 주어진 글의 중요 문단을 빼놓지 않고 간추려야만 충실한 요약문이 된다.

⑦ 그렇게 정리된 주제문들을 연결하여 하나의 글로 정리한다.

2) 요약에서 주의할 점

요약을 작성할 때 주의할 것 중의 하나는 요약을 핵심 내용에 대한 요점정리로 끝낼 것이 아니라, 하나의 완결된 글의 형태로 만들어야 한다는 점이다. 요약문을 활용하게 되는 대부분의 경우는 자신이 읽은 자료를 정리해 놓았다가 나중에 다시 참조하거나 과제물과 같은 곳에 활용하기 위한 것이다. 이때 적절하게 활용하기 위해서도 한 편의 짧은 글의 형태로 만들어 놓는 것이 유리하다.

요약은 또한 원저자의 강조점이 바뀌지 않도록 하는 것이 중요하다. 여기에는 원저자가 강조하고 있는 부분을 요약문에서도 강조해야 한다는 점과 함께, 각 부분이 차지하는 분량도 고려해야 한다는 점이 포함된다. 만약 한 권의 책을 요약한다면, 요약문에서도 그 책을 구성하는 각 장의 분량이나 비율을 대체적으로 맞추는 것이 좋다. 왜냐하면 각 부분이 차지하는 분량도 저자의 의도적인 배치일 가능성이 크기 때문이다.

뿐만 아니라 요약할 때에 본문을 흐르는 문맥을 놓치면 잘못된 요약이 되기 쉽다. 원래의 글이 가지고 있는 전체적인 맥락 속에서 각 부분을 제대로 놓아두어야 한 편의 글을 효과적으로 축소할 수 있게 되는 것이다.

3. 요약의 실례

1) 서사적인 글 요약하기

한 편의 소설과 같은 이야기를 요약하는 것은 그 글의 서사 구조를 고려하는 것이 반드시 필요하다. 어떠한 서사적 요소들이 그 소설을 구성하고 있는지를 정확하게 파악하여, 그 서사적 요소들을 빠뜨리지 않고 요약문 속에 넣는 것이 꼭 필요한 것이다. 여기서는 고전소설 『홍길동전』[1]을 예로 들어보자.

우선 홍길동전에서 서사를 구성하는 요소들은 대략 아래와 같은 항목들을 추출해 볼 수 있다. 이렇게 추출된 항목들을 연결하여 한 편의 짧은 글을 만들어 주면 간단한 요약문이 된다.

① 길동이 태어나다.

② 서얼로 태어난 자신의 신세를 한탄하다.

③ 자기를 죽이러 온 자객을 죽이고 집을 떠나다.

④ 활빈당의 두령이 되어 해인사와 함경감영을 털다.

⑤ 자신을 잡으러 온 포도대장을 도술을 써서 물리치다.

⑥ 팔도에 여덟 길동을 풀어 도적질을 하다.

⑦ 형에게 잡혀 임금에게까지 끌려갔으나 도술을 써서 도망하다.

⑧ 임금으로부터 병조판서를 제수받다.

⑨ 도적들을 데리고 조선을 떠나 제도로 들어가다.

⑩ 망당산에서 요괴를 죽이고 세 명의 여인을 구해 주고 결혼하다.

⑪ 아버지가 죽자 자신이 사는 곳에 묘를 세우다.

⑫ 율도국을 정벌하고 왕이 되다.

---

1) 허균, 『홍길동전』, 김탁환 풀어옮김, (서울: 민음사, 2012).

이러한 내용들을 모아 한 편의 짧은 글로 완성하면 요약문이 된다.

〈보기1〉 간단한 요약문

길동이 재상 홍문의 둘째 아들로 태어나지만, 서얼로 태어나 아버지를 아버지라 부르지 못하는 신세를 한탄하며 자란다. 길동의 능력을 알고 홍판서의 다른 첩이 자객을 보내지만, 길동은 그 자객을 죽이고 집을 떠나 활빈당의 두령이 되어 해인사와 함경감영을 턴다. 길동은 팔도를 돌아다니며 도둑질을 하고, 자기를 잡으러 온 포도대장을 도술을 써서 혼내고 물리치기도 한다. 임금의 명령으로 형이 경상감사가 되어 길동을 잡으려고 하자 팔도에서 여덟 길동이 붙잡히지만 임금 앞에서 도망을 간다. 결국 임금은 길동에게 병조판서 벼슬을 내리고, 이에 만족한 길동은 자기가 이끄는 도둑들을 데리고 제도로 들어간다. 제도에서 길동은 요괴 을동을 죽이고 잡혀 있던 세 여인을 구출하여 결혼하고 행복하게 산다. 아버지가 죽자 그 묘를 제도에 모신다. 길동은 율도국을 정벌하고 왕이 되어 다스리다가 죽는다.

만약 이러한 요약문이 필요에 따라 길어진다면, 전체적인 구조를 유지하되 각 부분을 공평하게 늘리는 것이 필요하다. 서사의 구조를 깨지 않고 요약하는 것이 중요하기 때문이다. 이를 고려하여 분량을 늘린다면, 위의 요약문 중에서 밑줄 친 부분을 늘려볼 수도 있다. 위의 예문에서는 한 줄로 된 요약을 아래 〈보기2〉에서처럼 두 개의 문단으로 만들어 볼 수도 있는 것이다.

〈보기2〉

길동은 서울 사는 재상 홍문의 둘째 아들로 태어났다. 홍문이 대낮에 낮잠을 자다가 용꿈을 꾸고 깨어나 태몽인 것을 알고는 부인과 동침코자 하였으나, 부인이 거절하여 시비 춘섬과 동침하고 아들 길동을 낳게 되었다. 길동의 능력이

출중함을 알게 된 홍문과 부인은 길동이 서자로 태어나게 된 것을 한탄한다.

서자로 태어난 길동은 천재적인 능력을 가지고 있었지만, 천생(서얼)이라 아버지를 아버지라 부르지 못하고 형을 형이라 부르지 못하는 신세에 처한다. 이를 한탄한 길동은 심히 탄식하고 답답해 하면서 그 마음을 어미에게 토로하지만 해결책을 찾지 못한다.

2) 논리적인 글 요약하기

논리적인 글이나 산문은 문단 단위로 내용을 정리하면 쉽게 요약할 수 있다. 하나의 문단이 하나의 생각의 덩어리라는 점을 앞서 살펴보았듯이, 각 문단의 소주제를 추출하여 연결해 주면 하나의 요약문이 되는 것이다. 이때는 원래의 글이 지니고 있는 전체의 주제와 문맥을 고려하는 것이 반드시 필요하다. 다음 예문을 요약해 보자.

〈보기3〉

(1) 예배란 대체 무엇인가? 물론 우리의 삶 전체가 예배이며 우리의 존재 전체로 하나님을 섬기는 것이다. 그렇다면 예배를 어떻게 정의할 수 있겠는가? 아마도 시편 105 : 3에서 가장 훌륭한 정의를 발견할 수 있을 것이다. 예배한다는 것은 "그 성호를 자랑(glory)하는 것이다. 하나님의 이름은 하나님이 계시하신 기호다. 그분의 이름은 유일하고, 다른 모든 이름과 구별되며 그 이름들 위에 있으므로 '거룩' 하다. 하나님의 크신 이름의 거룩함을 한 번 보기만 해도, 우리는 그 이름이 '영광' 과 기쁨을 받기에 합당함을 알게 된다. 성경에 따르면 진정한 예배에는 네 가지 주요 특성이 있다.

(2) 첫째, 진정한 예배는 성경적인 예배, 즉 성경의 계시에 대한 반응이다. 우리는 바울이 아덴에서 "알지 못하는 신에게"라고 새겨진 단을 어떻게 생각했는지 분명히 기억한다. 바울은 철학자들이 알지도 못하고 예배하는 그것을 알려주겠노라고 계속 주장한다(행 17 : 23). 알지 못하는 신을 예배하기란 사실 불가능

하다. 만일 그 신을 모른다면, 우리는 그를 예배할 수 없고, 이른바 우리의 예배는 우상숭배로 전락할 수밖에 없다.

(3) 둘째, 진정한 예배는 회중예배다. 물론 어떤 사람들은 여전히 군중 속에서보다는 그들 스스로 하나님을 예배하는 것이 더 쉽다고 말하기도 한다. 그리고 분명히 사적이고 개인적인 예배가 차지할 자리가 있다. 심지어 시편에서도 그렇다. 그러나 시편 기자들은 공동예배에 더 초점을 맞춘다. "여호와의 종들아 찬양하라"(시 113 : 1), "새 노래로 여호와께 노래하며 성도들의 모임 가운데에서 찬양할지어다."(시 149 : 1)가 그 예다. 신약에서도 우리는 이러한 권고를 읽는다.

– 존 스토트, 『살아 있는 교회』, 신현기 역.

이 예문은 요약 연습을 위해서 책의 한 부분을 가져온 것이다. 이러한 예문을 요약하기 위해서 무엇보다 먼저 해야 할 일은 전체적인 주제를 찾는 것이다. 그리고 각 문단에서 핵심적인 용어들이 있다면 그것을 고려하여 소주제문을 작성해야 한다. 각 문단의 소주제를 정리해 보자.

① 진정한 예배는 여호와의 성호를 자랑하는 것이다.(서론)
② 진정한 예배는 성경적인 계시에 대한 반응이다.
③ 진정한 예배는 회중이 함께 드리는 회중 예배이다.

여기에 인용된 부분은 분량 문제로 인하여, 저자인 존 스토트가 분석하는 진정한 예배의 네 가지 주요 특성 중에서 두 가지 설명만 가져왔다. 이어지는 글에서 다른 두 가지 요소에 대한 상세한 설명이 있지만, 여기서는 생략하였다. 인용된 것만으로 간단한 요약문을 작성한다면, 위에 정리한 각 문단의 소주제문들을 하나의 글로 이어주면 된다.

〈보기4〉

진정한 예배는 여호와의 성호를 자랑하는 것인데, 여기에는 네 가지 주요 특성이 있다. 진정한 예배는 성경의 계시에 대한 반응이며, 회중이 함께 드리는 회중 예배이다.

이러한 간단한 요약문을 만들 수 있는 것이다. 그리고 논리적인 글도 필요하다면 얼마든지 크기를 조절할 수 있다.

3장

서평하기

1. 서평이란 무엇인가

1) 서평의 의미

학생들은 수업을 듣는 중에 끊임없이 과제물을 작성하게 되는데, 과제물의 상당부분이 '독후감'이나 '감상문', '서평' 등의 이름으로 부과된다. 하나의 주제를 정해서 그것에 대한 연구 결과를 정리하는 것이 아니라, 한 권의 책이나 논문을 읽고 그것에 대한 감상을 작성하여 제출하는 것이다. 이것은 서평을 해 오라는 말이다. 그런데 이러한 과제물을 책에 대한 요약 정리로만 채운다면 그 과제를 제대로 이행했다고 하기 어렵다.

서평은 한 편의 글을 읽고, 그 글에 대한 독자의 반응을 정리하는 글이다. 읽은 글이 가지고 있는 가치나 의미를 생각해 볼 뿐만 아니라, 그 글로 인해 독자가 새롭게 깨닫게 된 생각이 있다면 그것을 밝히는 글이다. 그리고 이러한 책이 사회 전체적으로나 독자의 삶에 어떻게 적용될 수 있을지도 생각해 보는 글이기도 하다. 이러한 것들을 정리하기 위해서는 글의 내용을 정확하게 읽어내는 것도 필요하다. 독자 나름의 정확한 독해와 내용의 요약은 서평에서 핵심적인 요소가 된다.

서평을 하기 위해 책을 읽으면 훨씬 깊이 있는 독서가 가능해진다. 읽는 책의 내용을 보다 꼼꼼하고 정밀하게 정리할 수 있게 될 뿐만 아니라, 새롭게 얻게 되는 지식도 훨씬 체계적이고 명확하게 알 수 있게 되는 것이다. 그 과정을 통해 또한 새롭게 얻게 된 지식을 자신이 이미 알고 있던 지식과 비교해 봄으로써 자신의 지식 체계 속으로 편입시키는 것이 보다 쉬워진다. 쉽게 말해 그 지식을 보다 쉽게 자기화할 수 있게 되는 것이다.

이것은 비판적 관점에서 책을 읽는 방법이기도 하다. 독자가 독서의 과정에서 무조건 저자의 세계 속으로 끌려들어가는 것이 아니라, 자신의 입장과 관점을 견지한 상태에서 책과의 대화가 가능해지는 것이다. 뿐만 아니라 서평을 하다 보면 새롭게 알게 된 지식을 삶에 적용해 볼 수 있는 기회가 되기도 한다. 이를 통해 현실을 분석할 수도 있고, 현실에서 부딪힌 여러 가지 문제들에 대한 대안이나 해결책을 찾을 수도 있는 것이다.

서평은 또한 학문을 하는 과정에서도 반드시 필요하다. 만약 학문을 하는 학자가 자신이 읽는 책들을 그저 일방적으로 받아들이기만 한다면 학자로서의 자질을 의심할 수밖에 없다. 학자는 자신의 학적인 체계를 세우고 그에 따라 세계를 보고 연구를 수행한다. 그러므로 이 과정에서 작동하는 학적인 체계는 그 학자의 세계를 보는 눈이 되며 다른 사람들의 연구를 분석하는 틀이 되기도 하는 것이다. 서평은 이 틀에 따라 다른 사람의 글을 읽은 결과물이다. 그러므로 학자의 글 읽기에는 자연스럽게 서평의 과정이 따라오는 것이다. 이제 막 학문의 길에 들어서는 학생들도 이러한 과정을 미리부터 연습하는 것이 필요하다.

한 마디로 서평은 글 읽는 행위 자체를 훨씬 깊이 있게 만들어 주는 소중한 과정이다. 그러므로 학생들은 이러한 서평을 통해 보다 깊이 읽기를 항상 연습해야 한다.

2) 서평을 위한 올바른 자세

① 서평대상이 되는 책을 소중히 여긴다.

좋은 서평을 쓰기 위해서는 올바른 자세를 가지고 책을 접하는 것이 필요하다. 서평의 대상이 되는 책을 소중히 생각하는 것은 서평을 준비하는 이의 기본적인 자세이다. 적의를 가지고 그 책의 문제점만을 지적하고 논쟁하기 위해 선택한 서평이 아니라면, 서평을 위해 책을 선택한다는 것은 그 책이 가진 가치와 의미를 인정한다는 것을 의미한다. 그러므로 서평을 하기 위해 책을 읽는 자는 읽을 가치가 있는 책을 읽는다는 존중의 자세가 필요하다. 과제물을 위해 억지로 책을 읽게 되더라도 이러한 자세는 반드시 필요하며, 구체적인 서평 속에 이러한 존중을 담아내는 것도 좋다.

② 책을 정확하게 읽는다.

서평을 하는 이에게 요구되는 기본적인 자세는 선택된 책이나 논문을 정확하게 읽는 것이다. 책을 정확하게 읽는다는 것은 서평 이전에 독서하는 기본자세로서도 반드시 필요한 요소이기도 하다. 정확하게 책을 읽기 위해서는 글을 자세히 읽어야 한다. 그리고 읽은 내용을 정확하게 분석할 수 있어야 하며, 그것에 대해 정확하게 해석하는 능력도 필수적으로 요구된다.

②-1 자세히 읽는다.

정확하게 읽기 위해서는 무엇보다 먼저 자세히 읽을 수 있는 능력이 필요하다. 글을 자세히 읽는다는 것은 한 단어 한 단어의 의미를 확실하게 이해하고 그것을 바탕으로 글 전체의 의미를 정확하게 파악하는 것을 말한다. 글에 담긴 정보를 정확하게 이해하고, 그것을 바탕으로 전체적인 주제나 소재, 낱말 하나하나까지 올바르게 이해해야 정확한 독서가 되는 것이다. 이것은 글에서 말하고 있는 내용을 명확하게 이해하는 과정을 말한다. 만약 내용을 잘못 이해하고서 그것을 가지고 비평을 진행한다면, 그 비평은 절대로 제대로 된 것이 될 수 없을 것이다.

②-2 분석하며 읽는다.

이와 함께 정확하게 읽기 위한 과정에서 필요한 것은 그 글이 어떤 방식으로 말하고 있는지를 정확하게 분석해 보는 능력이다. 어떠한 방식으로 논지를 전개해 나갔는지 살펴보고, 그것이 얼마나 효과적이고 설득력 있게 활용되는지를 생각해 볼 필요가 있다. 글쓰기의 방식들이 여기에서 다양하게 활용될 수 있다. 비유나 상징 같은 수사학을 사용하고 있는지, 예를 들어 설명하고 있는지 생각해 보고, 그러한 비유나 예시가 얼마나 효과적으로 주제를 설명하고 있는지를 분석해 볼 수 있는 것이다. 그리고 전체적으로 보아 목차나 서술의 구조가 얼마나 효과적인지도 생각해 볼 수 있다.

②-3 정확하게 해석하며 읽는다.

정확하게 해석하는 능력은 글을 정확하게 읽는 과정에서 필수적으로 요구되는 사항이다. 이 글이 의미하는 바가 무엇인지 생각해 보고, 어떤 의도나 목적을 가지고 이 글을 쓰고 있는지를 생각해 보아야 보다 풍부한 이해와 해석에 도달할 수 있다. 뿐만 아니라 분석하며 읽는 과정에는 글이 작성된 시대를 생각하면서 읽어보는 것도 중요한 하나의 기준이 된다. 왜 하필 그 시대에 이러한 이야기를 하게 되었을까를 생각해 보는 것이다. 그러한 과정을 거치다 보면 그 글에 대한 보다 풍성한 이해에 도달할 수 있게 된다.

③ 자신감을 가지고 읽는다.

글을 정확하게 읽는 것과 함께 서평을 하는 데 있어서 꼭 필요한 자세는 자신감을 가지고 글을 읽는 것이다. 독서는 분명히 저자와 독자가 서로 대화하는 과정이다. 그렇다면 저자나 독자 어느 한쪽이 일방적으로 자신이 가진 생각을 포기해야 하는 것은 아니다. 저자도 하나의 인간이며 글을 읽는 독자도 하나의 인간이다. 그러므로 독자로서의 내가 가지고 있는 생각과 느낌은 매우 소중하며, 서평을 하는 과정에서 필수적인 기준으로 작용하는 것이다. 그러므로 서평을 위해서는 반드시 자신감을 가지고 책을 읽는 것이 필요하다.

서평을 준비하는 독자를 움츠리게 만드는 요소 중의 하나는 지식의 양이다. 이제 막 학문의 길에 들어서는 학생들은 전공 지식이 부족할 수밖에 없는데, 과제물로 제시된 서평의 대상이 되는 책은 풍부한 전공 지식을 바탕으로 탄탄한 지식 체계를 갖춘 책이다. 그런 책 앞에 설 때 사람들은 주눅이 들 수밖에 없다. 그렇다고 해서 그 사람이 서평을 할 수 없는 것은 결코 아니다. 이럴 때 사용할 수 있는 방법이 그 책에 대해 다른 학자가 쓴 책을 읽고 참조하는 것이다. 나중에 이렇게 참조한 책을 반드시 참고문헌으로 표기해 주는 것이 필요하지만, 그 책에 대해 다른 사람이 쓴 글을 읽으면 어떠한 부분에 관심을 가지고 읽어야 하며 무엇이 장점이고 무엇이 문제점인지 쉽게 알아볼 수 있게 되는 것이다.

④ 비판적인 자세로 읽는다.

이와 함께 서평을 하는 자에게 꼭 필요한 요소는 비판적인 자세로 읽는 것이다. 서평을 하는 사람은 글을 읽을 때 반드시 책 속에서 말하고 있는 생각과 자신의 생각을 서로 비교하며 읽어야 한다. 뿐만 아니라 저자에 대하여 잘 찾아보고, 그 저자와 서평하고자 하는 책과의 관계나 그 저자의 전체 저작물 중에서 해당 책이 차지하고 있는 위치를 생각해 보는 것도 좋은 읽기의 방법이다. 이와 함께 책에서 말하고 있는 지식 체계나 관점이 어떤 의미와 가치가 있는지를 정확하게 따져보는 것은 무엇보다 중요하다. 그리고 왜 하필이면 저자가 이 자리에서 이런 내용을 이런 방식으로 말하고 있는지를 살펴보는 것도 반드시 필요한 것이다.

결국 서평을 위한 좋은 읽기의 방법은 좋은 독서의 방법이기도 하다.

2. 서평의 과정

1) 서평에 쓸 내용을 마련한다

서평도 하나의 글이기 때문에 서평에서 쓸 자료를 잘 마련하는 것이 매우 중요하다. 서평의 자료는 모두 읽은 책으로부터 서평자가 추출해 낸 내용으로 마련하는 것이 필요하다. 서평은 반드시 책에 대한 평가여야 하기 때문이다. 책에 대한 분석을 통해 자료를 마련하는 데 유용하게 활용할 수 있는 방법은 책을 읽는 동안 다음과 같은 질문을 계속 던져보고, 그에 대한 대답을 생각나는 대로 기록해 놓는 것이다. 이 질문들은 읽는 책의 내용을 보다 정확하고 선명하게 추출하는 방법이기도 하므로, 모든 독서에 항상 적용하면 좋다.

① 무엇을 말하고 싶어 하는가?
(글 전체의 주제가 무엇인지를 찾는 질문)
② 이러한 주제가 타당한가?
(주제가 긍정할 만한가 하는 질문)
③ 왜 그렇게 말하고 있는가?
(저자의 의도를 파악하기 위한 질문)
④ 어떤 관점이나 전제를 가지고 그렇게 말하는가?
(전제나 세계관을 파악하는 데 필요한 질문)
⑤ 그 관점이나 전제는 읽는 사람이 인정할 만한가?
(세계관이나 전제의 의미와 가치에 대한 질문)
⑥ 어떤 방식으로 말하는가?
(글의 서술방법이나 논지의 전개방식을 파악하는 질문)
⑦ 필요한 내용이 빠져있거나 잘못 말하고 있는 내용은 없는가?
(서술 방법상의 문제점을 파악하는 질문)

⑧ 이 글에서 말하는 내용은 나의 생각과 어떤 부분이 같고 어떤 부분이 다른가?

(독자의 입장이나 관점과의 비교 및 대조)

⑨ 이 분야에서 어떠한 공헌을 하였는가?

(전공분야에 대한 전문적인 지식이 필요한 질문임)

⑩ 현실에서 얼마나 유용한가?

(현실에서의 적용가능성을 묻는 질문)

⑪ 이 글은 어떤 장점이나 어떤 단점이 있는가?

이러한 질문을 지속적으로 던지면서 책을 읽고, 그 과정에서 얻은 답을 메모해 놓으면 좋은 서평 자료가 된다. 실제로 서평을 하게 되면, 그렇게 찾아낸 것들 중에서 많은 것을 사용할 수도 있고, 두세 가지만을 집중적으로 다룰 수도 있는 것이다.

이와 함께 서평을 하는 과정에서 꼭 필요한 내용 중에는 저자에 대한 것도 있다. 저자가 어떤 사람이며 어떠한 삶을 살았고, 어떤 생각을 하며 살았는지를 꼼꼼하게 조사해 놓으면 서평을 쓰는 데 상당히 유용하게 사용된다. 저자에 대해 조사를 할 때에는 서평의 대상이 된 작품이 이 저자의 작품 세계 중에서 어떤 위치에 있는지를 함께 조사해 놓는 것이 좋다. 저자의 다른 작품들과의 상관관계나 이 작품만이 가진 독특함 같은 것들을 조사해 놓으면, 이 작품을 이해하는 데 매우 유용하기 때문이다. 그리고 저자가 이 책을 왜 쓰게 되었는지도 함께 알아 놓는 것이 좋다. 저자의 저술 의도를 알면 책 전체의 내용을 이해하는 데 매우 유용할 뿐만 아니라, 책에 대한 저자의 생각까지도 알게 된다.

서평은 읽은 책에 대한 비평 활동이므로 이 책을 읽게 된 동기도 기록해 놓으면 좋은 서평의 자료가 된다. 이러한 동기는 서평의 내용과 긴밀하게 연관되어 있으면 더욱 유용하다. 독자가 느끼고 있던 문제의식이나 삶에서 힘든 점, 혹은 공부를 하다가 막힌 점을 이 책을 읽는 과정 중에 해결할 수 있었다면 이 책이 매우 유용하다고 주장하는 것이 되므로, 이러한 동기는 좋은 서평의 자료가 될 수 있는 것이다.

2) 서평을 쓰기 위한 개요를 마련한다

서평도 하나의 독립된 논리적 글이므로 일반적으로 사용하는 서론과 본론, 결론의 3단구조를 활용하는 것이 매우 유용하다. 다만 서평의 논의 내용은 항상 읽은 책으로부터 떠나면 안 되는 것은 당연하다.

〈보기1〉 서평의 개요

(1) 서론

- 저자 소개
- 저자에게 있어서 이 글의 위치와 의미
- 이 글을 읽게 된 동기
- 이 책이 주는 의미(간략하게)

(2) 본론

- 이 책에서 저자가 제시하는 전체적인 주제
- 그것에 대한 독자의 생각이나 판단
- 이 책이 가지고 있는 장점이나 단점
- 독자의 관점에서 이루어진 적절한 수준의 요약
- 삶이나 학문에 적용할 수 있는 사항

(3) 결론

- 앞에서 한 논의를 정리하고 요약한다.
- 이 책을 읽는 의미나 가치를 다시 한 번 설명한다.
- 이 책으로부터 촉발된 생각들을 간단하게 언급한다.

여기에 소개된 개요는 서론, 본론, 결론에 들어갈 내용을 개괄적으로 지적한 것이다. 그 내용들은 앞서 자료를 마련하는 과정에서 찾아낸 여러 가지 것들 중 필요한 것을 가져와 활용하면 된다.

3) 개요에 따라 한 편의 글을 완성한다

일반적인 글쓰기 과정처럼 개요에 따라 한 편의 글을 완성하면 서평이 완성된다. 여기에서 유의할 점 중의 하나는, 일반적인 논리적 글쓰기처럼 서평에서도 본론을 쓸 때 세 개 정도의 장을 만드는 것이 좋다는 점이다. 그러므로 앞의 과정을 통해 마련한 다양한 내용들을 전부 다 사용할 수는 없고, 그 중에서 중요하다고 생각되는 항목 서너 개를 활용하여 이를 집중적으로 논의하는 것이 중요하다.

서평에는 서평자의 의견이나 견해가 중요하지만, 언제나 원래 글의 내용을 근거로 하고 있어야 한다. 그것이 서평의 중요한 덕목인 것이다. 이것을 가능하게 만드는 방법은 서평 속에 원래의 글을 끊임없이 인용하기도 하고, 서평자 나름대로 정리한 내용을 요약적으로 제시하기도 하는 것이다. 이를 통해 서평자는 자신의 견해가 옳다는 점을 원래의 글 속에서 논증해 낸 것임을 보여줌으로써, 서평이 원래의 글로부터 벗어나지 않고 있음을 효과적으로 보여줄 수 있을 뿐만 아니라 서평의 논지도 탄탄해지는 이중의 효과를 얻을 수 있다.

3. 서평에서 주의할 점

서평은 비평적인 글이지만 본질적으로 논리적인 글이기도 하다. 그러므로 서평은 읽은 책의 부속물이나 파생물이 아니라, 서평자가 쓰는 완전히 독립된 자신만의 글이라는 점을 항상 염두에 두어야 한다. 이러한 글이 잘 쓴 글이 되기 위해서는 다음과 같은 점에 주의하는 것이 좋다.

① 자신의 관점이 살아있고 자신의 생각이 중심이 된 글을 쓴다.

② 논리적이고 설득력 있는 글을 쓰기 위해 노력한다.

③ 요약만 하는 것은 서평이 아니므로, 일방적인 요약은 하지 않는다.

④ 저자의 생각을 따라가 보고, 그것을 비판적으로 생각해 본다.

⑤ 적용할 수 있는 점을 적극적으로 활용한다.

⑥ 원래의 책을 보다 분명하게 이해하고 분석하며 평가하는 과정이 반드시 필요하다.

서평에서 중요한 점은 일방적인 요약을 가능한 한 줄이는 것이다. 하지만 지나치게 요약 중심으로 서평을 쓸 경우 요약문인지 서평문인지 구분할 수 없게 될 것이다. 만약 요약이 필요하다면, 원래의 글의 내용을 그대로 축소해서 옮겨놓는 것이 아니라 서평자 나름의 방법과 관점에서 정리하여 자신의 글이 가진 논리적 흐름에 잘 이어지도록 만든다. 이러한 요소들을 고려하여 한 편의 글을 쓴다면 좋은 서평을 할 수 있을 것이다.

4. 서평의 실례

1) 『홍길동전』에 대한 서평

서평 연습의 효과를 위하여 앞서 요약문을 작성해 보았던 『홍길동전』에 대한 서평을 연습해 보자. 먼저 서평의 과정을 따라 서평을 위한 자료를 마련해 볼 필요가 있다. 『홍길동전』을 읽다 보면 작품과 관련된 여러 가지 생각들을 하게 될 것이다. 서평을 위한 자료를 마련하는 것은 『홍길동전』과 관련된 여러 가지 주변 자료를 조사하는 것과 함께 작품을 읽는 중에 생각하게 된 여러 가지 주제들을 정리하는 것이다. 다음은 이 과정을 통해 파악한 자료들이다.

〈보기2〉 『홍길동전』 서평을 위한 자료

① 저자에 대하여

- 선조에서 광해군 시대를 살다 간 천재적인 문인이며 정치가
- 말년에 현실정치를 통해 자신의 꿈을 실현시키기 위해 노력하기도 했으나, 정쟁에 밀려 역모 혐의로 사형 당함
- 누이는 허난설헌
- 스승 이달은 서얼 출신

② 이 책에 대하여
- 이 책은 허균의 정치적 입장을 잘 표현해 주는 대표적인 소설
- 최초의 국문소설, 사회소설, 영웅소설이다.
- 연산군 시절의 실존 인물인 도적떼의 두령 홍길동을 소재로 하여 당대 사회의 실상을 보여주고 있는 작품

③ 길동의 성격적 특징
- 현실비판적인 성격
- 새로운 세계에 대한 강렬한 탐색자
- 조선시대 선비들의 이상과 세계관을 지닌 부분도 있음
- 천재적이고 뛰어난 능력자

④ 이 작품의 세계관
- 집단중심적 사고방식
- 숙명론(운명론)
- 서얼문제 비판
- 율도국 : 조선시대 선비들이 꿈꾸던 요순시대와 같은 정치적 유토피아

이러한 사전 조사를 바탕으로 서평을 위한 개요를 작성해 볼 수 있다. 위에서 파악한 『홍길동전』 분석 내용들을 전부 쓸 수는 없으므로 그 중 중요하다고 생각되는 일부를 활용하여 개요를 작성한다.

〈보기3〉『홍길동전』 서평을 위한 개요

① 허균의 삶과 홍길동전에 대한 간략한 소개

② 홍길동전에 나타난 세계관과 중심 주제

③ 홍길동의 성격적 특징과 장점

④ 홍길동전의 한계 – 율도국의 의미와 한계

⑤ 홍길동전 읽기의 유익

이렇게 마련한 개요를 바탕으로 한 편의 서평을 작성해 볼 수 있다.

〈보기4〉『홍길동전』 서평

(1)『홍길동전』은 최초의 국문소설이면서 영웅의 일생을 다룬 영웅소설이다. 또한 이 소설은, 연산군 시절에 실존했던 도둑의 두령 홍길동을 소재로 하여, 당대 조선 사회의 실상과 문제점을 여실히 보여주고 있다는 점에서 상당히 문제성 있는 사회소설이라고 할 수 있다. 이 소설을 쓴 허균은 당대 조선이 낳은 천재 중의 한 사람으로, 문인이었을 뿐만 아니라 당대 사회의 문제점에 대한 해결책을 찾아 새로운 세계를 만들기 위해 노력했던 혁명적 인물이다. 서얼 출신이었던 스승 이달의 영향을 받아 서얼문제에 특히 많은 관심을 보여주는데,『홍길동전』은 바로 이러한 작가 허균의 세계관을 고스란히 드러내고 있는 중요한 작품이다.

(2)『홍길동전』은 주인공 홍길동이 태어나서 죽기까지의 일대기를 다루고 있는 소설이다. 용꿈을 꾸고 태어난 길동의 파란만장한 일생은, 천재적인 능력은 있지만 당대 사회의 불합리하고 부조리한 구조적 모순 때문에 자신의 능력을 발휘하지 못하고 억눌려 살아야 했던 서얼의 문제점을 정면으로 다루고 있다. 이러한 길동을 억압하는 세력은 가정에서부터 국가 전체에 이르기까지 모든 영역에 자리 잡고 있는데, 이렇게 강한 억압 세력은 당대 사회의 신분제가 지닌 구조

적 힘이 얼마나 거대한지를 깨닫게 한다. 길동은 이러한 억압을 뚫고 율도국을 세움으로써 부조리한 사회의 억압을 뛰어넘는 인물이다.

(3) 소설 속에서 홍길동은 지극히 현실비판적인 성격을 지닌 인물로 그려진다. 어린 시절의 억압을 견디지 못하여 집을 떠나고, 도둑이 되어 나라 전체를 뒤흔드는 인물이 되는 것이다. 이런 행위 하나하나는 소설 속에서 당대 사회의 지배구조에 대한 비판으로 나타난다. 홍길동이 그 사회에서 범죄자가 될 수밖에 없었던 이유는, 정상적인 방법으로는 신분제라는 당대 사회의 벽을 넘을 수 있는 방법이 없었기 때문이다. 그의 활약은 새로운 세계인 율도국을 건설하고 새 왕조를 열어가는 자리에까지 이르게 된다. 서얼임에도 불구하고 왕이 될 수도 있다는 것은 그 시대의 세계관을 생각해 보면 매우 충격적인 일로, 당대 사회의 억압과 한계를 뛰어넘는 작가 의식의 소산이라고 하겠다.

(4) 그럼에도 불구하고 길동의 의식 세계는 당대 선비들의 세계관과 이상을 완전히 벗어나지는 못한 한계를 지니고 있다. 그가 만들어 내는 율도국은 정치적인 안정과 평화로운 통치가 지배하는 세계일 뿐, 현실의 모든 벽들이 허물어진 세계라고 하기는 어렵다. 조선 사회에서 그를 얽어매고 있던 신분구조가 율도국에도 여전히 존재하고 있는 것이다. 그러한 의미에서 율도국은 유가의 전통적인 이상향에 가깝다고 할 수 있다. 뿐만 아니라 그는 여전히 가족 중심적인 집단적 사고구조로부터 완전히 벗어나지 못하고 있다. 엄청난 능력과 도술을 소유하고 있음에도 불구하고 그는 가족의 안위를 위해 스스로 사로잡혀 자신의 꿈을 포기하는 모습을 보인다. 이것은 개인보다는 집단 혹은 가문을 중시하는 당대의 사고구조를 그대로 반영하고 있는 모습이다.

(5) 『홍길동전』은 작가 허균의 세계관과 가치관을 잘 드러내고 있는 작품이다. 그는 이 작품에서, 그 시대의 사람들이 부딪힐 수밖에 없었던 각종 사회 정치적인 문제들을 재미있는 소설이라는 형식을 활용하여 훌륭하게 풀어내고 있는 것이다. 이 작품에서 다루고 있는 적서차별과 같은 사회문제는 당대 조선 사

회를 그 근본에서부터 허물어뜨리고 있는 문제였는데, 허균은 이러한 문제에 대하여 정면으로 반박하고 있다. 새로운 세계를 꿈꾸는 길동의 삶을 통해 펼쳐지는 흥미로운 이야기인 『홍길동전』은 그러므로 우리 문학사에서 최초의 국문소설이자 사회비판소설로서의 의미와 가치를 충분히 지니고 있다고 하겠다.

2) **서평 실례** 2

다음은 신문에 실린 서평을 가져온 글이다. 박명진 교수가 마셜 맥루한의 저서 『미디어의 이해』에 대한 서평을 쓴 글인데, 이 서평을 잘 읽어보면 좋은 서평을 쓰는 방법에 대한 많은 도움을 얻을 수 있을 것이다.

〈보기5〉

마셜 맥루한의 『미디어의 이해』 서평

– 박명진

(1) 저자 마셜 맥루한은 1960년대에 주목을 받기 시작한 캐나다의 커뮤니케이션 이론가이다. 그 이론을 바탕으로 역사와 문명의 변화를 설명해 낸 중요한 현대 사상가이기도 하다. 고정관념을 뒤집는 새로운 발상법으로 미디어 테크놀로지가 어떻게 역사의 변화에 결정적인 역할을 할 수 있는지 설명하는 새로운 이론을 구축해 냈는데 『미디어의 이해』는 그 같은 미디어 결정론의 대표작이다.

(2) 1960년대 커뮤니케이션 연구에서는 사람을 설득하고 세상을 변화시키는 것은 당연히 메시지의 힘이라고 보았다. 미디어는 그저 메시지를 실어 나르는 용기(用器)일 뿐. 그런데 맥루한은 세상을 바꾸는 것은 메시지가 아닌 미디어의 힘이라고 '어이없는' 주장을 한 것이다. 쇠붙이 같은 물질에 지나지 않아 보이는 미디어가 어떻게 그런 힘을 가질 수 있다는 것일까?

(3) 맥루한은 기술이 인간 몸의 다양한 기관과 기능의 연장(延長)이라는 지적

에서 출발한다. 그 성능을 물리적으로나 정신적으로 더 높여 주고 강화시켜 주는 것이 도구이며 기술이기 때문이다. 그러므로 기술의 변화는 모든 사회적, 문화적 변동을 이끈다. 기술 중에서도 커뮤니케이션 미디어 기술은 인류 사회 변화의 지배적 요인이다. 왜 그런가?

(4) 커뮤니케이션 미디어는 인간의 감각기관의 연장이어서 세상을 지각하고 인식하는 방법에 영향을 주기 때문이다. 책은 시각의 연장이요, 라디오는 청각의 연장, TV는 시각과 청각, 그리고 촉각을 동시에 연장시켜 주는 미디어이다. 우리의 감각기관은 각기 다른 방식으로 세상을 지각한다. 그러므로 한 사회 혹은 한 시대가 지배적 의사소통 수단으로 어떤 미디어를 사용하느냐에 따라 대상에 대한 지각이나 인식은 달라질 수 있다. 장기적으로는 생각하는 체계, 사회관계, 문화도 바뀌게 된다.

(5) 예컨대 TV라는 전자 매체는 거의 모든 감각기관의 연장이어서 시각 위주였던 문자시대의 과도한 분석적 사고, 개인주의, 합리주의의 병폐에서 벗어나 총체적인 사고능력을 가진 균형 잡힌 인간형으로 유도한다. 게다가 우리의 감각기관을 즉각적인 주변 환경만이 아니라 전 세계, 우주 공간의 구석구석까지 연장시켜 주어 지구 차원의 연대의식이 가능한 지구촌 사회를 형성할 수 있게 해준다. 그러므로 미디어는 메시지이다.

(6) TV 이후 새로운 디지털 미디어가 끊임없이 등장하고 있다. 인터넷, DVD, DMB, MP3 등 새로운 미디어는 과연 우리 자신과 역사와 문명을 어떻게 바꾸어 놓을 것인가? 『미디어의 이해』에 이어서 맥루한의 사후에 발표된 『미디어의 법칙』이라는 책을 읽으면 그 답을 찾는 데 큰 도움이 된다. 그 책의 핵심은 다음의 4가지 문제 풀이이다. 새 미디어가 확장시켜 주는 것은 무엇인가? 쓸모없는 것으로 만들어 버리는 것은 무엇인가? 그것이 회복시켜 주는 것은 무엇인가? 그것의 사용이 고도화되어 한계에 달할 때 어떤 반전의 잠재적 가능성을 가지게 될 것인가? 이 두 책의 도움으로 새로운 미디어를 대입시켜 문제 풀이를 해 본다면

아마도 21세기가 어떤 역사를 만들어 나갈 것인지 맥루한식으로 가늠해 볼 수 있을 것이다.(〈동아일보〉 2005. 7. 18.)

이 서평은 전체 6개의 문단으로 이루어져 있다. 첫 문단은 이 서평의 서론격인 문단으로, 서평의 대상인 『미디어의 이해』라는 책과 그것을 쓴 저자 마셜 맥루한에 대해 소개하고 있다. 마셜 맥루한이 캐나다의 커뮤니케이션 이론가이며, 이 책은 그의 이론의 핵심을 보여주는 대표작이라는 것이다. 이것은 일반적인 서평의 구조를 따른 것으로, 서평의 처음에는 서평의 대상이 된 책의 의미나 가치를 설명하거나, 그것을 쓴 저자, 그리고 저자의 작품 세계나 사상 체계 속에서 그 저서가 차지하는 위치를 소개하는 그러한 구조를 따른 것이다.

두 번째 문단은 이 책이 가지고 있는 내용의 핵심이 무엇이며, 그것이 역사적으로 어떤 가치를 지닌 사상인지를 설명해 주고 있다. 저자가 소개하는 맥루한의 주된 관점은, 세상을 바꾸는 힘이 메시지로부터 오는 것이 아니라 메시지를 전달하는 매체로서의 미디어로부터 온다는 매우 새로운 주장을 하는 것이라고 소개하고 있다. 이어지는 (3), (4), (5) 문단은 맥루한이 주장하는 미디어 이론의 요체를 설명하는 문단이다. 맥루한에 따르면 미디어 자체가 메시지라는 것이다.

여기에서 주목해야 할 것은 이 책의 핵심적인 내용을 소개하는 (3), (4), (5) 문단 중에서 책을 있는 그대로 요약하고 있는 경우는 없다는 점이다. 책의 핵심적인 내용을 이 글의 문맥에 맞게 분석하고 재해석하여 설명해 주고 있는 것이다. 이것은 상당히 중요한 요소이다. 서평은 읽은 책을 일방적으로 요약하는 것이 아니라, 그 책을 서평자의 입장에서 새롭게 읽어내고 그 결과를 풀어낸 새로운 글임을 보여주는 것이다.

그리고 마지막 (6) 문단에 와서는 다시 이 이론이 가지고 있는 의미와 가치를 설명한다. 저자는 이 책이 현대 사회에 대한 새로운 시야를 제공하는 힘을 지니고 있다고 설명함으로써 이 책은 꼭 읽어보아야 할 좋은 책이라는 말을 하고 있는 것이다.

종합적으로 보면 이 서평은, 저자와 책에 대한 소개와 함께 그 책의 의미와 가치에 대해서도 적절하게 소개하는 것으로 시작하여, 맥루한의 저서에 담긴 전체적인 내용을 소개하고, 마지막에 가서는 그 책이 가진 의미와 가치를 현대의 사회와 미디어 환경에 대한 이해의 틀로 활용될 수 있음을 지적하면서 끝을 맺는다. 이를 통해 원래의 책의 내용을 소개할 뿐만 아니라 꼭 읽어볼 필요가 있는 중요한 책이라는 주장을 하고 있다.

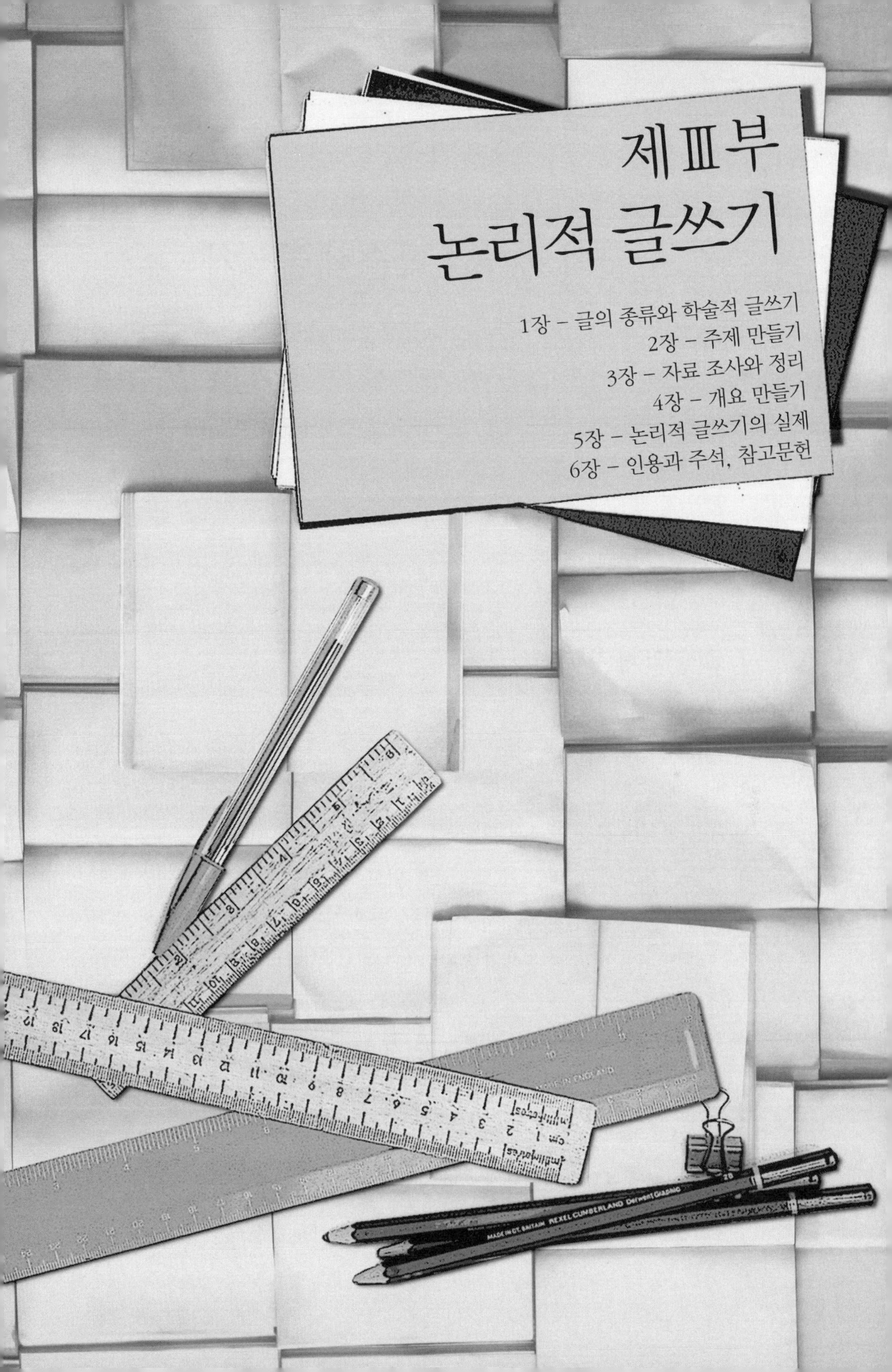

제Ⅲ부
논리적 글쓰기

1장

글의 종류와 학술적 글쓰기

1. 글쓰기의 네 가지 방법

우리는 다양한 방법으로 다양한 내용을 다룬 글들을 읽기도 하고 쓰기도 한다. 동일한 소재를 가지고 쓴 글이라도 글쓴이의 의도와 목적에 따라 전혀 다른 글이 되는 것을 우리는 종종 접하게 된다. 한 송이의 꽃을 보고 어떤 이는 감동적인 한 편의 시를 쓰기도 하고, 어떤 이는 그 꽃과 얽힌 재미있는 이야기를 풀어낼 수도 있으며, 또 어떤 이는 식물사전의 서술처럼 그 꽃을 꼼꼼하게 설명하는 글을 쓸 수도 있는 것이다. 어떤 이는 그 꽃에서 촉발된 단서로부터 한 편의 긴 논설을 작성할 수도 있다.

글쓰기의 방법은 일반적으로 서사, 묘사, 설명, 논증 등 네 가지로 나눈다. 서사는 시간의 흐름에 따라서 일어나는 사건의 전개 과정을 이야기해 주는 서술의 방법이며, 묘사는 공간적으로 정지된 대상으로부터 받은 느낌이나 인상을 언어로 그려 내는 서술의 방법이다. 설명은 독자들에게 어떤 사실이나 대상의 특징과 같은 정보를 자세히 알려주는 서술의 방법이며, 논증은 여러 가지 논거를 통해 자신의 주장이 옳음을 증명하는 서술의 방법이다. 그러므로 서사에서는 시간의 흐름이 중요한 서술의 기준이 되며, 묘사에서는 공간적인 느낌과 인상이 중요한 서술의 기준이 되고, 설명은 상대를 이해시키는 것을 목적으로 하며, 논증은 상대를 설득하는 것을 목적으로 하는 것이다. 이를 간단하게 정리하면 다음과 같다.

① 서사 : 이야기하기(시간)

② 묘사 : 그려 내기(공간)

③ 설명 : 알려주기(이해)

④ 논증 : 주장하기(설득)

이러한 글쓰기의 방법들은 글을 쓰는 사람의 의도나 목적에 따라 적절하게 사용하는 것이 필요하다. 실제로 한 편의 글이 이 네 가지 글쓰기의 방법 중 어느 한 가지만을 사용하는 경우는 찾기 어렵다. 그만큼 여러 가지 글쓰기의 방법들이 다양하게 섞여서 사용된다. 학생들의 글쓰기에서도 상황과 필요에 따라 이러한 다양한 방법들을 사용할 필요가 있는데, 이를 위해서는 각각의 글쓰기 방법이 가진 특징을 명확하게 이해하고 있어야 한다.

2. 서사와 묘사

서사는 시간의 흐름에 따라 사건의 전개 과정을 서술하는 글쓰기 방법인데, 이러한 방법을 가장 많이 사용하는 장르는 소설이다. 사건이나 행동이 어떻게 진행되는지를 시간의 흐름에 따라 서술함으로써 독자가 그 사건의 전말을 알 수 있도록 만들어 주는 서술 방법인 것이다.

서사의 방법에서 중요한 것은 사건을 어떻게 구성하여 제시하는가 하는 서사구성의 방법이다. 만약 사건을 전달하는 데 있어서 어떠한 기준도 없이 마구잡이로 생각나는 대로 이야기를 한다면 듣는 사람은 그 이야기의 실체를 쉽게 파악하지 못해 상당히 혼란스러울 것이다. 서사 구성은 이러한 혼란을 방지하기 위하여 사건을 알아듣기 쉬운 하나의 구조로 만들어 독자들에게 제시하는 방법이다. 그러므로 이것은 이야기를 효과적으로 전달하기 위한 방법이기도 하다.

'이야기'는 사실 동서고금을 막론하고 사람들의 관심과 재미를 이끌어 내는 좋은 서술의 방법이다. 이러한 서사에서 일반적으로 많이 사용하는 방법은 발단, 전개, 절정, 결말로 이어지는 일련의 흐름에 따른 서술이다. 발단은 사건을 이끌어 나가는 인물이나 행위의 주체가 소개되고 그 사건의 배경이 제시되며 사건의 기본적인 윤곽이 드러나는 단계이며, 전개는 본격적으로 사건이 일어나기 시작하는 단계 즉, 사건을 형성하는 갈등이 구체적으로 제시되면서 긴장감이 만들어지기 시작하는 단계이다. 이러한 갈등이 최고조에 이르는 단계를 절정이라고 하는데, 이 단계는 갈등이 해소되는 단계로 넘어가는 전환점의 역할도 한다. 결말은 이러한 최고조에 이른 갈등이 완전히 해소되고 새로운 질서를 회복하는 마지막 단계를 말한다.

물론 모든 사건들이 반드시 이러한 서사구조를 형성하는 것은 아니다. 그저 시간의 흐름에 따라 사건을 담담하게 서술할 수도 있고, 독자에게 강렬한 느낌을 주기 위해서 절정의 단계를 먼저 제시할 수도 있는 것이다. 이러한 양상은 글쓴이의 의도적 선택과 시간 구조에 따른 구성 요소의 배치 방식으로부터 나오는 것이다.

이와 함께 서사에서 중요한 요소는 사건을 서술하는 시점을 어디에 두느냐 하는 문제이다. 서사는 본질적으로 이미 일어난 사건을 독자들에게 언어를 매개로 하여 전달하는 방식이므로, 그 사건을 전달하는 전달자의 존재를 상정하지 않을 수 없다. 그 전달자의 눈이 바로 시점이 된다. 소설에서는 이러한 시점을 분류하여 전지적 작가 시점, 작가 관찰자 시점, 1인칭 관찰자 시점, 1인칭 주인공 시점 등 네 가지 방식으로 나누기도 한다.

묘사는 서술하고자 하는 대상이 지닌 모양이나 색깔, 감촉, 소리 등을 마치 눈앞에서 보듯이 그려 내는 서술 방식이다. 그래서 묘사를 언어로 그리는 그림이라고 설명하기도 한다. 묘사는 그림을 그리듯이 서술하는 방식이기 때문에 시간의 흐름을 고려하지 않는 특징이 있다. 그래서 묘사에는 공간적인 의미가 강조되는 것이다.

대상에 대한 상세하고 선명한 정보를 제공하기 위해 묘사의 방법을 사용하는 설명적 묘사는 글쓴이의 주관적인 판단이나 정서보다는 대상의 모양이나 색깔, 형태, 크기, 특성 등 대상을 이해하는 데 필요한 여러 가지 정보를 사실적으로 제공하는 글쓰기 방법이다. 이와는 달리 시나 소설에서 많이 사용하는 문학적 묘사는, 정보의 제공보다는 글쓴이의 정서나 감정을 전달하거나 사건이 일어나는 배경이나 분위기를 전달하기 위해 사용된다. 이런 경우에는 객관적 사실보다는 주관적 인상이 더 중요해진다.

묘사의 방법을 사용할 때에는 서술자의 위치를 명확하게 인식하고 있어야 효과적으로 묘사할 수 있다. 서술자의 위치 즉 시점이 항상 고정되어야 하는 것은 아니지만, 일정한 기준을 가지고 그 시점을 정하는 것은 중요하다. 만약 시점이 독자가 알아채기 힘들 정도로 마음대로 움직이면, 독자는 그 글이 묘사하고 있는 대상의 실체를 제대로 알아듣기 힘들 것이다. 그런 면에서 묘사에는 나름의 기준점이 반드시 필요하다. 하나의 공간을 묘사한다면 그 공간을 바라보는 시선을 좌에서 우로 옮기거나 앞에서 뒤로 옮기는 등 나름의 기준점을 확보해서 서술해 주어야 독자는 그 글을 읽으면서 대상을 쉽게 이해할 수 있게 되는 것이다.

〈보기1〉

(1) 열아홉 살인가 되던 해 여름에 나는 처음으로 교회의 문을 두드렸다. 비가 놋날 같이 쏟아지는 장마철의 어느 주일이었다. 1934년이었을 것이니 지금으로부터 50년도 더 전의 일이다. 출가한 누님의 서신을 통한 간절한 권고로 내 생애에 처음 교회에 발을 들여놓던 그때의 인상과 감동을 지금도 나는 잊을 수가 없

다. 아마 앞으로도 좀처럼 잊히지 않을 것이다.

(2) 그때 내가 찾아간 교회는 서울 영천 쪽, 높은 언덕바지에 있었다. 가난한 집들이 닥지닥지 붙어 있는 틈새에 자리 잡은 아주 초라한 어느 교회였다. 지붕은 검정 콜타르를 칠한 함석이었고, 안에는 의자도 없이 낡은 돗자리 바닥 그대로였다.

(3) 처음으로, 그것도 혼자서 찾아가는 길이어서 나는 교회에 들어가기가 어쩐지 계면쩍고 부끄러웠다. 그러면서도 한편으로는 가슴이 두근거렸다. 무엇인가 중대한 결단을 내려 행동에 옮길 때처럼, 어떤 결연한 심정으로 돌아가서 나는 엄숙한 긴장감으로 마음을 조였다. 막연하나마 새로운 세계를 발견하게 될지도 모른다는 신기한 기대감으로 가슴이 부풀기까지 했다.

(4) 비가 내리는 탓인지, 예배시간에 좀 늦은 때문인지 몰라도 예배당으로 올라가는 층계에는 마침 나 이외에는 다른 사람이 아무도 없어 한적했다. 나는 빗발이 들이치는 추녀 밑 문 앞에 이르러서 부끄러운 마음을 누르고 마침내 교회의 문고리를 잡았다. 그리고 무엇에 쫓기듯, 또 그 안에서 누가 나를 반겨 이끌어 들이기라도 하듯, 펄쩍 문을 열고 안으로 들어섰다.

(5) 그저 안으로 들어가겠다는 생각만으로 얼결에 문을 열고 들어갔는데, 그 순간, 나는 눈앞에 벌어진 광경을 보고 깜짝 놀랐다. 아, 하는 탄성이 가슴에서 저절로 치밀어 오를 만큼 깊은 감동과 충격을 받았다. 거기에는 수수하게 흰 한복을 차려 입은 많은 신도들이 일제히 꿇어 엎드려 묵도를 올리고 있었던 것이다. 누구도 내가 들어가는 것을 알아차리지 못할 만큼 숙연한 가운데 무엇인가 일심으로 빌고 있었다. 한 자세 한 마음으로 모두가 겸손히 방바닥에 이마를 조아리고 주욱 꿇어 엎드려 간구하는 모양은, 그때 세상에서 천방지축으로 살며 거칠 대로 거칠어지고, 시달릴 대로 시달린, 내 마음에는 전혀 경이롭고 신기해 보이는 딴 천지, 딴 세계의 모습이었다.

– 박두진, 〈방황, 절망, 죽음의 길에서 찾은 예수〉

이 글은 박두진 시인이 어린 시절에 처음으로 교회에 가게 된 사건을 서술한 수필이다. 이 글은 시간의 흐름에 따른 사건의 전개도 있지만, 그가 처음 보게 된 교회의 인상을 그림 그리듯이 제시한 묘사도 함께 존재한다. 일반적으로 우리가 접하는 글은 이처럼 사건의 전개만을 이야기하는 서사나 사물이나 배경을 그림 그리듯이 서술하는 묘사만으로 이루어지지는 않는다.

우선 이 글에서 시간의 흐름에 따라 일어나는 사건의 전개를 정리해 보자. 사실 이 글에서 일어나는 사건의 전개는 매우 단순하다.

① 언덕바지에 있는 예배당을 찾아갔다.
② 부끄러운 마음을 억누르고 문고리를 잡았다.
③ 문을 열고 안으로 들었다.

이런 간단한 사건을 풍성하게 만들어 주는 것은 묘사이다. 그 사건이 일어나는 배경이 되는 언덕길과 그렇게 도착한 교회의 풍경, 문을 열고 들어선 교회 안에서 만난 숙연한 광경, 그리고 그러한 과정에서 자신의 내면에서 일어나는 감정이나 정서까지 묘사함으로써 시인은 어린 시절에 처음 간 교회에서 얼마나 강한 인상을 받았는지를 명확하게 보여준다. 사건의 전개는 그가 교회를 찾아간 상황을 전달해 주고, 배경이나 내면 정서에 대한 묘사는 시인이 느꼈던 감동을 독자가 다시 경험해 볼 수 있도록 만들어 준다.

3. 설명과 논증

서사나 묘사가 문학적인 글에서 특히 많이 사용되는 글쓰기 방법이라면 설명이나 논증은 논리적으로 자신의 생각을 풀어나가는 글에서 꼭 필요한 글쓰기 방법이다. 그러므로 대학생들이 글쓰기 연습을 할 때 신경 써서 익혀야 할 것 중의 하나가 설명이나 논증을 효과적으로 사용하는 방법이다. 논문이나 과제물 같은 글에서 이러한 요소들을 적절하게 잘 사용할 수 있어야 논리적이고 설득력 있는 글을 쓸 수 있게 된다.

설명은 독자에게 서술 대상에 대한 정보를 제공해 주어 이해를 시키는 서술 방법이다. 설명은 사물이나 대상의 본질이나 구성, 기능이나 가치와 같은 것들을 독자에게 이해시키기 위해 사용하는 서술의 방법이기 때문에, 보다 효과적인 이해를 위한 객관적이고 논리적인 서술이 필요하다. 감각적이거나 감정적인 서술을 통해 감동을 주는 서술은 대상 자체에 대한 이해를 방해할 수 있으므로, 설명의 방법으로는 어울리지 않는다.

설명의 방법에는 여러 가지 서술 방법이 사용된다. 지정이나 정의와 같은 방법에서부터 예시나 인용, 비교나 대조, 분류나 구분, 유추나 분석과 같은 다양한 방법들이 사용되는 것이다.

이것은 무엇이냐에 대한 대답이라고 할 수 있는 지정은 사물이나 상황을 설명하는 가장 기초적인 방법이다. 일종의 언어에 의한 지적이라고 할 수 있는 것으로, '나는 학생입니다' 와 같은 서술의 방법이다. 이에 비해 정의는 사용된 말을 정확하게 설명해 주는 서술의 방식이다.

예시는 독자의 이해를 돕기 위해 구체적인 예를 들어 설명을 해 주는 서술 방식으로, 사용된 예시는 반드시 독자가 잘 알고 있는 것이어야 할 필요가 있다. 그래야 독자가 그 예시를 통해 원래 설명하고자 하는 대상을 잘 이해할 수 있게 될 것이기 때문이다. 인용은 다른 사람들의 말이나 글을 가져와 설명하는 방법이다. 인용할 때에는 그 글이 믿을 만한 글인지를 반드시 고려해야 한다. 만약 믿을 수 없는 글이라면 그 글을 통해 설명하고자 하는 자신의 글 또한 믿을 수 없게 될 것이기 때문이다.

설명에서 사용하는 또 다른 서술 방법에는 비교와 대조가 있다. 둘 이상의 사물이나 상황 사이의 공통점을 찾아 설명해 줌으로써 독자에게 그 사물이나 상황을 이해시키는 방법이 비교라면, 둘 사이의 차이점을 찾아 설명하는 방법이 대조이다. 이때 주의해야 할 점은 대상들을 선정하여 비교나 대조를 할 때 양쪽에 동일하고 분명한 기준을 적용해야 한다는 점이다.

설명의 대상을 하위개념으로 나누어 설명하는 방법이 구분이라면, 그 반대가 되는 것이 분류이다. 예를 들면 문학이라는 개념을 장르별로 서정, 서사, 극으로 나누어 설명하는 방식이 구분이라면, 척추동물과 무척추동물을 묶어서 동물로 설명하는 것이 분류이다. 분류와 구분을 사용할 때 주의해야 할 점은 분류하거나 구분하는 각 층위에는 동일한 기준을 적용해야 한다는 점과 하위 층위의 개념들은 그것이 속한 상위 층위의 개념을 남김없이 설명해 줄 수 있어야 한다는 점이다. '문학' 을 구분하여 하위 층위로 나눌 때 동일한 기준을 적용하여 '서정', '서사', '극' 으로 나누어야 하며, 이것들을 합하면 '문학' 이라는 상위 층위의 개념을 모두 설명해 줄 수 있어야 한다는 말이다.

분석은 대상의 성질에 대해 구체적으로 설명하는 서술 방식이다. 이것은 개별 사물들을 일정한 기준에 따라 나누는 분류와는 달리, 하나의 대상 사물이나 개념을 구성요소로 나누어 보는 것이다. 그러므로 분석은 대상의 구조나 구성의 원리를 밝히는 데 주로 사용된다. 분석한 대상을 독자에게 효과적으로 전달하기 위해서는 분석 대상의 속성을 순차적이고 체계적으로 배열해야 한다. 그래야 독자가 그 대상의 전체적인 형태나 특성을 알기 편해지기 때문이다.

논증은 글쓴이가 주장하는 바를 논리적으로 증명하여 상대방을 설득시키는 서술 방법이다. 논증을 사용하기 위해서는 먼저 주장이 있어야 하는데, 이 주장은 하나의 명제로 명확하게 표현된다. 논증은 여러 가지 논리적인 근거들을 활용하여, 글쓴이의 주장이 옳다고 독자를 설득하는 서술의 방법이다.

논증에서 중요한 것은 그것이 옳음을 증명해 주는 데 꼭 필요한 논거들이다. 이 논거들은 반드시 신뢰할 수 있는 것이어야 하며, 그 주장이 옳음을 증명하기에 타당한(적절한) 것이어야 한다. 이를 위해 사용되는 논리적인 근거들은 사실들일 수도 있고 소견일 수도 있지만, 객관적이고 믿을 만한 것이어야 한다. 그 자료의 출처를 항상 밝혀야 하는 이유도 여기에 있다.

추론은 미리 알고 있는 것(전제)들로부터 새로운 판단(결론)을 이끌어 내는 서술 방법이다. 추론을 통해 새로운 결론에 도달하는 과정에서 전제와 결론에 논리적인 비약이 없고 이 둘 사이가 긴밀하게 연관되어 있으면 보다 설득력 있는 논리가 형성된다. 또한 이 추론은 객관적이고 합리적인 과정을 거쳐야 하는데, 이를 위해서 귀납법이나 연역법을 적극적으로 활용하기도 한다. 이러한 추론은 이미 알고 있는 지식으로부터 잘 알지 못했던 새로운 지식을 얻는 방법이다.

귀납법은 여러 가지 특수한 사실들을 모아서 그 사이에 존재하는 공통점을 찾아 일반적인 원리나 진리를 끌어내는 추론의 방법이다. 귀납법은 사람들이 경험적으로 만날 수 있는 개별적이고 구체적인 사물이나 현상들 사이에서 일반원리를 찾아가는 방법이기 때문에, 이것이 성공적으로 사용된다면 독자에게 매우 새롭고 설득력 있는 깨달음을 줄 수 있다. 다만 귀납법에서 사용되는 개별적인 사물이나 현상들이 글쓴이의 경험에 의존할 뿐만 아니라 그 분야와 관련된 모든 사물이나 현상들을 다룰 수 없기 때문에 개연적일 수밖에 없고 예외적인 것이 존재할 수밖에 없다.

귀납법과는 반대의 논리적 추론 과정인 연역법은 이미 알고 있는 일반적인 원리에서 특수하고 구체적인 법칙이나 주장을 만들어 내는 추론의 과정이다. 이 과정은 명확하고 일반적인 원리에서 출발하기 때문에 그 과정을 따라 내리는 결론은 신뢰할 만한 것이 된다. 연역법에서 내리는 결론은 그 과정이 정당하기만 하면 그만큼 신뢰성이 있다는 말이다. 그렇지만 연역법은 이미 진리라고 인정하고 있는 일반적인 원리에서 출발하기 때문에, 출발점이 되는 그 일반적인 원리가 얼마나 명확하고 확실한 진리이냐에 의해 논리성과 설득력이 좌우된다는 문제가 존재한다. 일반적인 원리가 허물어지면 이 추론의 과정을 통해 도달한 특수하고 구체적인 진리인 결론도 여지없이 허물어지는 것이다.

한 편의 글을 쓸 때 주의해야 할 점은, 어느 한 가지만 사용할 것이 아니라, 다양한 서술의 방법들을 적절한 장소에 효과적으로 사용하여 설득력과 신뢰성을 만들어 내야 한다는 점이다. 그러므로 어떤 자리에서 어떤 서술방법이 적절할지 항상 생각하고 적용해 보는 연습은 글쓰기 연습 과정에서 중요한 것이다.

4. 학술적 글쓰기

1) 학술적 글쓰기의 종류

일반적인 대학 생활 중에 주로 사용하게 되는 글쓰기는 학술적 글쓰기라고 할 수 있다. 이제까지 인류가 도달한 학문을 배우고 익힐 뿐만 아니라 새롭게 연구하여 기존에는 알지 못했던 진리를 찾아내는 모든 과정에 학술적 글쓰기가 필요하다. 자신이 연구한 것들을 논문과 저서의 형태로 서술하여 다른 사람들과 의사소통을 하는 것이 학술적 글쓰기인 것이다.

학술적 글쓰기의 종류에서 가장 중요한 것은 논문이다. 논문은 그 형태에 따라 일반 학술논문과 학위논문으로 나누어 볼 수 있다. 일반 학술논문은 학술지나 논문집과 같은 매체에 실리는 논문을 말하는데, 200자 원고지 100매 내외로 학위논문에 비해 분량이 적기 때문에 소논문이라고 불리기도 한다. 학위논문은 학사나 석사, 박사 학위를 받기 위해 제출하는 논문으로, 체제나 구성 방법 등은 소논문 형태의 일반 학술논문과 그렇게 차이가 나지는 않지만, 분량은 훨씬 많다.

2) 학술적 글쓰기의 과정

논문은 이제 막 학문의 길에 들어선 대학생들에게 열심히 읽어서 지식을 얻어야 할 대상이기는 하지만 현실적으로 다가오는 글쓰기 방식이라고 하기는 어렵다. 학생들에게 필요한 것은 주로 학기말 논문이나 보고서, 과제물 등의 글쓰기인데, 이것들도 모두 학술적 글쓰기에 포함된다. 실제로 학과나 시험문제에 따라 다소 차이가 나기는 하겠지만, 중간고사나 기말고사의 경우에도 이러한 학술적 글쓰기가 필요하다. 그러므로 학술적 글쓰기 능력은 대학 생활에서 필수적으로 익히고 있어야 하는 능력 중 하나이다.

학술적 글쓰기를 잘 하기 위해서는 우선 주제를 잘 찾아내어야 하며, 그렇게 찾아낸 주제에 논리적인 근거를 제공해 줄 수 있는 여러 가지 연구 자료들을 풍부하게 갖출 능력이 있어야 하고, 그 자료들을 바탕으로 주제를 가장 논리적이고 설득력 있게 제시할 수 있는 목차를 작성할 수 있어야 하며, 이를 한 편의 글로 실체화할 수 있는 능력이 필요하다. 이를 정리해 보면 학생들이 좋은 학술적 글쓰기를 위해 갖추어야 하는 것은 다음과 같다.

① 주제 만들기
② 자료 찾기
③ 개요(목차) 만들기
④ 논문 쓰기
⑤ 각주 및 참고문헌 작성하기

이 과정들을 잘 익혀 놓으면 논문이나 과제물과 같은 학술적 글쓰기는 생각보다 어렵지 않다. 그러므로 학생들은 모든 것을 시작하는 1학년 과정에 있을 때 무엇보다 먼저 학술적 글쓰기에 익숙해지는 것이 꼭 필요하다.

항상 시간에 쫓기는 학생들의 입장에서 한번 생각해 보아야 할 것은 이러한 학술적 글쓰기의 각 항목들에 각각 얼마만큼의 시간을 들여야 좋은 글쓰기를 할 수 있느냐 하는 것이다. 경험적으로 생각해 보면 주제를 정하고 그에 따른 자료를 수집하는 과정에 50% 이상의 시간이 들어가는 것이 좋고, 그것을 바탕으로 하여 개요를 작성해 보고 목차를 정하는 것에 20~30%의 시간을 할애하는 것이 좋다. 나머지 20~30%의 시간에 글을 쓰면 되는 것이다.

이렇게 놓고 보면 실제로 글을 쓰는 시간은 생각보다 적게 잡을 수 있다. 글을 많이 쓰고 잘 쓰는 사람들은 소논문이라면 한 편의 논문을 하루만에 쓸 수도 있다. 그런데 그것이 가능하기 위해서는 그 논문을 준비하는 시간이 몇 달일 수도 있고 몇 년일 수도 있다는 점이다. 좋은 논문을 쓰기 위해서는 실제로 글을 쓰는 시간보다 그것을 준비하는 시간이 훨씬 많이 필요한 법이다.

학생들이 과제물을 준비할 때도 이것은 마찬가지이다. 과제물을 쓰기 위해서는 먼저 주제를 정하고 과제를 수집하는 시간에 훨씬 더 많은 시간과 공을 들여야 한다. 그랬을 때 구체적으로 글을 쓰는 시간도 단축할 수 있다. 이것이 가능하기 위해서는 과제물이 제시되었을 때 가능한 한 빨리 주제를 정하고 자료를 찾기 시작해야 한다. 수업 시간에 제시되는 과제물은 주로 학기가 시작될 때 수업을 설명하는 과정에서 제시된다. 그 과제물을 가장 효과적으로 잘 준비하는 방법은 학기 초부터 그것에 관심을 두고 자료를 찾고 정리해 가는 것이다.

미리 과제물을 준비하다 보면 여러 가지 장점도 발견하게 된다. 과제물 주제는 해당 강좌를 강의하는 교수님이 중요하다고 생각되는 주제를 제시하기 때문에, 학기가 진행되는 동안 이루어지는 강의 내용 속에 과제물과 관련된 내용이 자주 언급될 수밖에 없다. 만약 미리 과제물 주제를 생각해 본 학생이라면 이러한 강의 내용에서 그 과제물을 수행하기 위한 매우 좋은 자료들을 알아듣고 발견할 수 있을 것이다. 그러므로 아무 생각 없이 한 학기를 지나고 난 다음에 과제물 제출 시간을 일주일 정도 남겨놓은 시점이 되어서야 허겁지겁 과제물을 준비하기 시작하면 좋은 과제물을 작성하기 어려울 수밖에 없는 것은 당연한 일이다.

미리 준비하고 쓰는 과제물은 또한 거기서 다룬 지식을 완전히 자신의 것으로 할 수 있다는 장점이 있다. 미리 시작하면 고민을 많이 할 수 있는 기회를 얻을 수 있고, 그 과정에서 해당 지식을 체계적으로 이해할 수 있게 된다. 또한 기한이 임박해서 과제물을 작성하다 보면 빠지기 쉬운 유혹이 짜깁기나 표절인데, 이것은 분명한 위법행위이다. 따라서 과제물을 미리 준비하면 짜깁기나 표절을 하지 않고도 자신만의 좋은 글을 쓸 수 있게 되는 것이다.

5. 학술적 글쓰기에서 주의할 점

한 편의 글을 쓴다는 것은 주제를 찾고 그것을 구체화하여 논리적이고 설득력 있게 독자들에게 제시하는 행위를 말한다. 그러므로 주제를 정하는 것은 무엇을 쓸 것인가를 정하는 행위이며, 구체적인 글쓰기 행위의 출발점이라고 할 수 있다. 본질적으로 글쓰기는 다른 사람들과 소통하기 위한 방법이므로, 학술적 글쓰기 또한 다른 사람과의 의사소통이라는 측면을 반드시 고려해야 한다. 그러므로 학술적 글쓰기를 할 때 다음과 같은 사항들을 주의할 필요가 있다.

1) 학술적 글쓰기는 동기와 목적이 분명해야 한다

무엇보다 먼저 학술적 글쓰기의 동기나 목적이 분명해야 한다. 일반적으로 글을 쓸 때 자신이 무엇을 위해 이 글을 쓰고 있는지 명확하게 알지 못하면 방향을 상실한 글이 될 가능성이 다분하다. 학술적 글쓰기 또한 예외는 아니다. 대학에서 사용되는 학술적 글쓰기는 주로 자신이 열심히 공부한 것을 과제물이나 보고서를 통해 해당 수업의 담당 교수에게 제출되는 형태인데, 여기에서 과제물의 주제와 관련 없는 내용을 쓰거나 지나치게 감상적이고 비논리적인 내용을 쓴다면 감점요소가 되는 것은 당연하다. 그러므로 학술적 글쓰기가 학문적인 연구의 결과물로 제출되는 글이라는 목적을 분명히 인식하고 글쓰기에 임해야 하는 것이다.

2) 학술적 글쓰기는 대상을 분명히 해야 한다

글은 일반적으로 누구를 독자로 상정하느냐에 따라 내용이나 서술 방법, 문체 등에서 다양한 차이가 날 수밖에 없다. 초등학생을 대상으로 하는 글과 대학생을 대상으로 하는 글, 나이 많은 성인을 대상으로 하는 글은 다를 수밖에 없는 것이다. 그러므로 글쓰기는 항상 어떤 독자를 염두에 두고 써야 할지를 정해 놓아야 좋은 글이 된다.

학술적 글쓰기는 당연히 학문의 체계를 갖춘 전문가인 교수를 일차적인 독자로 상정하여 이루어지는 글이다. 그러므로 일반적인 학술논문에서 사용하는 객관적이고 논리적인 문체나 표현법을 익혀서 익숙하게 사용하는 것이 반드시 필요하다. 그런데 학생들이 잘못 생각하는 대표적인 것 중의 하나는 교수님은 해당 주제와 관련된 것을 전체적으로 잘 알고 있기 때문에 필요한 것만 간단하게 제시하면 된다고 착각한다는 점이다. 이것은 결코 좋은 논문을 쓰는 방법이 아니다.

만약 논문에서 새로운 개념 하나를 사용하게 된다면, 그 개념 하나를 설명하기 위한 다양한 자료들을 활용하게 된다. 그 개념의 특징이나 효과, 적용점 등에 대하여 여러 가지 자료를 활용하여 하나하나 설득력 있게 설명해야 하는 것이다. 학생들의 학술적 글쓰기에도 이러한 요소는 반드시 필요하다. 과제물을 받는 교수님께서 당연히 이 개념을 알고 있을 것이기에 간단하게 서술하고 말면 좋은 과제물이 되기 어렵다. 어쩌면 해당 수업의 교수님은 그 개념을 얼마나 정확하게 알고 있는지를 알아보기 위해 그 과제물을 제시했을 수도 있는 것이다. 그러므로 가장 좋은 방법은, 그 과제물에서 핵심이 되는 용어를 그것을 잘 모르는 중학생이나 고등학생에게 설명하듯이 상세하게 쓰는 것이 좋다는 것이다.

3) 학술적 글쓰기는 표절이 되어서는 안 된다

대학에서 글쓰기를 하는 과정에서 반드시 고려해야 할 사항은 표절의 문제이다. 최근에는 지적 소유권에 대한 개념을 보다 명확하게 인지하는 사회적인 공감대와 분위기가 형성되어 있어서 표절은 심각한 잘못이라는 인식이 잘 확산되어 있다. 그런데 우리는 글을 쓰는 과정에서 잘 알고도 표절을 하는 경우도 있고 잘 몰라서 표절을 하게 되는 경우도 있다. 그렇지만 분명히 짚고 넘어가야 할 것은, 표절은 남의 것을 훔치는 분명한 죄라는 점이다.

많은 학생들이 과제물을 작성하기 위해서 인터넷을 검색하고 거기서 필요한 자료들을 클릭해 가져와 자신의 과제물 속에 첨가한 경험이 있을 것이다. 이러한 행위 자체가 사실은 표절의 범주에 들어가는 것이다. 심지어는 인터넷에 있는 다른 사람의 논문을 처음부터 끝까지 그대로 옮겨와서 제출하는 비양심적인 학생들을 보기도 한다. 과제물 제출 시간에 쫓기다 보면 이러한 유혹에 쉽게 끌릴 수 있으므로, 과제물을 미리 준비하기 시작하는 것은 그래서 중요하다. 학생들은 비록 부족하더라도 배우는 자의 도덕과 자존심을 지켜서 반드시 자신의 글로 과제물을 작성하겠다는 의지가 반드시 필요하다.

2장

주제 만들기

1. 좋은 주제를 위한 조건

한 편의 글이 좋은 글이 되기 위해서는 좋은 주제를 정해야 한다. 주제를 정한다는 것은 글쓰기의 방향을 정하는 것이며, 그래서 글쓰기의 출발점이라고 할 수 있는 것이다. 방향이 잘못되면 아무리 열심히 달려도 그것은 무의미한 행동이 되거나 아니면 오히려 해를 끼치는 행동이 될 수 있다. 대전에서 서울을 향해 가야 하는데, 열심히 노력하여 부산을 향해 달려간다면 그 행동은 오히려 서울로부터 멀어지게 할 따름이다. 그러므로 주제를 잘 잡고 방향을 잘 설정하는 것이 좋은 글을 쓰는 출발점이 된다.

주제와 관련하여 생각해 보면 좋은 글을 쓰기 위해서 필요한 여러 가지 요소들이 있다. 한 편의 글을 쓸 때 이러한 요소들을 잘 고려한다면 훨씬 좋은 글을 쓸 수 있게 될 것이다.

1) 쓰고자 하는 주제에 대해 아는 것이 많아야 한다

좋은 글은 그 주제에 대해 명확하고 쉽게 설명하고 논증할 수 있는 글이어야 한다. 그래야 독자는 그 글을 통해 저자가 설명하고 논증하고자 하는 내용을 쉽게 알아듣고 동의할 수 있게 되기 때문이다. 그러므로 글을 쓰는 사람은 자신이 쓰고자 하는 주제에 대해 많이 알고 있는 것이 필요하다. 이는 해당 주제에 대한 지식의 양도 많아야 할 필요가 있지만, 그 지식들을 체계화한 인식도 필요하다. 체계적으로 인식되지 않은 지식은 정보들의 집합체에 불과하지만, 체계화된 지식은 온전히 자신의 지식이 되는 것이다.

만약 해당 주제에 대한 지식이 부족하다면 공부를 통해 그것을 보강해야 한다. 이전에 이미 잘 알고 있는 주제라면 이 부분이 그리 큰 문제가 되지 않겠지만, 새로운 주제에 관한 글을 써야 한다면 준비하는 데 상당히 많은 시간이 필요하게 된다. 그 주제에 대한 다양한 자료를 찾아보고 분석하는 데 시간을 들여야 하기 때문이다. 이러한 문제들 때문에 잘 모르는 주제로 글을 써야 한다면 차라리 쓰지 않는 것이 더 낫다.

그러므로 좋은 글을 쓰기 위해서는 자신이 오랫동안 생각을 많이 했던 주제를 쓰는 것이 좋다. 그래야 해당 주제에 대한 정보도 많이 가지고 있을 수 있으며, 그것을 체계화하여 자기만의 지식체계로 만들어서 가지고 있을 것이기 때문이다. 자신이 오랫동안 생각해 온 이런 주제에는 또한 자신만의 독창적인 관점이 살아 있을 가능성이 훨씬 커지게 된다.

과제물의 경우에도 이러한 조건은 중요하다. 좋은 과제물을 쓸 수 있는 방법이 자신이 잘 알고 있는 주제를 선택하는 것인데, 문제는 과제물의 주제를 학생이 선택할 수 있는 것이 아니라 대부분 교수님으로부터 주어진다는 것이다. 그렇다면 해결책은 간단하다. 한 학기의 공부를 통하여 그 주제에 대한 체계적인 지식을 확보하는 것이다. 미리 공부하고 미리 준비하여 과제물을 잘 준비하다 보면 해당 주제에 대한 체계적인 지식을 확보할 수 있게 될 것이다. 사실 과제물을 제시하는 교수님의 의도는 바로 여기에 있다. 교수님들은 학생들이 과제물을 작성하는 과정에서 고생만 하도록 만드는 고약한 사람들이 아니라, 이 주제에 대한 지식을 온전히 습득하기를 바라는 교육자들인 것이다.

과제물의 경우 자신이 잘 알고 있는 주제를 선택할 수 있는 가능성은 그리 많지 않지만, 그래도 교수님이 정해 주는 주제 범위 내에서 학생들이 어느 정도 선택할 수 있는 가능성은 항상 열려 있다. 해당 주제를 보다 세분화해 본다든지 다른 주제와 연관시켜 설명하다 보면 새로운 지식을 얻을 수 있는 가능성이 열리는 것이다. 그러므로 교수님이 제시하신 주제를 열심히 공부해서 있는 그대로 과제물을 작성하는 것도 좋지만, 자신이 평소에 관심을 가지고 있던 주제와 관련시켜서 논의해 볼 수도 있는 것이다. 어쩌면 그 시도 자체가 좋은 인상을 주어 높은 점수로 이어질 수도 있다.

2) 독자의 관심과 흥미를 고려한 주제가 좋다

한 편의 글을 쓸 때 주제를 잘 설정하면 쉽게 글을 쓸 수 있을 뿐만 아니라, 설득력 있고 효과적인 글을 쓸 수 있다. 그러므로 글의 주제는 자신의 능력(알고 있는 지식의 양)과 그 글의 필요에 따라 적절하게 수위를 조절할 필요가 있고, 독자들이 호기심을 느끼고 있으면서도 새롭게 다가갈 수 있는 주제가 좋은 것이다. 그러므로 독자의 호기심을 고려하는 것은 좋은 글쓰기의 중요한 요소 중의 하나가 된다.

많은 사람들이 고려하고 고민했던 주제는 당연히 많은 사람의 관심을 자극한다. 독자의 흥미는 바로 이러한 부분을 말하는 것이다. 사실 한 편의 글을 시작하는 단계에서 필수적으로 요구되는 것이 독자의 흥미를 유발하여 그 글을 읽도록 만드는 것인데, 글의 서론 부분이 하는 중요한 역할 중의 하나가 바로 이것이다. 그런데 글을 쓰기 위해 마련한 주제가 독자의 흥미를 끄는 것이라면, 주제 자체가 이러한 역할을 하므로 독자의 관심과 흥미를 끌기가 매우 쉬워진다. 주제만 보고도 독자들은 그 글을 꼭 읽고 싶다는 생각을 할 것이기 때문이다.

독자의 흥미와 관심을 고려한 주제를 선택하라고 해서 상식적이고 쉬운 주제를 선택하라는 말은 아니다. 독자들의 관심을 많이 받는 주제는 아무래도 많은 사람들이 다루고 있는 주제일 가능성이 크기 때문에, 그 주제를 선택할 때에는 반드시 글을 쓰는 이의 독창적인 관점이 녹아 있어야 한다. 자신만의 독창적인 시각과 생각이 제대로 살아 있어야 상식적인 차원의 재미없는 글로 전락하지 않을 수 있는 것이다.

이와 함께 독자를 누구로 설정하느냐 하는 문제는 그 글의 문체를 결정하는 요소가 될 뿐만 아니라, 주제를 결정하는 데도 매우 중요한 요소가 된다. 초등학생들이 고민하는 문제와 대학생이 고민하는 문제가 다르며, 비그리스도인들이 고민하는 문제와 그리스도인들이 고민하는 문제는 또 다를 것이기 때문이다. 그러므로 좋은 주제를 찾기 위해서는 반드시 자신이 쓰는 글을 읽을 독자들이 어떤 사람들인지에 대해 정확하게 분석하여 인지하고 있을 필요가 있다.

3) 자신만의 독창성을 살릴 수 있는 주제가 좋다

한 편의 글은 자신의 얼굴이 된다. 그러므로 글을 쓰는 사람은 자신만의 독창적 관점이 살아 있는 주제를 찾아, 자신의 관점과 독특성이 생생한 글을 쓰는 것이 필요하다. 주제도 이러한 측면을 고려하는 것이 좋은데, 자신만의 독특함이 살아 있는 주제는 독자들의 호기심도 쉽게 불러일으킬 수 있는 장점이 있다. 자신만의 사유의 흔적이 살아 있는 글은 독자들에게 읽을 만한 좋은 글로 비칠 수 있는 것이다.

글에서 나타나는 독창성은 내용의 독창성도 있지만, 표현의 독창성도 생각할 수 있다. 자신만의 사유를 통해 새로운 내용을 찾아내고 그것을 구체화하는 것은 좋은 글의 중요한 조건이지만, 그러한 내용을 전달하는 데 있어서 사용되는 독창적인 표현의 효과도 생각해야 하는 것이다. 좋은 표현을 효과적으로 사용하면 그것 자체로도 상당한 호응을 얻을 수 있는 요소가 된다. 그러므로 학생들은 항상 독창적이면서도 효과적인 표현법을 익혀 놓는 것이 좋다.

4) 글을 쓰는 목적이나 분량을 고려한 주제가 좋다

주제를 선정할 때는 글을 쓰는 목적을 고려하는 것도 매우 중요하다. 이 글이 상대방을 설득하여 구체적인 행동으로 옮기기 위한 글인지, 아니면 대상에 대한 제대로 된 이해를 이끌어 내어 독자들의 지식을 확장해 주기 위한 글인지, 아니면 여러 가지 서술방법을 사용하여 감동과 감명을 주기 위한 글인지 명확하게 인식해야 좋은 주제를 설정할 수 있는 것이다.

이와 함께 글의 분량을 고려한 주제라야 좋은 주제가 될 수 있다. 한 페이지짜리 글을 쓰면서 한 권의 책이 되어야만 제대로 서술할 수 있는 주제를 선택한다면, 그 글은 결코 좋은 글이 될 수 없다. 그저 수박 겉핥기처럼 포함된 내용들을 간단하게 서술하거나 그 주제에서 반드시 다루어야 할 내용들을 생략해 버려서 주제의 맛이 제대로 살아나지 않을 가능성이 크다. 그 역도 마찬가지이다. 한 페이지 정도면 서술할 수 있는 범위의 주제를 수십 페이지의 글로 쓰게 된다면, 동일한 내용을 자꾸 반복하여 쓰거나, 문장을 지루할 정도로 늘여놓지 않으면 그 분량을 메워낼 수가 없게 될 것이다. 이렇게 되면 그 글을 쓰는 사람도 지치게 만들지만, 독자들도 너무 지루하여 다시 쳐다보기 싫은 글이 된다.

5) 가능하면 작고 구체적인 주제가 좋다

좋은 주제는 해당되는 범주에 있어서도 적절한 것이 필요하다. 만약에 주제를 광범위한 것으로 잡아 놓으면 개론식으로 내용을 소개하다 그치게 될 가능성이 높고, 전문적인 주제가 되면 자신의 능력으로는 그 주제를 제대로 다루지 못하는 일이 발생할 수도 있다. 그러므로 적절한 범주와 층위를 생각하여 주제를 찾는 것도 필요하다.

큰 범주의 주제를 잡게 되면 여러 가지 문제가 생길 여지가 있다. 우선 주제의 범주가 크면 그 주제에 대한 서술은 일반론에 치우칠 가능성이 크다. 주제의 범주가 커질수록 그 주제를 서술하는 과정에 포함되는 내용은 많아질 수밖에 없고, 결과적으로 다양한 내용을 담아야 하는 부담이 생기게 된다. 이렇게 되면 내용을 나열하느라 자신의 관점이나 입장이 살아날 여지가 그만큼 줄어들게 된다.

물론 큰 범주에 해당되는 주제를 선정하면 해당 주제에 대한 전문적인 지식이 다소 부족해도 서술하기가 수월하다는 장점이 있다. 그러나 문제는 그렇게 할 경우, 그 주제에서 다루어야 할 내용을 나열하는 것만 해도 충분히 분량을 차지하게 되기 때문에, 해당 주제에 대한 글쓴이의 독특한 관점이나 자신만의 체계화된 지식을 살리기 어려워지는 것이다. 예를 들면 〈환경문제〉라는 커다란 주제를 잡아 놓으면 몇 권의 책을 써도 모자랄 내용인데, 이것을 200자 원고지 10여 장으로 쓴다면, 환경문제에 대해 거론해야 할 문제점만 나열하는 것으로도 끝나버릴 수 있는 것이다.

그러므로 주제는 가능하면 작고 구체적인 것이 좋다. 작고 구체적인 주제는 글쓴이의 독창적인 관점과 내용상의 독특함이 살아날 여지가 더욱 많아진다. 글쓴이가 세상을 바라보는 독창적 관점이 제대로 살아나면, 그 글을 읽는 독자는 새로운 인식의 세계를 경험하게 되고, 결과적으로 읽을 만한 글로 인정받게 되는 것이다. 작고 구체적인 주제를 잡아 글을 쓸 때에 발생할 수 있는 문제 중의 하나는 이러한 주제가 요구하는 독창성이 그 주제에 대한 전문적인 지식의 양과 비례한다는 점이다. 이를 잘 조화시키는 적절한 수준의 범주를 생각한 주제가 좋은 주제가 된다.

6) 자신의 능력과 지식의 양을 고려한다

작고 구체적인 주제가 좋은 글쓰기를 위한 주제이기는 하지만 전문적인 지식을 요구한다면, 글을 쓰는 사람은 역으로 자신의 능력도 반드시 고려해야 한다. 해당 주제를 쉽고 명료하게 서술할 수 있는 지식을 충분히 소유하고 있는지 고려한 가운데 주제를 선택해야 한다는 말이다.

그러므로 글을 쓰는 이는 주제 선정과정에서부터 자신이 가지고 있는 지식의 양을 어느 정도는 알아야 하고, 자신의 능력이 어떠한지를 정확하게 인지하고 있을 필요가 있다. 만약 자신의 능력이 부족하다면 그러한 주제를 선택했을 경우 고생만 하고 좋은 결과를 얻기 어렵게 되기도 한다. 자신의 능력에 부치는 주제를 잘못 선정하여 학위논문을 쓰지 못하는 석사나 박사과정 학생들을 보게 되는 것도 이런 이유이다.

2. 주제란 무엇인가

1) 주제의 개념

좋은 글을 쓰기 위해서는 좋은 주제를 만드는 과정이 일차적으로 필요하다. 자신이 쓸 주제를 정한다는 것은 자신만의 글쓰기의 출발점이기도 하다. 주제는 쉽게 표현하면 자신이 쓰고자 하는 글의 주된 대상에 대한 자신만의 관점을 말한다. 이를 알기 쉽게 표현해 보면 다음과 같다.

〈보기1〉

주제 = 대상 + 관점(입장)

여기서 말하는 대상이란 글 쓰는 이가 쓰고 있는 글의 주된 대상이 되는 것을 말한다. 이것은 '강아지' 나 '산' 과 같은 구체적인 사물이 될 수도 있고, '사랑' 이나 '명예' 와 같은 추상적인 관념일 수도 있는데, 어떤 것이든 간에 글쓰기의 주된 재료가 되는 것이다. 글의 대상이 구체적으로 정해졌을 때에야 우리는 비로소 글쓰기를 시작할 수 있다. 대상을 제대로 확정하지 않고 무조건 글을 쓰기 시작하면, 그 글은 이런 이야기 저런 이야기를 하다가 어디로 갈지 모르는 난파된 배와 같아질 것이다. 한 편의 글에 여러 가지 대상을 한꺼번에 다루다 보면 주제가 통일되지 못하는 이유가 바로 여기에 있다.

우리가 글쓰기를 할 때에는 대상을 먼저 결정해야 한다. 한 편의 글에서 처음에는 산에 대한 이야기를 하다가 강에 대해 이야기하고 구름에 대해 말하고, 다시 사랑으로 넘어가거나 하면 그것을 따라가는 독자는 참으로 난해함을 느끼게 될 것이다. 물론 이러한 대상들을 하나로 묶어주는 좋은 주제가 있다면 그 문제가 해소되겠지만, 그렇지 않을 경우에는 독자들이 혼란스러워지는 것이다. 그러므로 구체적이고 정확한 대상을 확인하는 것은 좋은 글쓰기의 출발점이며 그 글의 성공을 좌우하는 중요한 요소가 되는 것이다.

한 편의 글을 쓰기 위해 대상을 정하는 방법은 간단하다. 자신이 쓰고자 하는 내용이 바로 그 대상이기 때문이다. 그러므로 대상을 정하는 과정에서부터 주제가 어느 정도 결정된다고 하겠다. 대상이 광범위하고 포괄적인 범주일수록 글쓰기는 쉬워지지만 자신만의 독창성이 사라지는 것은 앞서 말한 것과 동일하다. 그러므로 자신이 알고 있는 지식과 독창성의 요구 사이에서 적절한 수준을 고려하여 대상을 결정하는 것이 필요하다.

대상이 정해지면 그 다음 과정은 그 대상에 대한 관점 혹은 입장을 정하는 일이 필요하다. 주제는 정해진 대상에 대한 글 쓰는 이의 관점 즉, 입장을 구체적으로 표현한 것이기 때문이다. 이 관점이 제대로 살아 있지 않으면 좋은 글이 나오기 어렵다. 그냥 자신이 아는 지식만을 나열한다고 해서 좋은 글이 되지는 않는다. 지식의 단순한 나열은 읽는 사람을 피곤하게 만들 뿐이다. 글의 대상과 관련된 지식들을 아무 생각 없이 나열하기만 하는 경우에는 대상에 대한 사유가 전혀 작용하지 않았다고 할 수 있다. 사람들이 흥미를 가지고 읽는 글은 잡다한 지식이 넘쳐나는 글이 아니라 독특한 관점이 살아 있는 생생한 글이다. 그러므로 주제를 정하는 데 있어서 글쓴이의 관점 혹은 입장은 그 주제를 살아나게 하는 핵심적인 요소가 되는 것이다.

인간이 사유한다는 것은 자신의 관점에서 대상을 바라보고 재해석하며, 그것들의 가치에 대해 생각해 보고, 그 의미를 궁구한다는 것을 말한다. 그런데 이러한 인식 작용 없이 그저 자신이 귀로 듣고 눈으로 읽은 이야기를 아무런 여과과정을 거치지 않고 그대로 입이나 글로 내뱉는다는 것은 어쩌면 쓰레기를 더하는 일일 수도 있는 것이다. 인간에게 있어서 사유는 그래서 중요하다. 이 사유를 통하여 사람은 대상에 대한 자신만의 관점과 독특성을 얻을 수 있는 것이다.

여기서 한 가지 짚고 넘어가야 할 것은 하나님께서 인격을 가지도록 창조하신 인간은 모두 자신만의 사유를 할 수 있는 능력을 부여받았다는 점이다. 인간은 자신의 관점에서 자신이 알고 있는 지식체계를 통해 자신이 받아들인 것들을 가치평가하고 의미를 부여한다. 이 과정은 뛰어난 철학자나 위대한 정치가와 같은 사람들에게서만 나타나는 현상이 아니라, 스스로 아무것도 배운 것이 없다고 생각하는 사람에게조차도 일어나는 보편적인 현상이다. 그러므로 자신의 관점과 자신의 인식 체계를 중요하게 생각하는 것은 반드시 필요하다.

자신만의 관점과 인식체계를 선명하게 인식할 때 사람들은 자신이 어떤 세계관 속에서 살고 있는지를 인식하게 된다. 세계관이 없는 사람은 없으므로, 대상에 대한 자신만의 인식 과정은 누구에게나 작용하고 있는 것이다. 그것이 바로 사유하는 방법이다. 이 사유 체계에 따라 대상을 인식하고 그 결과를 표현하는 것이 한 편의 글이다. 이 사유 체계를 제대로 통과하고 나온 글일 때 그 글은 중요한 의미와 가치를 지닌 '자기 글' 이 된다.

일상생활에서 친구들끼리 말을 하는 데도 이러한 측면이 작용한다. 어젯밤에 본 연예가 중계에 나왔던 각종 소문과 소식들을 하루 종일 친구들과 떠들었다고 생각해 보자. 들었던 이야기를 그대로 옮겨놓는 대화는 결코 깊이 있는 대화가 되지 못한다. 그런 이야기들로 대화를 가득 채우고 난 후에는 돌아서면 잊어버리고 말 것이다. 물론 잡담을 통해 친구들 사이의 관계를 끈끈하게 만드는 효과는 있겠지만, 우리의 지식이나 지혜를 키워나가는 데는 큰 도움이 되지 않는다.

동일한 소재를 가지고 이야기를 하면서도 그것들을 자신이 어떤 관점에서 보았고, 어떻게 해석했으며, 새롭게 알게 된 사실이나 새롭게 인식하게 된 진리는 무엇인지를 말한다면, 그 대화는 훨씬 깊이 있고 풍성한 대화가 될 것이다. 그러한 대화 속에는 자신의 관점이나 관심사, 그리고 세계관이 생생하게 살아나게 된다. 이러한 대화를 나누는 사람들은 파편화되고 단순한 지식을 나누는 것이 아니라 체계화되고 자기화된 사유를 나누는 것이다. 체계화된 지식은 바로 이러한 대화를 통해 확장되고 심화된다. 관점이나 입장이 살아 있는 대화의 주제는 또한 글의 좋은 주제가 될 수도 있는 것이다.

또 다른 예를 들어보자. "앵무새를 기르는 것은 아이들의 정서 안정에 많은 도움이 된다."는 주제로 글을 쓰고자 한다면, 여기서 글의 대상은 '앵무새를 기르는 것'이 될 것이다. 이 주제에서 글을 쓰는 이는 '앵무새를 기르는 것'이라는 '대상'에 대해 '아이들의 정서 안정에 도움이 된다'고 주장하고 있는 것이다. 앵무새를 기르는 구체적인 행위가 글의 대상이 되었다고 해서 모든 사람이 위와 같이 생각하지는 않는다. 앵무새를 좋아하는 사람에게 앵무새를 기르는 행위는 참으로 소중하고 즐거운 일이지만, 집안에 앵무새의 깃털이 날리고 날마다 소란스럽게 떠드는 앵무새의 소리 때문에 스트레스를 받는 사람에게는 앵무새를 기르는 것이 지극히 피곤하면서도 귀찮은 일이 될 것은 자명하다. 그러므로 '아이들의 정서 안정에 많은 도움이 된다.'는 것은 이 글을 쓰고자 하는 사람의 분명한 입장 혹은 관점이 드러난 주제가 되는 것이다.

2) 대상을 바라보는 관점 연습하기

이러한 주제를 잘 설정하기 위해서는 적절한 질문을 하는 것이 좋다. 좋은 주제를 찾기 위해서는 대상에 대한 자기만의 관점을 가져야 하고, 이러한 자기만의 관점을 가지기 위해서는 무엇보다 먼저 대상을 어떻게 생각하는지를 확인하는 작업이 필요하다. 그것을 가능하게 하는 것이 그 대상에 대한 적절한 질문을 던지는 것이다. 그렇다면 자기만의 물음 방식이 주제를 잘 정할 수 있는 핵심적인 방법이 되는 것이다.

이러한 질문의 방식은 학술 연구의 핵심적인 동인이기도 하다. 실제로 학술논문들은 학자들이 자기만의 방식으로 대상에 대해 질문을 제기하고, 그 질문에 대한 답을 찾는 것이다. 그렇게 찾아낸 답을 논리적인 근거를 들어 체계적으로 서술한 것이 곧 논문이다. 그러므로 논문은 쉽게 말해서 자신이 스스로 던진 질문에 대한 답을 찾아가는 과정의 기록이다. 그렇게 보면 학자가 연구 대상에 대해 던지는 질문의 수준에 따라 그 논문의 수준이 결정되는 것이다.

좋은 글을 쓰기 위해서는 대상에 대한 자신만의 독특한 관점이 반드시 필요하다면, 이를 위한 능력을 갖추는 것은 좋은 글을 쓰기 위한 필수불가결한 요소라고 하겠다. 그러므로 학생들은 평소에도 자신만의 관점을 얻기 위해 끊임없이 연습해야 한다. 자신만의 관점에서 사물을 바라보고, 자신만의 시야로 사건이나 사고들을 해석해 보고, 자신만의 눈으로 사람들을 판단해 보는 연습이 필요한 것이다.

세상 사람들이 보편적으로 바라보는 상식적인 차원에 그치는 것이 아니라, 보다 심화되고 보다 생생한 자기만의 관점을 갖는 것은, 사유의 출발이자 종착점과 같은 것이기도 하다. 그만큼 중요하다는 말이다. 이러한 경지에 도달하기 위해 연습하는 몇 가지 방법이 있다. 사람들마다 자기만의 독특한 방법들이 있겠지만, 그 중에서 중요한 몇 가지를 거론해 보자면 뒤집어 보기, 구조 분석하기, 의도와 결과 생각하기 등이다.

뒤집어 보기는 사물에 대한 일반적이고 관습적인 인식을 거부하고 전혀 다른 방식으로 바라보는 방법을 말한다. 사람들은 자신도 모르는 사이에 자신이 속한 집단의 다른 사람들이 바라보는 방식으로 자신의 주변 사물들을 인지하는 경향이 있다. 집단에 속하여 안정을 얻고 싶은 욕망 때문에 사물에 대한 자기만의 독특한 관점 세우기를 포기하는 것이다. 그러나 좋은 글을 쓰는 데 있어서 이러한 경향은 매우 부정적으로 작용한다. 글을 읽는 사람들은 그 글을 통해 새로운 것을 얻고 싶어 하는데, 일상적이고 상식적인 관점으로는 도무지 그러한 경지에 이를 수 없기 때문이다.

뒤집어 보기는 많은 사람들이 생각하는 상식적인 차원에서 사물을 보는 것이 아니라, 사물의 이면을 생각해 보는 훈련이다. 관습적인 생각에 '왜' 라는 질문을 끊임없이 던지고, 무엇이 그러한 상식을 만들어 왔는지도 함께 고민해 보는 생각 방식이기도 하다. 그러한 과정을 거쳐 기존의 상식과는 다른 관점에서 대상을 보는 자리까지 도달하는 과정이기도 하다. 나만의 관점을 가진다는 것이 참으로 지난한 일이라면, 뒤집어 보기는 그런 의미에서 거기에 도달할 수 있는 매우 좋은 방법 중의 하나가 된다.

구조 분석하기는 새로운 관점에서 대상을 이해하는 또 다른 좋은 방법이다. 대상이 가지고 있는 구조적인 특징을 살펴보고, 그 장점이나 단점을 생각해 보는 것이다. 구조적인 분석을 통해 대상이 어떻게 구조화되어 있는지를 살펴볼 수도 있고, 대상을 하위 범주로 세분화해 보거나 상위 범주로 종합해 볼 수도 있다. 대상을 구조적으로 분석하면 대상이 지닌 여러 가지 속성이나 구성 요소들을 보다 체계적으로 이해할 수 있고, 그것에 대한 자신만의 독특한 관점을 세우기도 쉬워진다. 그리고 이와 유사한 대상을 찾아 비교나 대조를 해 보면 그 대상을 훨씬 깊이 있게 이해할 수도 있다.

의도와 결과 생각하기는 대상을 바라볼 때, 대상만을 생각하는 것이 아니라, 대상 너머에 존재할 수도 있는 누군가의 의도를 생각해 보고, 그 대상이 불러올 결과까지 고려해 보는 방법이다. 그렇게 발견한 의도가 옳은지, 결과와 영향을 어떻게 받아들여야 할지 판단해 보는 연습은 자신만의 관점을 세우는 데 많은 도움이 된다.

이를 정리해 보면 다음과 같다.

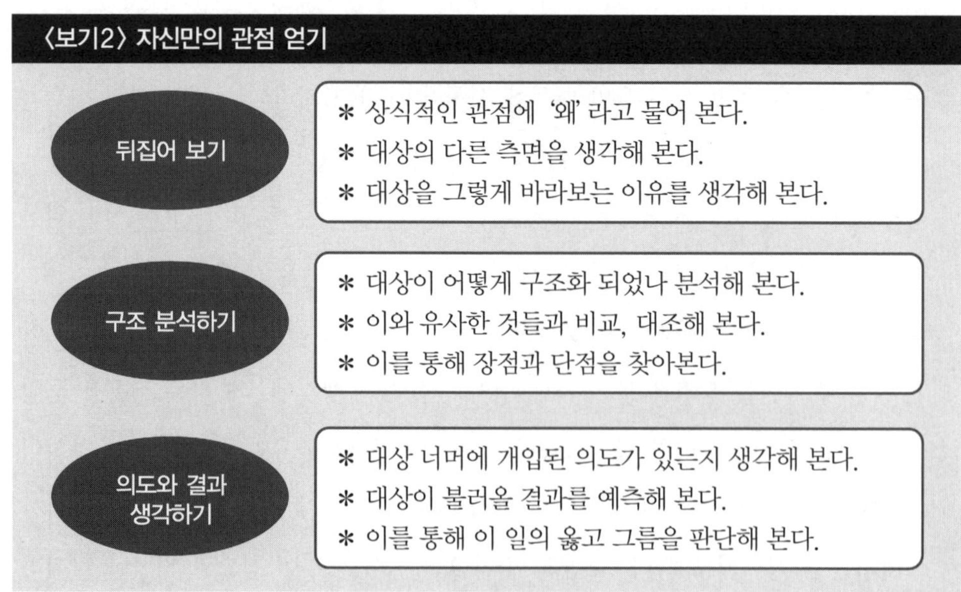

이러한 과정을 통해 서술하고자 하는 사물에 대한 새로운 아이디어를 얻고 그것을 글쓰기의 대상으로 삼게 되면, 그 글은 자신만의 독특한 관점과 입장이 살아 있는 매력적인 글이 될 수 있다. 대학생들은 이제 본격적인 학문의 길에 들어선 자들이다. 그것이 단순한 교양 과정에 그치든 더 나아가 학자로 성장해 나가든 그것은 나중에 결정할 일이기는 하지만, 각 전공 영역으로 나누어진 대학생이 되었다는 것은 그 학문 영역 속으로 자신의 발을 한 걸음 내디딘 것이라고 할 수 있는 것이다. 학생들이 끊임없이 문제의식을 가져야 하는 이유가 여기에 있다. 자신이 이미 이렇게 학문의 길에 들어섰다면, 그 길을 효과적이고 철저하게 걸어가겠다는 자세가 필요하다. 그렇게 할 때 그 사람은 자신의 전공 분야를 잘 터득하고 자신의 능력을 남들보다 효과적으로 신장시킬 수 있을 것이기 때문이다.

이 과정에서 꼭 필요한 것은 자신의 전공 학문 분야에서 대상에 대해 질문하는 방식을 이해하는 것이다. 학문 영역들마다 독특한 질문 방식이 존재한다. 동일한 대상을 가지고도 질문을 제기하는 방식이 학문 영역들마다 상이하다. 예를 들면 연쇄살인범과 같은 강력범죄가 발생해서 그 사람이 붙잡혔다면, 이를 보고 법학자는 법적으로 이것이 어떤 문제가 있는지를 물어보게 될 것이며, 심리학자는 그 사람의 내면 심리에 어떤 문제가 있어서 이런 행동이 나왔는지를 묻게 될 것이고, 신학자는 인간의 근원적인 죄의 문제가 어떻게 이렇게 구체적인 행위 속에서 발현되는지를 고민하게 될 것이다. 그리고 사회학자는 그 범죄 행위가 어떤 사회 현상으로 발현되었으며, 그것이 사회 구성원들에게 어떤 영향을 미칠 수 있는지를 고민하게 될 것이다. 이처럼 각자의 학문 영역에 따라 동일한 대상에 대해 접근하는 방식이 다 다르다는 것을 쉽게 알 수 있다. 이러한 접근 방법의 차이는 그 대상에 대한 질문 방법의 차이이며, 이것은 그 학문 영역만의 독특한 연구방법론으로부터 나오는 것이다. 그래서 이 연구방법론은 다른 학문 영역과 구별되는 그 학문의 독특한 요소가 된다.

글의 주제는 이처럼 자신만의 질문 방식을 채택하는 과정과 긴밀하게 관련되어 있다. 이제까지 설명해 왔듯이 자신이 제기하는 질문과 그 해답을 구하는 것이 바로 글의 주제이기 때문이다. 그리고 논거는 바로 이러한 주제를 논리적이고 구체적으로 뒷받침해 주기 위해 가져오는 다양한 증거물들이다.

3) 주장과 논거

주제가 무엇인지를 살피는 과정에서 짚고 넘어가야 할 것 중의 하나는 주장과 논거 사이의 관계이다. 주제는 다른 말로 하면 글쓴이의 주장이라고 할 수 있는 것이다. 그리고 이 주장은 그것을 뒷받침하는 논리적인 근거들에 의해 효과적으로 잘 증명될 때 좋은 글이 될 수 있다. 그러므로 주장과 논거 사이의 관계를 올바르게 이해하고 있으면, 좋은 주제를 찾는 단서도 얻을 수 있다.

주장은 자신의 글에서 표현하고 싶은 주제를 말한다. 그리고 이 주장이 선명해야 그 글이 설득력 있는 글이 된다는 점은 이제까지 지속적으로 살펴 왔다. 그런데 이러한 주장을 이야기할 때 주의해야 하는 요소가 있다면 한 편의 글에는 하나의 주장이 들어가야 한다는 점이다. 만약 하나의 글 속에 두 가지 이상의 주제가 들어가게 되면, 그 글은 복잡해지고 혼란스럽게 되어 주장하는 바가 선명하게 드러나지 않을 수 있다.

논거는 주장을 뒷받침하기 위해 동원하는 다양한 자료들이다. 만약 주장이 그것만 소리 높여 외치는 것으로 끝난다면, 그 글은 설득력 없는 글이 된다. 주장이 논거에 의해 논리적으로 뒷받침될 때, 상대를 설득할 수 있게 되는 것이다. 예를 들어 보자.

〈보기3〉 주장만 있는 글의 예

성경의 가르침처럼 인간을 인간답게 만드는 것은 사랑이다. 자신뿐만 아니라 이웃, 그리고 자연까지도 진심으로 사랑해야 한다.

이 글은 두 개의 문장을 통해 자신의 주장을 말하고 있다. '인간을 인간답게 만드는 것이 사랑이다.' 는 주장과 '자신과 이웃, 자연을 사랑해야 한다.' 는 주장을 하고 있다. 이런 글을 읽는 경우, '왜 사랑이 인간을 인간답게 만드는 것이지?', '여기서 말하는 사랑이 뭐지?', '어떻게 사랑해야 하지?' 등과 같은 의문이 생긴다. 여기에 답하지 못하면 이 말은 설득력을 잃은 공허한 주장이 된다.

이러한 주장에 논리적인 설득력을 입혀주는 것이 바로 〈논거〉이다. 이 주장에서 필요한 논거는 먼저 '사랑' 의 개념이나 그것이 어떻게 인간을 인간답게 만드는 것인지에 대한 설명이며, 자신과 이웃, 그리고 자연까지 사랑해야 하는 이유와 같은 것들이다. 거기에 더하여 글쓴이가 말하는 사랑의 의미나 사랑의 방법과 같은 것까지 설명할 수 있다면 그래도 나름대로 논리적인 주장이 될 수 있을 것이다. 이를 고려하여 앞의 글을 다음과 같이 바꿔 볼 수 있다.

〈보기4〉

성경의 가르침처럼 인간을 인간답게 만드는 것은 사랑이다. 사랑은 자신보다 남을 더 소중하게 여기고, 그 존재의 의미와 가치를 인정해 주는 고귀한 행동이다. 그러므로 사랑하는 행위는 인간만이 할 수 있는 행동이며, 인간을 인간답게 만들어 주는 가장 아름다운 행위인 것이다.

그러므로 인간은 자신뿐만 아니라 이웃, 그리고 자연까지도 진심으로 사랑해야 한다. 자신이 하나님 앞에서 소중한 만큼 이웃도 소중한 존재이므로 진정으로 사랑해야 한다. 자연에 대한 사랑도 마찬가지이다. 인간에게 자연은 단순한 착취나 이용의 대상이 될 수 없으며, 인간은 이 땅에서 그것들과 공존하며 함께 살아가야 하는 존재이다. 인간이 자연에 한 모든 행위의 결과는 자연스럽게 인간에게 돌아오기 때문이다.

여기에 '어떻게 사랑할 수 있는가' 에 대한 대답을 첨가할 수도 있을 것이다. 자아에 대한 사랑, 이웃에 대한 사랑, 자연에 대한 사랑은 각각 그 사랑의 방법이 다를 수 있으며, 그것들을 하나하나 고민하여 구체적으로 밝혀 준다면 보다 설득력 있는 글이 될 수 있을 것이다.

3. 주제를 정하는 과정

글을 쓰는 사람은 주제를 정하는 과정에 익숙해져야 한다. 일단 주제를 정해 놓으면 그 주제를 뒷받침해 줄 수 있는 다양한 자료들을 모으고, 그것을 재료로 하여 한 편의 글을 계획하는 개요를 작성해 볼 수 있다. 주제잡기는 글쓰기의 출발점이며, 글이 마무리될 때까지 글 전체의 방향을 주도해야 할 나침반과 같은 것이기도 하다. 그러므로 주제를 쉽게 찾을 수 있는 능력은 글을 잘 쓸 수 있는 중요한 능력 중의 하나가 된다.

글을 쓰겠다고 생각하면 많은 노력을 하지 않아도 자연스럽게 글의 주제가 떠오를 수도 있지만, 그것은 매우 특이하고 한정된 경우에 해당된다. 아무리 글을 자주 쓰는 사람이라도 글의 주제를 선정하는 과정은 항상 고민과 갈등으로 가득할 수밖에 없다. 이때 도움이 되는 방법 중의 하나는 주제를 선정하는 단계를 따라가 보는 것이다. 일반적으로 글의 주제를 설정하는 과정은 다음과 같이 크게 세 단계로 나누어 진행된다.

1) 1단계 : 막연히 주제의 범위를 결정하는 단계

이 단계는 막연히 어떤 방향의 주제를 쓸 것인가를 결정하는 단계이다. 보다 포괄적으로 큰 범주의 단위를 선정하여 그것에 대하여 생각을 정리해 보는 것이다. 이 단계는 대상에 대해 막연하게 접근하는 단계이기에 대상이 속한 큰 범주에서 접근하는 단계이며, 그래서 그 대상에 대한 구체적인 관점이나 입장은 세우지 않은 상태가 된다. 일반적으로 한 편의 글을 쓰고자 하는 사람은 글의 대상을 어느 정도 정한 상태에서 출발하는 경우가 많기 때문에 이 단계를 그냥 지나가는 경우도 자주 본다. 그렇지만 주제가 정해지지 않은 상태에서 글을 써야 한다면, 이 단계는 주제에 대해 생각해 보는 첫 출발점이 되기에 중요하다.

우선 이 단계에서 필요한 것은 자신의 관심사와 알고 있는 지식의 범위, 그리고 써야 될 글이 요구하는 방향 같은 것들이다. 여기에 독자들의 성향이나 입장, 요구조건까지도 생각해 볼 수 있다. 이러한 것들을 종합적으로 검토하여 주제를 정할 대충의 방향을 설정하는 단계인 것이다.

이해의 편의를 위하여 '여성이 직업을 갖는 것은 여성의 자아실현을 위하여 필요한 것이다' 라는 주제를 정해 가는 과정을 생각해 보자. 먼저 1단계에서는 막연한 주제를 설정하여 앞으로 쓸 글의 주제가 취해야 할 기본적인 방향을 생각해 보는 단계이다. 이 주제의 경우에는 먼저 '여성문제' 에 대한 글쓰기를 해 보겠다는 막연한 방향을 설정할 수 있다. 사실 여성문제는 너무도 다양한 방향에서 문제가 제기되는 상황이다. 가정에서의 여성문제, 사회에서의 여성문제, 여성이 당하는 불평등의 문제, 여성이 가진 생물학적 문제와 같은 것들뿐만 아니라, 교회에서의 여성의 지위 문제, 여성 안수 문제 등 너무도 다양한 문제들이 제기될 수 있다. 그런 의미에서 본다면 이러한 1단계의 접근은 논의를 위한 지극히 포괄적인 방향만 설정한 것임을 알 수 있다.

그 과정에서 한 걸음만 더 들어가 논의하고자 하는 대상을 정하는 과정까지 생각해 볼 수 있다. '여성문제' 를 '여성이 직업을 갖는 문제' 로 좀 더 좁혀 볼 수 있는 것이다. 이러한 단계까지가 주제를 설정하는 1단계에 해당한다.

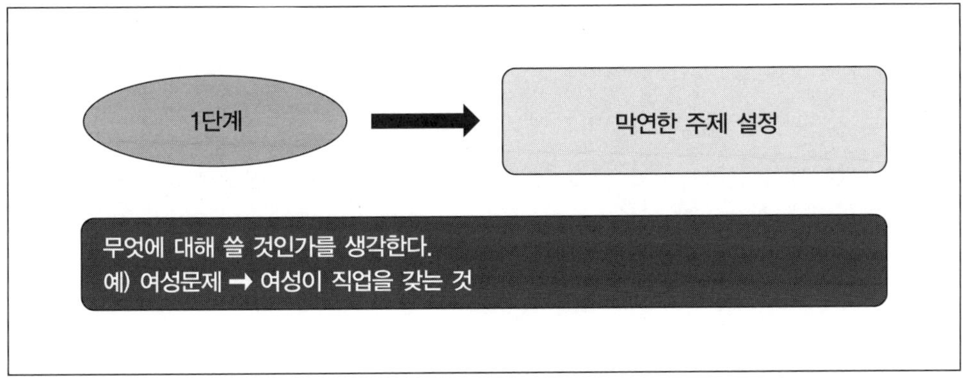

2) 2단계 : 주제를 구체화하여 정리하는 단계

주제를 정하는 2단계는 자신의 관심과 능력에 맞춰 주제의 방향과 범위를 한정하는 단계이다. 이 과정을 거치면 주제는 조금 더 구체적인 방향을 지니게 되고, 자신의 입장 혹은 관점이 반영되기 시작한다. 이때 중요한 것은 대상을 어느 정도의 수준에서 접근할 것인가 결정해야 한다는 점이다. 자신이 이 분야에 대해 현재 가지고 있는 지식을 고려하고, 어느 정도 분량의 글을 쓰고자 하는지를 결정하게 되면, 서술 대상에 대해서는 어느 정도 결정할 수 있게 된다.

1단계에서 예로 들었던 여성이 직업을 갖는 문제에 대한 접근을 생각해 보자. 여성이 직업을 갖기 위해서는 고려해야 할 다양한 문제가 우리 사회 속에 상존해 있다. 이것들을 전체적으로 고려하는 과정에서 자신이 쓸 글의 구체적인 대상을 결정하는 과정이 2단계이다. 이때 고려해야 할 사항들을 보다 구체적으로 살펴보면 다음과 같다.

여성이 사회에서 직업을 갖는 것에는 여러 가지 문제들이 관련되어 있다. 거기에는 여성의 자아계발이나 일을 통한 자아정체성의 확립, 여성의 경제적인 독립과 같은 여성 자신과 관련된 문제들로부터, 남편의 수입만으로는 우리 사회에서 일정한 수준의 경제적 부를 획득하기 어렵다는 현실적인 요구까지 자리 잡고 있다. 뿐만 아니라 우수한 여성 인력을 가정이라는 울타리에 가두어 둘 경우 그 사회의 발전이 힘들어질 수도 있다는 사회적인 요구도 있을 수 있다. 게다가 가정이라는 단위에서 놓고 본다면 자녀교육이라는 중요한 문제가 가로놓여 있다. 자녀가 자라나는 동안에는 남편이나 아내 중 한 사람은 자녀교육을 담당하는 것이 아이들의 지적이고 정서적인 성장을 위해서는 꼭 필요하다는 요구가 여기에 개입될 수 있는 것이다.

이런 여러 가지 고려사항들을 생각하고, 그 중에서 주제의 범위를 한정해 보는 것이 주제를 결정하는 2단계 과정이다.

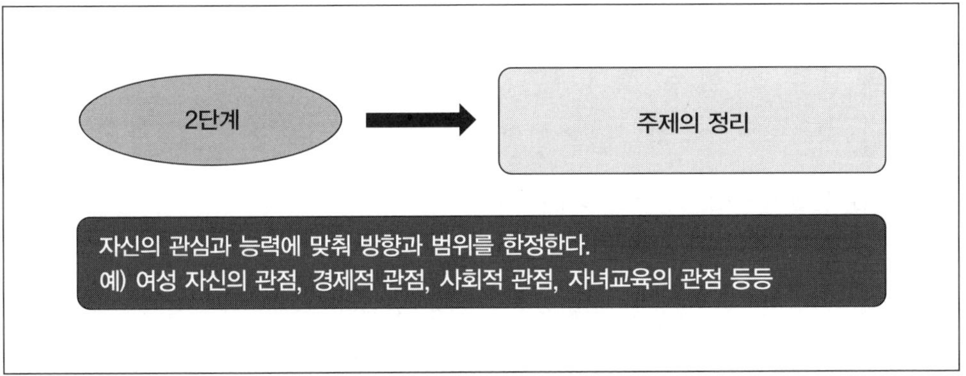

3) 3단계 : 주제를 확정하는 단계

이 단계는 두 번의 단계를 거쳐 어느 정도 정리된 주제를 글에서 사용할 수 있는 수준으로 구체적으로 확정하는 단계이다. 여기에서는 결정된 대상에 대한 자신의 견해가 분명해지는 단계이기도 하다. 이 단계는 주제를 완전히 확정하는 과정이므로 가장 중요한 요소는 자신의 입장 혹은 관점이 명확하게 드러나야 한다는 것이다. 그래야 나중에 글쓰기를 하는 과정에서 어려움이 없게 된다.

앞서의 과정에서 어느 정도 확정한 대상인 〈여성이 사회에서 직업을 갖는 것〉에 대하여 자신의 입장을 보다 구체적으로 결합하여 주제를 확정한다. 그것이 바로 3단계의 작업이다. 이 과정에서 글 쓰는 사람은 '여성의 자아계발' 이라는 요소를 함께 고려하기로 하였다. 그래서 글을 쓸 주제를 "여성이 사회에서 직업을 갖는 것은 여성의 자아계발을 위해서 반드시 필요하다."로 구체적으로 확정하게 된다.

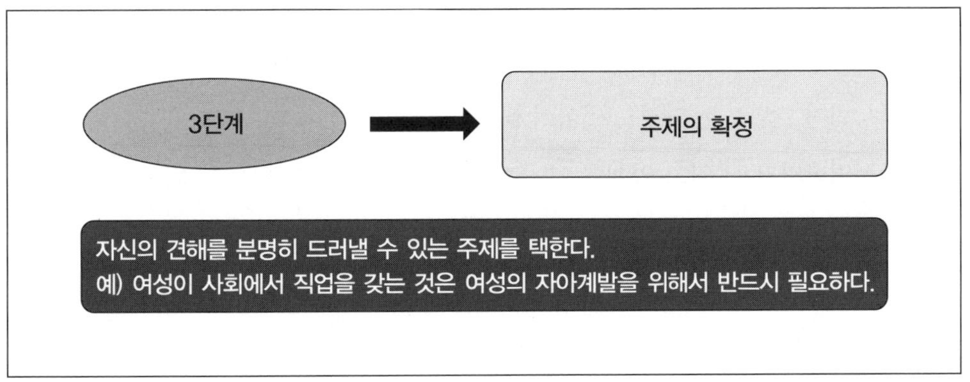

4) 주제의 대상을 확정하는 방법

여기서 볼 수 있듯이 주제를 정하는 1단계는 글쓰기의 전체적인 방향을 결정하는 단계이다. 이때는 쓰고자 하는 글의 전체적인 방향만 생각해 보고, 그것이 발전해 나갈 방향만 설정해 두는 것이다. 그런데 주제 설정 과정이 진행될수록 주제와 관련된 범주는 점점 좁아지고 구체적으로 바뀌어 간다. 2단계에서는 보다 구체적으로 대상에 접근하고 글을 쓰는 사람의 능력을 고려하여 적절한 수준의 범주를 정하게 된다. 그것을 바탕으로 3단계에서는 글을 쓰는 사람의 입장이나 관점이 구체적이고 분명하게 적용되어 주제가 완성되는 것이다.

여기에서 1단계와 2단계 과정에서 일어나는 주제의 대상을 결정하는 과정을 좀 더 살펴볼 필요가 있다. 대상을 결정할 때에는 항상 범주의 문제를 고려해야 한다. 이 범주는 대상 자체가 내포하고 있는 범주이기도 하고, 글을 쓰는 사람이 다룰 수 있는 능력과 관련된 문제이기도 하다. 주제의 범주가 작고 좁아지면 얻을 수 있는 이익이 상당히 많다. 포괄적이고 넓은 범주로는 다룰 수 없는 구체적이고 명확한 이야기를 할 수 있게 만들어 줄 뿐만 아니라, 자신이 가진 전문지식을 활용할 수 있는 여지가 점점 늘어나기 때문이다. '문학의 효용과 가치'라는 포괄적인 주제보다 '시 창작 과정과 아동 상상력 계발의 상관관계'라는 좁은 범위의 주제를 비교해 보면 이런 효과를 쉽게 짐작할 수 있다. 문학 중에서도 시, 시에서도 시 창작 과정이 아동의 상상력 계발에 어떠한 영향을 미칠 수 있는지 이야기하게 되어 훨씬 구체적이고 집중된 논의를 할 수 있게 되는 것이다.

물론 여기에는 시 창작 과정에서 상상력이 어떠한 역할을 하는지도 알아야 하고, 아동의 상상력이 계발되는 과정도 알아야 하는 어려운 과제가 놓여 있다. 시론뿐만 아니라 아동심리학까지 잘 알고 있어야 그 주제와 관련된 글을 쓸 수 있게 되는 것이다. 범주가 좁아질수록 전문적인 지식을 더 많이 요구한다는 말은 바로 이러한 현상을 말한다. 그러므로 주제의 대상을 설정할 때는 이 두 가지의 요구가 적절하게 만나게 되는 지점에서 결정하는 것이 좋다. 이러한 과정을 그림으로 나타내 보면 다음과 같다.

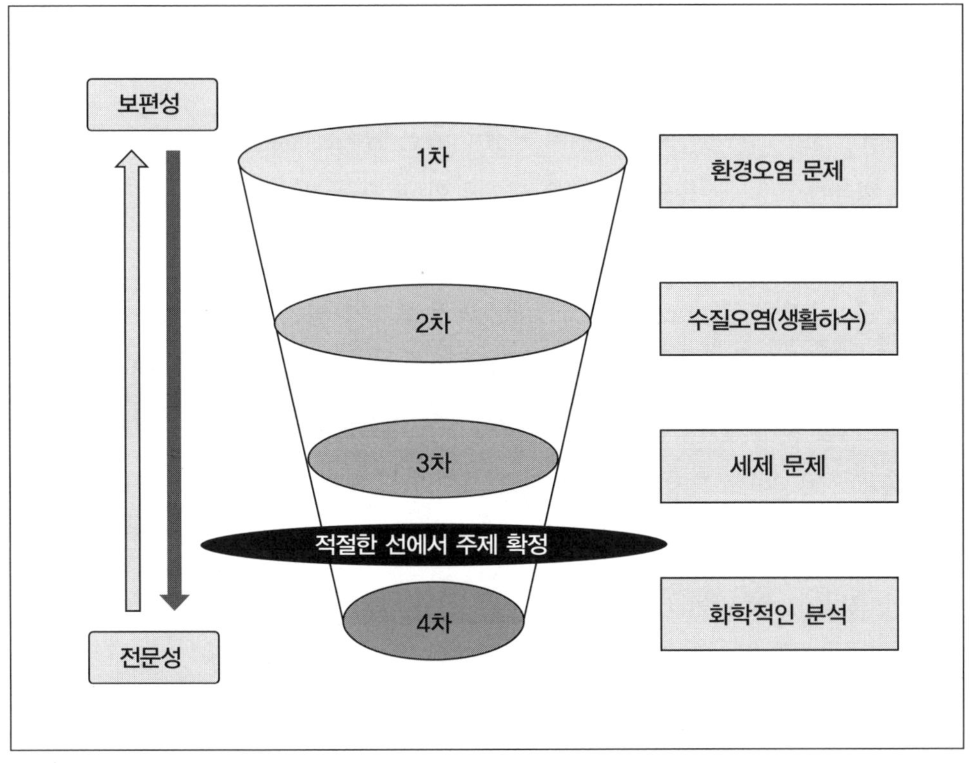

〈 좋은 주제를 위한 대상을 결정하는 과정 〉

'환경문제' 와 관련된 글을 한 편 쓰게 되었다고 생각해 보자. 주제를 정하기 위해서는 우선 대상을 먼저 결정하고 그 대상에 대한 태도를 결정하면 된다. 대상을 결정하는 과정은 1차적으로 보다 포괄적인 범주의 막연한 대상을 생각해 볼 수 있다. 즉 '환경문제' 라는 다소 막연하면서도 보다 포괄적인 내용을 생각해 보는 것이다. 이렇게 먼저 정해 놓으면 이제는 환경과 관련된 문제만 생각하면 되기에 주제를 찾는 과정이 훨씬 구체적일 수 있다.

그러나 환경문제라는 범주만 생각하더라도 거기에는 너무나 많은 문제들이 관련되어 있는 것이 사실이다. 각종 오염 문제도 있을 수 있고, 환경을 바라보는 인간들의 시각과 관련된 문제도 있을 수 있다. 그리고 그 문제들에 대한 해결책을 어떻게 찾아야 하는가 하는 문제도 따라온다. 이 모든 것들을 포괄하여 전체적으로 환경문제에 대해 접근하겠다는 포괄적인 접근이 이 단계이다.

그러나 이런 막연한 주제만 가지고는 결코 글을 쓸 수가 없다. 그래서 환경문제와 관련된 범주를 좀 더 좁혀서 구체화할 필요가 있다. 글을 쓰는 사람은 이 단계에서 자신이 알고 있는 지식의 양과 관심사, 독자의 흥미나 관심사 등을 고려하여 글쓰기의 대상을 구체적으로 결정하게 된다. 이 과정에서 문제가 되는 중요한 요소 중의 하나는 글 쓰는 이가 가지고 있는 지식의 양이다. 글의 주제를 가능한 한 작은 영역으로 구체화시키는 것이 필요하다. 지나치게 포괄적인 내용을 대상으로 삼을 경우, 보편성에 매몰되어 자신만의 독창성을 살린 글을 쓰기가 너무 힘들어지기 때문이다. 그래서 이 과정에서는 자신이 쓰고자 하는 대상의 범주를 점점 축소시켜서 보는 것이다.

위의 그림에 나타나는 1차에서 4차까지 이르는 대상의 결정 과정이 바로 그것이다. '환경오염 문제'에서 대상의 범주를 점차 축소시켜서 '수질오염 문제'를 생각해 보고, 그것에서 다시 한 걸음 더 나아가 '세제 문제'를 생각해 볼 수 있는 것이다. 여기에서 더 나아가 '세제의 화학적 조성과 그것이 환경문제에 미치는 영향'까지 생각해 볼 수 있다. 이렇게 되면 논의가 보다 구체화되어 자신만의 독특한 관점 혹은 지식을 살려서 자신만의 독창적인 글쓰기가 그만큼 쉬워질 수 있다.

그런데 여기서 또 하나 고려해야 할 사항은 이렇게 대상이 축소되면 될수록 전문성이 그만큼 더 심화된다는 점이다. 그 주제를 구체화시키는 글을 쓰게 되면, 그 분야에 대한 자신의 구체적이고 전문적인 지식이 더 필요하게 되는 것이다. 여기서 보는 바와 같은 4차의 과정까지 생각을 전개시켰다고 가정해 보자. 화학을 전공하거나 화학적인 지식을 따로 쌓지 않은 사람이라면, 세탁기용 세제의 구체적인 화학적 조성을 알고 있는 사람은 드물다. 그 분야의 지식이 깊지 않은 사람이라면, 이러한 세제의 화학적 조성에 대한 논의 자체가 불가능해지는 것은 당연하다. 그러므로 그 대상에 대한 전문적인 지식이 없다면 이 단계까지 내려가면 안 되는 것이다.

결국 쓰고자 하는 글의 대상은 구체성의 요구와 전문성의 한계 사이에서 자연스럽게 결정된다. 가능한 한 구체적이고 세밀한 주제를 선정하는 것이 좋지만, 글을 쓰는 사람의 능력과 한계에 맞춘 전문성이라는 기준으로부터 벗어날 수 없는 것이다. 그래서 그 두 가지 기준이 만나는 지점에서 글의 대상을 결정한다.

5) 주제 설정의 실례

수업시간에 "우리 학교의 장점"이라는 가주제를 가지고 자신의 글을 쓰게 되었다고 가정해 보자. 그러면 학생들은 이 가주제를 자신의 글에 합당한 구체적인 주제로 바꾸어 주어야 한다. 한 편의 글은 반드시 자신만의 관점과 입장이 구체적으로 드러나는 자신의 글이 되어야 하기 때문이다. '우리 학교의 장점'과 관련된 글을 쓰기 위해서는 우리 학교의 여러 가지 요소들을 생각해 보면서 대상을 결정하고, 그것에 구체적인 자신의 관점이나 입장을 결합하여 결정하면 된다.

1단계는 먼저 '우리 학교의 장점'과 관련된 여러 가지 생각들을 광범위하게 찾아보는 단계이다. 이때 제기될 수 있는 여러 가지 생각들을 정리해 보면 다음과 같다.

- 환경이 좋다 : 경치, 공기, 전망, 교통 등
- 신학이 좋다 : 복음주의, 신본주의, 교파연합적 성격 등
- 교육이 좋다 : 열정적, 체계적, 인격적, 기독교적 교육 등
- 사람이 좋다 : 인격적인 교수와 학생, 열정 등
- 문화가 좋다 : 인사, 상호존중, 정직, 기독교적인 문화 등
- 분위기가 좋다 : 공부할 수 있는 분위기가 되어 있다 등

이제 2단계에서는 이 중의 하나를 선택하여 좀 더 구체화시키고 명료하게 만드는 과정이 필요하다. 여기서는 '우리 학교의 환경'과 관련된 부분을 선택해 보기로 하자. 그러면 우리 학교의 환경과 관련된 항목들이 또 여러 가지로 고려될 수 있다.

- 자연 경관이 아름답다.
- 공기가 맑다.
- 교통이 편리하다.
- 조용하다.
- 다니는 것이 그냥 운동이다.

이제 3단계에 이르면 그렇게 생각해 본 여러 가지 요소들 중에서 공기와 관련된 문제로 집중해 보기로 하자. 쓰고자 하는 글의 대상은 '우리 학교의 공기'가 될 것이다. 이렇게 정해진 대상에 자신의 관점을 입히면 이제 자신이 쓰고자 하는 글의 주제가 만들어지게 된다.

주제 설정 : 우리 학교는 공기가 맑아서 좋다.

이 단계에 이르면 "우리 학교의 장점"이라는 가주제를 보다 구체화하여 "우리 학교는 공기가 맑아서 좋다."라는 주제를 얻을 수 있다. 이제 그 다음 문제는 이렇게 확정된 주제를 어떻게 구체적으로 한 편의 글로 옮길 수 있는가 하는 문제이다.

3장

자료 조사와 정리

1. 자료의 수집

1) 논리적 글쓰기와 자료

글쓰기 과정에서 자료 조사는 필수적으로 요구되는 과정이다. 글의 주제를 구체화하는 과정이 어느 정도 마무리되면 그 주제를 뒷받침할 수 있는 여러 가지 자료를 찾을 필요가 있는 것이다. 좋은 자료를 많이 찾을수록 그 자료를 활용하여 쓰는 글은 더욱 풍성한 읽을거리와 설득력을 얻을 것이다.

자료를 조사하고 정리하는 과정은 또한 설정한 주제를 검증하는 과정이 되기도 한다. 글의 주제와 관련된 자료들을 찾아 읽고 정리하다 보면, 그동안 미처 생각하지 못했던 여러 가지 요소들이 새롭게 발견될 수도 있고, 그 주제가 가진 치명적인 문제점이 발견될 수도 있다. 자료를 찾아 정리하는 과정은 이렇게 발견된 새로운 요소나 문제점들을 고려하여 글의 주제를 다시 조정하는 과정까지 포함하게 된다. 이 과정을 충분히 반복하게 되면 주제도 보다 선명해질 뿐만 아니라 글의 내용까지도 더욱 풍부해지는 효과를 보게 되는 것이다.

논리적 글쓰기에서 자료 조사는 더욱 중요한 의미를 지닌다. 논문의 경우 서론에 반드시 들어가야 하는 요소 중의 하나가 연구사 정리인데, 쓰고자 하는 주제와 관련된 기존의 연구 결과들을 정리하는 것을 말한다. 이것은 논문에서 연구하고자 하는 주제가 이미 연구된 주제는 아닌지 확인해 보는 과정이기도 하지만, 보다 중요한 의미는 자신의 연구 주제가 그 분야의 연구 흐름에서 어떤 위치에 있는지를 정확하게 확인하는 과정이기도 한 것이다. 뿐만 아니라 기존의 연구사 정리를 통하여 자기 논문의 연구 주제가 지닌 가치를 확인할 수도 있다. 그래서 논문에서는 연구사 정리를 통해 해당 주제에 대한 기존의 연구 자료를 반드시 확인하게 하는 것이다.

2) 1차 자료와 2차 자료

일반적으로 논리적 글쓰기에서 자료는 1차 자료와 2차 자료로 나눈다. 1차 자료는 해당 연구의 직접적 대상이 되는 자료를 말하고 2차 자료는 1차 자료에 대해 다른 연구자들이 연구한 자료를 말한다. 예를 들어 존 칼빈의 신학에 대해 연구하고자 한다면, 칼빈의 여러 가지 저작물들이 1차 자료가 되는 것이고, 그러한 칼빈에 대해 이야기한 여러 연구자들의 논문이나 저술들이 2차 자료가 되는 것이다.

여기서 유의해야 할 것은 1차 자료가 명료해야 연구가 진행될 수 있다는 점이다. 논문을 쓰는 과정에서 1차 자료를 명확하게 하는 작업은 논문의 결과를 신뢰할 수 있는 근거를 만들어 가는 작업이기도 하다. 그것이 바로 논문의 연구대상을 확정하는 작업이다. 다시 칼빈의 신학을 예로 들어보자. 칼빈의 주저인 『기독교 강요』는 칼빈이 살아 있는 동안에도 몇 번이나 새롭게 출간되었고, 그 판본들 사이에는 공통점과 함께 분량에서부터 문체에 이르기까지 여러 가지 차이도 있다. 그렇다면 연구자는 그 중 어떤 것을 선택하여 자신의 연구를 진행할지를 결정해야 한다. 그리고 그것을 논문의 서론에서 분명하게 밝혀야 한다.

1차 자료가 결정되면 이제는 2차 자료를 정리해야 한다. 2차 자료가 풍부할수록 해당 주제를 서술하기가 용이할 수 있다. 많은 연구자들이 연구한 주제이기 때문에 그 만큼 이야기할 것들이 많다는 말이 되는 것이다. 그렇지만 많은 연구가 진행된 만큼 자신만의 새로운 이야기를 덧붙이기가 더 어렵다는 문제점도 있을 수 있다. 그러므로 연구하기에 적당한 주제를 선정하는 것도 자료를 찾아서 정리하다 보면 어느 정도 떠오르기도 한다.

만약 자신이 연구하고자 하는 주제와 관련된 연구 자료를 거의 찾을 수 없다면, 그 주제에 대한 연구를 진행할지 말지 심각하게 고민해 보아야 한다. 자신이 선정한 그 주제가 새로운 연구 주제임을 보여주는 것인데, 이것은 이중적인 의미를 지니고 있다. 우선은 다른 어느 누구도 연구하지 않은 주제이기 때문에 자신만의 새로운 연구가 되기 쉽다는 장점이 있다. 연구 주제의 새로움은 그 연구의 가치를 높일 수 있는 매우 중요한 미덕이다. 그런데 역으로 생각해 보면, 그만큼 그 주제가 연구하기 어려운 주제라는 것을 보여주는 것일 수도 있고, 연구할 가치가 없는 주제라는 것을 보여주는 것일 수도 있는 것이다. 왜 다른 많은 연구자들이 이 주제를 연구하지 않았는지를 생각해 보아야 한다는 말이다.

연구 주제와 관련된 자료를 조사하고 정리하는 과정은 이렇게 주제를 확정하는 과정과 긴밀하게 연관되어 있는 매우 중요한 연구 활동이다. 그러므로 자료 조사의 과정은 결코 소홀히 할 수 없는 것이다. 그래서 많은 연구자들은 이 자료 조사의 과정에 많은 시간과 노력을 들이고, 새롭게 발견한 자료들을 소중하게 여긴다.

수업 과제물을 작성할 때에도 이 자료 조사 과정은 반드시 많은 시간과 노력을 들일 필요가 있다. 아무리 담당 교수님이 자료를 잘 정리해서 안내해 주시더라도 그것에 만족하지 않고, 해당 주제에 대한 자료를 자신이 직접 확인하고 보충하는 과정이 꼭 필요하다. 그것은 또한 자신이 얼마나 적극적으로 열심히 공부하고 있는지를 보여주는 방법이 되기도 한다. 이를 위해서는 과제물 작성을 위한 준비를 빨리 시작하는 것이 무엇보다 중요하다.

3) 자료의 종류

글쓰기의 자료로 사용될 수 있는 가장 단순하면서도 모으기 쉬운 자료는 경험 자료이다. 자신이 직접 경험한 것들을 자료로 활용할 수 있다면 그만큼 그 글은 설득력이 있고 믿을 만한 내용이 될 수 있다. 그런데 문제는 이런 경험이 제한적일 수밖에 없다는 것이다. 사람마다 살아가는 내용이 다르고 경험하는 영역이 다르기 때문이다. 그래서 좋은 글쓰기를 위해서는 경험 이외의 여러 가지 자료들을 찾아서 자신의 글을 뒷받침해야 한다. 논리적 글쓰기에서 많이 사용되는 자료들을 정리해 보면 다음과 같다.

① 문헌 자료

연구 자료로서 가장 광범위하게 사용되는 것이 문헌 자료이다. 문헌 자료는 주로 도서관에서 확인할 수 있는데, 우리 학교 도서관에서부터 국립도서관이나 국회도서관 등 여러 곳에서 이러한 문헌 자료를 확인할 수 있다. 그런데 도서관에는 너무 많은 책들을 모아 놓아 자신의 연구에 필요한 책이나 논문을 찾아내는 과정이 쉽지만은 않다. 이러한 문헌 자료를 확인하고 자신의 연구에 필요한 자료를 찾기 위해서는 여러 가지 검색 방법이나 색인들을 확인하는 것이 좋다. 도서관 이용 방법을 숙지하는 것이 필요한 이유이기도 하다.

문헌 자료에는 일반 저서나 논문과 같은 자료들도 있지만, 정기적으로 간행되는 자료들도 있다. 이러한 자료들을 정기간행물이라고 부르고 도서관의 한 부분에 따로 영역을 정해서 보관하고 있다. 정기간행물은 일간지인 신문으로부터 매주 1회 발간되는 주간지, 매월 1회 발간되는 월간지, 매 계절에 1회 발간되는 계간지 등 다양한 종류들이 있다. 이런 것들도 연구를 위한 좋은 자료가 된다.

② 설문 조사나 인터뷰 자료

설문 조사도 연구를 위한 좋은 자료가 된다. 이 설문 조사는 반드시 믿을 수 있는 설문 기관에서 실시한 조사이어야 할 필요는 없다. 연구자 스스로 설문지를 만들고 설문 대상을 정해서 설문을 실시하면 되는 것이다. 다만 이 과정에서 중요한 것은 설문 조사의 과정과 결과가 믿을 만해야 한다는 점이다. 설문 조사와 통계 처리를 위한 여러 가지 기법들은 신뢰도를 높이기 위한 방법이다. 그러므로 자료의 신뢰도를 높이기 위해서는 조사 과정 전체를 논문 속에서 공개하고 설문 조사와 결과 처리에 사용한 방법까지 명확하게 밝힐 필요가 있다.

이와 함께 인터뷰도 좋은 연구 자료가 된다. 연구에 필요하다고 인정되는 사람을 만나서 해당 주제와 관련된 인터뷰를 하고, 그것을 논문에 직접 활용할 수 있는 것이다. 인터뷰 자료를 활용할 때는 몇 가지 고려해야 할 점이 있다. 먼저 누구와 어디에서 언제 인터뷰를 했는지를 명확하게 밝혀야 한다. 그리고 가능하면 인터뷰 자료는 원본을 보관해야 할 뿐만 아니라 문자화하여 함께 보관하는 것도 좋다. 그래야 필요할 때 언제든지 그 자료를 제시할 수 있기 때문이다.

③ 사진이나 물건

사진이나 물건들도 자신의 연구 주제를 위한 좋은 자료가 될 수 있다. 다만 이러한 자료들을 어디에서 획득했으며 어떠한 과정을 통해 얻게 되었는지를 명확하게 밝힐 필요가 있다. 이것은 자료의 신뢰도를 확보하기 위한 방법이다.

④ 인터넷 자료

요즘은 인터넷이 대세인 시대이기는 하다. 그래서 학생들이 공부를 하거나 과제물을 작성하는 과정에서 인터넷을 참조하는 경우가 점점 많아지는 것을 본다. 여기서 말하는 인터넷 자료는 저서나 논문 데이터베이스에 올라 있는 자료들을 말하는 것이 아니라, 각종 홈페이지나 인터넷 게시판 등에 올라 와 있는 자료들을 말한다. 인터넷판 저서나 세계적으로 제공되는 각종 논문 데이터베이스 자료는 활자화된 저서나 논문과 동일하게 취급된다. 그러나 온라인상에만 제공되고 배포되는 게시판이나 홈페이지의 자료들은 신뢰도에서 상당한 문제가 있어서 주의가 필요하다. 온라인 자료는 언제든지 수정이 가능하고 그 출처까지 의심되는 경우들이 많아 믿기 어려운 자료이다.

그렇다고 인터넷 자료를 사용할 수 없다는 것은 아니다. 인터넷 자료를 사용은 하되 항상 신뢰도 문제를 심각하게 고려해야 한다는 것이다. 그러므로 인터넷 자료는 생각의 단서로 활용은 할 수 있지만, 그것을 그대로 사용하는 것이 아니라 교차 검증하여 믿을 만한 자료인지를 살펴보아야 한다. 이를 위해서는 해당 사이트가 믿을 만한지 살펴보는 것도 필요하고, 그 자료를 확인한 날짜와 해당 사이트의 주소를 논문 속에 꼭 밝히는 것도 필요하다.

4) 자료를 찾는 방법

자신의 연구에 필요한 자료 목록을 확인하는 방법은 생각보다 쉽지 않다. 해당 주제와 관련된 자료가 항상 잘 정리되어 있다면 쉽겠지만, 그럴 경우는 거의 없는 것이다. 그래서 연구 주제와 관련된 자료의 목록을 정리하고 그 중에서 믿을 만한 자료와 믿을 수 없는 자료를 구분하는 과정은 논문을 쓰는 과정 중에서 매우 중요한 부분을 차지한다. 연구자는 이 과정을 절대 소홀히 하면 안 되는 것이다.

이제 막 학문하는 과정을 시작하는 학생들이 자료의 목록을 효과적으로 찾아 정리하는 것은 결코 쉬운 일이 아니다. 그래서 여러 가지 도움을 받을 필요가 있다. 가장 쉬운 방법 중의 하나는 잘 아는 사람에게 직접 물어보는 것이다. 선배가 될 수도 있고 교수님이 될 수도 있다. 그러나 자료를 찾는 과정 자체도 공부를 하는 중요한 단계이기 때문에 이렇게 손쉬운 방법은 그리 권할 만한 것은 아니다. 자신이 직접 도서관에서 자료들을 검색해 보고, 여러 가지 책들을 찾아서 읽어 보면서 하나하나 찾아낸 자료들이 그 연구자에게는 정말로 좋은 자료들이다.

또 하나의 방법은 해당 주제와 관련된 최근의 연구 논문이나 저서를 확인하는 방법이다. 논문에는 각주나 참고문헌에 그 논문을 쓰면서 참고한 자료들의 목록을 실어 놓고 있는데, 이것을 참조하면 연구 자료 목록 작성에 많은 도움을 얻을 수 있다. 도서관에서 해당 주제와 관련된 검색을 직접 해 보는 것도 매우 유용하다. 키워드를 입력하면 관련된 연구 목록이 뜨는데, 그것들을 직접 확인해 보고 자신의 연구에 유용한 자료인지를 판단해 보면 되는 것이다.

2. 좋은 자료의 조건

논리적 글쓰기를 위해서 자료를 찾을 때 무엇보다 중요한 것은 자신의 연구 주제와 관련된 자료 목록을 직접 찾고 확인해야 한다는 것이다. 그리고 이 자료들의 신뢰도를 높이는 것도 반드시 필요하다. 믿을 만한 자료라야 자신이 펼치고자 하는 주장이 옳다는 것을 뒷받침해 줄 수 있기 때문이다.

좋은 자료는 근거가 확실한 자료이다. 공식적으로 출간된 자료이거나 통계청과 같은 신뢰할 수 있는 기관에서 공표한 자료는 신뢰할 수 있는 자료이다. 활자화되어 저술로 출간된 자료는 논문을 읽는 독자가 언제든지 다시 확인할 수 있으며, 통계청과 같은 국가의 공식기관에서 제공하는 각종 자료들은 인터넷 자료라 할지라도 믿을 만한 자료이다. 독자가 언제든지 다시 확인할 수 있는 자료라는 것은 해당 자료의 신뢰도를 높일 수 있는 중요한 요소 중의 하나이다.

사진이나 인터뷰, 물건과 같은 자료들은 특히 신뢰도를 높이기 위한 노력이 필요하다. 앞서 이야기했듯이 사진은 어디에서 찍은 것인지, 혹은 어떻게 확보한 것인지를 밝혀두는 것이 좋고, 인터뷰의 경우 만난 장소나 만난 사람 등을 반드시 기록해 두어야 하며 사진까지 찍어두는 것이 좋다. 물건의 경우는 그 물건을 확보하거나 확인한 장소나 시간까지도 정확하게 기록해 둘 필요가 있다. 이것들은 모두 자료의 신뢰성을 확보하기 위한 방편이다.

좋은 글을 쓰기 위해서는 다양한 자료를 풍부하게 찾는 것이 좋다. 자료가 다양할

수록 자신의 글에서 활용할 수 있는 부분도 넓어질 수 있기 때문이다. 그러므로 다양하고 깊이 있는 자료를 확보하는 것은 좋은 글을 쓰는 데 꼭 필요한 것이므로 학생들은 공부하는 과정에서 항상 염두에 두고 있어야 한다.

3. 자료의 정리

어렵게 찾아낸 자료는 잘 정리해 두어야 글을 쓸 때 효과적으로 활용할 수 있다. 무엇보다 먼저 글을 쓰기 위해 찾아낸 자료는 꼼꼼하게 읽고 분석해 두어야 자신의 논문에서 효과적으로 사용할 수 있다. 해당 자료가 지닌 가치와 논지, 자신이 쓰고자 하는 주제와의 관련성을 잘 분석해 둘 필요가 있는 것이다.

찾아낸 자료를 인용해야 할 경우가 생길 수 있으므로 그 논문의 핵심적인 부분이나 자신의 연구 주제와 직접 관련되는 부분은 따로 기록해 놓은 것도 좋은 방법이다. 이 경우에는 반드시 원문을 그대로 옮겨 기록해 놓아야 하며, 그 자료가 어디에 있는 자료인지 서지사항을 확실하게 확인해 놓고 원문의 해당 페이지까지 정확하게 기록해 놓는 것이 필요하다. 이때는 언제나 다시 찾아볼 수 있도록 컴퓨터에 데이터로 저장해 놓거나 카드를 활용해 보관하는 것도 좋다.

찾은 자료들을 잘 구분하는 것도 필요하다. 여러 가지 자료들을 뒤섞어 놓으면 다시 확인하기가 쉽지 않으므로, 여러 가지 자료들을 논점에 따라 구분하는 것이 필요하다. 또 논문에 직접적으로 관련된 자료인지 간접적으로 도움을 받을 자료인지 구분해 놓는 것도 필요하다.

4장

개요 만들기

1. 개요란 무엇인가

개요(outline)란 한 편의 글을 쓰기 위해 내용과 구성을 생각하여 만든 일종의 설계도이다. 건물을 짓기 위해서 반드시 사전에 설계도를 그리듯이 한 편의 좋은 글을 쓰기 위해서도 그것을 미리 계획한 설계도가 필요하다. 개요는 그러므로 한 편의 글을 집필하기 전에 주제를 구체화하기 좋은 구상을 담아낸 예비적 구조이며, 실제로 글을 쓸 때 구현해 나갈 작업 계획서로 활용된다. 그리고 이것은 나중에 자연스럽게 목차의 주요 재료가 된다. 글 전체의 내용을 어떻게 배치할지에서부터 모아놓은 자료를 어디에서 사용할지에 대한 것까지 미리 설계도를 그려 놓으면 나중에 글을 쓸 때 훨씬 쉬워진다.

개요를 만들기 전에 해당 주제를 서술하는 데 필요한 다양한 논거들과 글의 재료들을 모으게 된다. 그런데 글 전체의 구도를 미리 그려 보지 않으면 어떤 자료를 어디에 써야 할지 혼란에 빠질 수가 있다. 생각나는 자료부터 사용하다 보면 글의 앞부분에서 준비한 자료를 다 사용해 버려 글의 뒷부분에서는 사용할 자료가 부족한 경우가 생길 수도 있다. 이때 사람들은 앞에서 쓴 자료들을 다시 반복해서 쓰거나 새로운 자료를 찾아 시간을 낭비하기도 한다. 만약 앞에서 사용한 글감들을 다시 반복해서 쓰게 되면 그 글의 긴장도가 확연하게 떨어지기도 하므로 꼭 필요한 경우가 아니면 사용한 자료를 반복하여 활용하는 것은 좋지 않다. 그렇다고 새로운 자료를 찾아 나선다면 그만큼 다시 시간이 필요해지므로 이것도 좋은 방법이 되지 못한다. 또한 반대의 경우도 생각해 볼 수 있다. 글감들을 적재적소에 배치하지 못하여, 글이 한참 진행된 후에야 글의 앞부분에 적합한 자료들이 생각나는 경우이다. 이때는 처음부터 다시 글을 써야 하는 불편함을 겪게 된다.

이러한 문제를 예방하는 가장 좋은 방법 중의 하나는, 글의 각 부분에 어떠한 자료들을 어떻게 배치하면 좋을지를 미리 생각하는 것이다. 한 마디로 설계도를 미리 그려 놓는 것이다. 이렇게 계획된 설계도가 바로 개요이다. 글의 첫 머리에는 어떤 자료들을 활용하여 어떤 방향으로 글을 쓰며, 본론에는 또 어떤 논거들을 활용하여 어떻게 논리를 전개해 나가고, 결론 부분에서는 어떻게 글을 마무리할 것인지 전체적으로 구체적인 계획을 짜 보는 것이다. 이렇게 구조를 잡고 나면, 각 부분에 어떤 자료나 글감들을 어떻게 배치할지를 정확하게 상상해 볼 수 있게 된다. 개요는 그래서 글의 전체적인 흐름을 예상해 볼 수 있을 뿐만 아니라, 모아놓은 글감들을 어디에 어떻게 배치하는 것이 가장 효율적이고 논리적이고 체계적이며 설득력 있는 글이 될 수 있는지를 알 수 있게 하는 매우 중요한 사전 활동인 것이다.

개요를 미리 만들어 보는 것이 주는 또 다른 장점 중의 하나는, 글을 시작하고 써 나가기가 훨씬 쉬워진다는 점이다. 우리는 한 편의 글을 시작할 때 엄청난 스트레스를 받는다. '시작이 반' 이라는 속담은 글쓰기에도 참 잘 들어맞는 표현이다. 하얀 종이를 앞에 놓고 있을 때의 그 답답함이나, 글쓰기를 막 시작하기 위해 띄워 올린 컴퓨터 화면의 깜빡이는 커서가 쏟아내는 그 압박은 생각보다 거대하다. 이러한 글쓰기에서 개요는 보다 쉽게 글쓰기를 시작할 수 있도록 만들어 준다. 한 편의 글을 전체적으로만 생각하면 시작하는 데 더 부담스러워지는 것이 일반적인 마음인데, 개요는 전체적인 구도를 고려하여 한 부분 한 부분을 따로 나누어 생각하게 만들어 주기 때문에 그 글에 보다 쉽게 접근할 수 있게 해 주는 것이다. 그러므로 잘 짜진 개요를 따라 글을 쓰는 경우, 각 부분들을 써 모아 전체를 만들어갈 수 있는 장점이 있다. 개요는 100장짜리 원고를 한꺼번에 쓰도록 강요하는 것이 아니라, 10장짜리 원고 10개를 모아갈 수도 있도록 만들어 주는 것이다. 어쨌거나 개요는 우리의 글쓰기를 편하고 쉽게 만들어 주는 장점이 있다.

개요는 글을 쓸 때뿐만 아니라 글을 읽을 때에도 활용할 수 있는 매우 유용한 도구이기도 하다. 한 편의 글을 읽을 때 부분이나 지엽에 얽매이지 않고 글 전체의 문맥과 구조를 읽어 낼 수 있는 시야를 개요가 제공해 줄 수 있기 때문이다. 개요를 염두에 두고 글을 읽는 것이 익숙해지면 글의 전체적인 내용이나 문맥의 파악이 보다 용이해지고, 그래서 글의 주제를 정확하게 찾는 것이 보다 쉬워진다.

독서가 익숙하지 않은 학생들이 부딪히는 문제 중의 하나는 한 편의 글을 읽는 과정에서 그 글이 말하고 있는 전체적인 논지를 잘 파악하지 못 한다는 것이다. 문장이나 문단을 이해하는 것에는 큰 문제가 없는데, 글의 문맥이나 글 전체의 주제를 파악하는 것은 힘들어 하는 것이다. 글을 보는 시선이 바로 눈앞에서 지나가고 있는 문장에 고정되어 있기 때문에 나타나는 현상이다. 이렇게 되면, 어떤 경우에는 그 글에서 말하고 있는 것 중에서 아주 지엽적인 문제를 전체의 주제처럼 생각하기도 하고, 심할 경우에는 실제 글의 주제와 상반된 내용을 주제로 찾기도 하는 실수를 범한다.

이때 필요한 것이 개요를 파악하는 능력이다. 이러한 개요는 이미 완성된 글에 대한 역설계라고 할 수 있다. 짧은 글이라면 각 문단의 소주제들을 모아서 한 편의 개요를 만들어 볼 수 있고, 그것이 글 전체의 흐름이나 구조, 주제를 파악하는 가장 손쉬운 방법이 된다. 만약 읽는 것이 긴 한 권의 저서라면 책의 앞부분에 나오는 목차를 한 번 읽어 보는 것만으로도 많은 것을 얻을 수 있다. 책을 읽을 때는 목차와 서문을 확인하는 것부터 출발하라는 말은 바로 이런 효과를 강조한 말이다.

2. 개요의 형식과 종류

1) 개요의 형식

개요의 형식은 크게 두 종류로 나눌 수 있다. 〈항목식 개요〉와 〈문장식 개요〉가 그것이다. 이것은 내용상의 문제이기보다는 개요의 각 항목에 들어가는 주제문들을 제시하는 방법에 따른 구분이다. 각 항목들의 소주제들을 항목만 간단하게 제시하는 경우 〈항목식 개요〉가 될 것이고, 그것을 하나의 완성된 문장으로 만드는 경우에는 〈문장식 개요〉가 될 것이다. ①은 항목식 개요의 방식으로 작성한 것이고, ②는 문장식 개요의 방식으로 작성한 것이다. 한 편의 개요는 주로 이 중 어느 하나의 방식으로 전체적인 개요를 작성한다.

① 건강과 운동의 관계

② 운동은 육체를 건강하게 만들기 때문에 꼭 필요하다.

이 두 형식은 각각 장단점이 존재한다. 〈항목식 개요〉의 경우, 개요를 짜는 과정이 훨씬 쉬워지는 장점이 있지만, 그것을 토대로 한 편의 글을 완성해 갈 때는 다소 어려움이 따른다. 이때 제시되는 항목은 주로 그 글의 핵심 용어들이나 대상들만 나열하는 경우가 많아, 필자의 입장이 아직 구체적으로 표현되지 않았기 때문이다. 그래서 구체적으로 글을 쓸 때, 이러한 부분을 고려해서 자신의 입장을 첨가하는 과정이 필요하다. 이에 비해 〈문장식 개요〉는 미리 그 내용들을 구체화시키고 자신의 입장까지 내포한 문장으로 각 항목들을 구성하기 때문에, 처음 개요를 구상할 때 훨씬 많은 시간과 노력을 요구하지만, 그만큼 글을 쓸 때에는 방향을 잡기가 쉬워지는 것이다.

2) 개요의 종류

논리적 글쓰기에는 3단 개요나 4단 개요를 많이 사용하게 된다. 이 두 가지가 논리적인 흐름을 가장 효과적으로 담아낼 수 있기 때문이다.

3단 개요는 서론–본론–결론으로 이어지는 논리적 구조를 가진 개요의 방식이다. 서론은 글을 시작하는 부분이다. 글을 쓰는 동기를 밝히거나 문제 제기와 그 대답인 주제를 제시하고, 글의 방향이나 범위 등을 간략하게 밝히는 것이 서론에서 하는 작업이다. 그리고 본론은 이렇게 서론에서 제시한 주제가 논리적으로 타당하다는 것을 다양한 논거를 제시하여 논증하는 부분이다. 결론은 이러한 논의의 결과를 간략하게 요약하고 정리하는 부분으로 주제를 다시 한 번 강조하여 보여주는 부분이다.

이러한 3단 개요의 본론을 좀 더 확장하면 4단 개요가 된다. '기승전결' 의 전통적인 서술 방식이 여기에 해당한다. 이때 '승' 과 '전' 은 3단 개요의 본론을 확장한 것이라고 할 수 있다. '승' 은 '기' 에서 제기한 문제(주제)를 보다 심화하여 타당함을 보여주는 것이라면, '전' 은 이것을 다른 차원으로 옮겨 글의 논지가 타당함을 논증하는 부분이다. 문제를 바라보는 방향을 달리하거나 반대되는 관점을 논파하는 것도 이 부분에서 잘 사용되는 서술법이다.

4단 개요의 두 번째 단을 다시 둘로 나누면 5단 개요가 된다. 서론에서 제시된 주제를 구체적인 논거를 통해 논증하는 과정을 좀 더 심도 있게 제시할 수 있고, 그 문제의 다양한 측면을 자세하게 설명할 수 있어서 논문에서 많이 사용하는 방법이다. 결국 5단 개요도 서론과 본론, 결론이라는 3단 개요에서 본론을 점차 확장한 결과라고 할 수 있는 것이다.

일반적으로 논리적 글쓰기에서는 서론–본론–결론으로 이어지는 논리적 구조를 주로 활용하는데, 이때 본론을 주로 3개 정도로 확장하여 사용한다. 이러한 구조는 대학에서 글쓰기를 할 때 가장 많이 사용하는 구조이므로 익숙하게 사용할 수 있도록 연습해 두는 것이 필요하다.

3) 개요를 작성할 때 유의사항

개요나 목차를 만들 때 유의해야 할 사항이 있다. 이런 유의사항을 고려하여 적절한 개요를 작성하면 한 편의 글을 쓰는 데 매우 유용하게 사용할 수 있을 것이다. 좋은 개요는 좋은 목차로 전용이 가능하기 때문에 개요를 만드는 단계에서 목차를 고려해 두어도 좋다. 이때 유의해야 할 것들은 단순히 개요나 목차만의 문제가 아니라, 우리가 생각하는 방식과도 연관된다. 이러한 유의사항은 여러 가지가 있을 수 있지만, 그 중에서도 특히 초보자들이 잘 범하는 문제점을 몇 가지만 거론해 보자.

① 같은 층위에서는 대등한 내용이 와야 한다.

② 하위 항목이 하나밖에 없을 때는 그 항목을 설정하지 말아야 한다.

③ 서론, 본론, 결론이라는 말을 쓰기보다는 해당 부분의 구체적인 내용을 적는 것이 좋다.

〈보기1〉 잘못된 개요의 예

1. 서론 : 문학 읽기의 중요성
2. 본론 : 문학을 읽는 방법
   (1) 시를 읽는 방법
   (2) 소설을 읽는 방법
   (3) 희곡의 등장인물과 주제 표현법
3. 본론2 : 문학작품 읽기와 상상력
   (1) 상상력의 확장
4. 결론

개요를 작성할 때의 유의사항 중 "① 같은 층위에서는 대등한 내용이 와야 한다."는 조건은 〈보기 1〉의 개요에서 보면 2장에서 보여주는 문제점을 지적한 것이다. 2장의 경우 문학을 읽는 방법을 설명하는데, 1절에서는 시를 읽는 방법을 말하고, 2절에서는 소설을 읽는 방법을 말한다. 그런데 3절에서는 희곡을 말하고 있기는 하지만, 읽는 방법을 말하는 것이 아니라 '등장인물과 주제 표현법'에 대해 말하고 있다. 이것은 2장의 '읽는 방법'과는 무관한 다른 내용을 말하고 있는 것이다. 이렇게 1절이나 2절과는 층위가 다른 내용이 온 것이다.

3장은 또 다른 하나의 문제점을 보여준다. ②에서 하위항목의 문제점을 지적하고 있는데, 그 잘못이 3장에 나타난 것이다. 문학작품 읽기의 효과가 '상상력의 확장' 한 가지라면 굳이 이렇게 하나의 하위 항목으로 잡을 필요가 없다. 하위 항목을 잡을 때는 반드시 두 개 이상의 하위 항목을 잡아야 한다. 그리고 그때의 하위 항목들의 총합과 상위 항목은 일치해야 한다. 예를 들어 2장에서 하위 항목으로 시, 소설, 희곡을 들었는데, 이 세 가지 항목을 합치면 상위 항목인 2장의 '문학'이 되어야 하는 것이다. 2장은 그 부분에서는 문제가 없다.

그리고 이 개요를 보면 유의사항 ③에서 말하고 있는 '서론', '본론', '결론'과 같은 용어들이 계속 사용되고 있다. 서론이나 결론이라는 용어는 필요에 따라 사용할 수도 있지만, '본론'이라는 용어는 가능하면 사용하지 않는 것이 좋다. 특히 목차로 활용될 것을 생각하면 굳이 이 말을 쓰지 않아도 목차에서 그것이 본론임을 알 수 있기 때문에 사용할 필요가 없는 것이다.

3. 개요 작성의 실례

개요 작성 방법을 연습하는 가장 좋은 방법은 다른 사람의 개요를 보고 그 장단점을 분석해 보는 것이다. 다음 개요는 박사학위 논문의 목차인데, 서론과 결론에 본론을 3개의 장으로 만들어 놓은 구조를 취하고 있다.

〈보기2〉 개요의 실례

제목 : 1950~60년대 한국 모더니즘시의 수사학

개요:

1. 서론
   (1) 연구사 정리 및 문제 제기
   (2) 연구 방법론
2. 언어의 물질성과 의미의 해체
   (1) 시의 난해성과 환유의 수사학
   (2) 이미지의 해체를 통한 의미의 해체
   (3) 이미지의 나열에 의한 의미의 해체
3. 주객분리의 환유적 대상 인식
   (1) 표면에 머무르는 주체의 인식
   (2) 은유적 동일성의 해체
   (3) 대상으로서의 사물의 해체
4. 1950~60년대 모더니즘시의 세계관
   (1) 환유의 수사학과 허무주의적 세계관
   (2) 모더니즘시와 서정시의 해체
5. 결론

이것을 개요 구성의 방법으로 검토해 보면 서론–본론–결론으로 이어지는 정확한 구조를 볼 수 있다. 전체적으로 5개의 장으로 구성되어 있는데, 1장과 5장은 각각 서론과 결론이며, 2, 3, 4장은 본론에 해당한다. 그런데 이 목차를 자세히 살펴보면, 2장과 3장은 이 논문의 제목인 모더니즘 시의 수사학적 특징이 '언어의 물질성과 의미의 해체' 나 '주객분리의 환유적 대상 인식' 두 가지라고 말해 주고 있다. 그리고 4장은 그러한 모더니즘시가 문학사적으로 어떤 의미를 지니고 있는지를 설명한다. 2장과 3장이 모더니즘시가 지닌 특징 자체에 집중한 장이라면, 4장은 이와는 다른 측면에서 그 의미를 검토하는 것이다. 이렇게 되면 이 시기 모더니즘시가 지닌 특징을 보다 정확하게 바라볼 수 있는 장점이 생긴다.

다음 개요는 수업 시간에 학생이 작성한 주제 및 개요인데, 이를 잘 살펴보고 문제점을 찾아보자.

〈보기3〉 학생이 작성한 개요의 실례

주제 : 남녀노소를 막론하고 우울증으로 인한 자살은 한국 현대 사회의 큰 문제점이다.

1. 들어가는 말 : 문제제기, 자살률, 우울증의 비율
2. 우울증
   (1) 우울증의 개념
   (2) 우울증의 유형
   (3) 우울증 환자의 실태
3. 우울증과 자살
   (1) 우울증과 자살 관계
   (2) 자살에 대한 성경적인 견해
   (3) 우울증으로 인한 자살의 대책
4. 맺는 말
   (1) 그래서 자살은 막아야 한다.

이 개요는 4개의 장으로 구성되어 있다. 1장은 서론으로 문제 제기를 하고 있는 부

분이고, 2장은 우울증 자체에 대해 설명하고 있는 장이며, 3장은 우울증과 자살과의 관계를 밝히고 그것에 대한 대책을 말하고 있는 장이다. 4장은 결론 부분이다.

이 개요에는 몇 가지의 문제점이 있는데, 우선 주제가 명확하지 않다. 주제문에서 볼 수 있는 '우울증이 한국 사회의 큰 문제점이다.' 라고 문제점 지적에 그치고 있다. 좋은 주제는 글의 서술 방향을 보여주는 것이다. 그래야 글을 구체적으로 써 나갈 때 방향이 흔들리지 않을 수 있다. 그런데 이 주제는 우울증의 문제점만 지적하고 대책을 이야기하지 않아 서술의 방향이 명확하지 않은 것이다. 성경적 관점에서 우울증에 대한 구체적인 대책을 제시해 줄 수 있다면 상당히 좋은 주제가 될 수 있을 것이다.

전체적인 구조를 생각해 보면 차라리 2장을 없애는 것도 매우 유용할 듯하다. 논의의 초점을 우울증에 대한 대책에 맞춘다면, 2장에서처럼 우울증의 개념이나 유형을 지나치게 길게 논의하는 것은 논의의 초점을 흐리는 잘못된 방법이 될 수도 있기 때문이다. 위의 개요를 보면 2장과 3장은 거의 비슷한 분량을 차지하는 것으로 계획되었다는 것을 알 수 있다. 이 글의 핵심이 3장에 있다면, 이러한 구조는 상당히 문제가 된다. 논의의 핵심에 바로 들어가지 않고 다른 이야기나 개론적인 언급만 길게 하는 잘못을 범할 수 있는 것이다. 그러므로 2장은 간단하게 정리하여 서론에서 언급하거나 다른 장의 하위 항목으로 가볍게 정리하는 것이 좋다.

이 개요의 또 다른 문제점이 여기에서 파생된다. 이 글의 핵심인 3장을 더욱 적극적으로 강조할 필요가 생긴 것이다. 그런데 위의 개요에서는 그러한 강조나 논의의 초점화가 이루어지지 않은 것을 볼 수 있다.

이러한 문제점들의 해결책은 3장을 더 확장하여 이것만으로 본론을 삼는 방법이다. 이를 고려하여 다음과 같은 5개 장으로 된 개요를 만들어 볼 수 있다. 여기에 하위 항목을 첨가하면 유용한 개요가 될 것이다.

〈보기3-1〉 학생이 작성한 개요의 개선

1. 우울증으로 인한 자살률 증가와 우리 사회의 위기

2. 우울증과 자살의 관계

3. 우울증으로 인한 자살의 사회적 문제점

4. 우울증으로 인한 자살을 방지하기 위한 성경적 대책

5. 결론

5장

논리적 글쓰기의 실제

1. 논문의 성격

논리적 글쓰기에는 여러 가지 형태가 있을 수 있지만, 학문 연구에 직접적으로 필요한 논문이나 학술 저서에서의 글쓰기가 대표적인 형태라고 할 수 있다. 그러므로 논리적 글쓰기의 성격을 이야기하려면 대표적인 형태인 논문의 성격이나 가치를 생각해 보는 것이 필요하다.

논문은 무엇보다 먼저 새로움을 추구한다. 사실 그토록 많은 연구자들이 그토록 많은 논문을 쓰면서도 새로움을 추구한다는 것은 쉬운 일이 아니다. 그럼에도 불구하고 논문의 새로움은 논문의 생명이기도 하다. 만약 논문에서 새로움이 없다면, 그 논문은 다른 글들을 짜깁기한 것이거나 표절한 것이라고밖에 할 수 없을 것이다. 그만큼 논문에서 새로움은 중요한 역할을 한다. 논문에서 말하는 새로움은 크게 세 가지로 나누어 생각해 볼 수 있는데, 연구 자료의 새로움, 연구 방법론의 새로움, 연구 결과의 새로움이 그것이다.

먼저 연구자는 이제까지 어느 누구도 다루지 않았던 전혀 새로운 연구 대상을 선정하면 자신만의 새로운 연구를 진행할 수 있는 장점이 생긴다. 많은 연구자들이 자신의 연구를 위한 새로운 대상을 찾기 위해 노력한다. 연구 대상이 새롭다는 것 자체만으로도 그 논문은 매우 중요한 의미를 지니게 된다. 새로운 연구 대상은 새로운 연구 결과를 이끌어 낼 수 있는 매우 중요한 출발점이 되기 때문이다.

모든 연구가 항상 새로운 연구 대상을 두고 이루어지는 것은 아니다. 연구의 대상이 한정되어 있을 뿐만 아니라, 무조건 새로운 대상을 연구하는 것만이 좋은 것도 아니기 때문이다. 오히려 동일한 연구 대상을 다양한 관점에서 분석하면 새로운 관점이나 입장을 찾아낼 수 있고, 그것은 연구 대상에 대한 보다 풍성한 이해를 가능하게 한다. 이것이 학문 연구 방법론이 발전하는 과정이기도 하다. 각 학문 영역에서 강조하는 새로움은 이러한 연구 방법론의 새로움과도 긴밀하게 관련되어 있다. 이것은 연구 논문의 새로움을 만드는 두 번째 길이다.

다양한 연구자들은 자신만의 눈을 갖는 것을 연구의 목표로 삼는다. 박사 학위논문을 제출하고 한 명의 연구자로 인정받는 것은 이러한 자신만의 〈눈〉 즉, 연구 방법론을 확립한 것이라고 할 수 있다. 대학에서 공부를 처음 시작하게 되면 박사 학위를 받는 사람들을 보고 매우 부러워하는 시기가 있다. 저 사람들은 이제 자신의 연구를 완성했나보다 하고 착각하기도 한다. 그러나 박사논문을 제출하고 인정받는 것은 학문의 완성이 아니라, 이제야 제대로 된 학자의 길에 들어섰다는 증명서와 유사하다. 이제야 자신만의 연구 방법론을 확립하고 자신만의 시각으로 연구를 진행해 나갈 수 있는 길을 찾은 증거인 것이다. 이러한 자신만의 연구 방법론은 지속적인 연구를 통해 확장하고 보강해서 다른 연구자들과 차이가 나는 독창성을 만들어 내는 것이다.

각 학문 영역들은 각각 자기들만의 연구 대상을 가지고 있으며, 그것을 확장하기 위해 노력하고 있다. 새롭게 연구자의 길로 들어서는 자들은 먼저 각자의 학문 영역과 관련된 연구방법론을 익혀야 한다. 그러므로 하나의 전공을 선택한다는 것은 그 학문 영역만의 연구 방법론들을 공유한다는 것을 의미하기도 한다.

세 번째로 연구의 독창성을 만들어 내는 방법은 결론의 새로움이다. 이것은 또한 첫째와 두 번째 요소와 긴밀하게 결합되어 있는 것이기도 하다. 연구 대상이 새로우면 그 결론은 새로운 것으로 만들어질 수 있고, 연구 방법이 새롭다면 당연히 새로운 결론이 내려질 것이기 때문이다. 그럼에도 불구하고 새로운 결론이 연구에서 반드시 필요한 이유는 그것이 연구의 주된 논지를 결정하며, 그 논지가 연구 전체를 이끌어 가는 핵심적인 추동력이 되는 것이기 때문이다.

논문은 그 논의가 타당해야 한다. 논문은 다양한 논리적 근거를 들어 연구자의 주장이 타당함을 증명하는 글쓰기 방식이다. 그러므로 그 논의 자체가 타당하고 명확해야 좋은 논문이 된다. 이를 위해 다양한 논리적 글쓰기 방법을 활용하는 것이다.

이와 함께 논문은 필요한 형식을 갖추어야 한다. 논문은 연구자가 힘들여서 연구한 학술적 내용을 서로 의사소통하는 중요한 도구이므로 서로 이해하고 인정할 수 있는 일정한 형태가 있는 것이다. 논문을 쓸 때에는 반드시 이러한 형태에 익숙해질 필요가 있다. 논문에서 필요한 형태에는 논지를 전개해 나가는 서론부터 결론까지의 형태도 중요하지만, 인용이나 주석을 다는 방법, 참고문헌을 작성하는 방법들도 중요하다. 그러므로 이러한 형태들을 잘 익혀 놓는 것이 좋은 논문을 쓰는 방법이 된다.

2. 논리적인 글의 구성

논리적인 글은 서론-본론-결론으로 이어지는 구조를 사용하여 보다 쉽게 자신의 논지를 주장하는 글이다. 그렇다면 그러한 글을 끊임없이 접해야 할 학생들은 이러한 구조의 각 부분에 어떤 내용이 들어가야 할지를 정확하게 인지하고, 자신의 글쓰기에 그것을 반영하여 익숙해지는 것이 필요하다.

1) 서론

서론은 논문의 첫머리에 해당하는 부분으로, 그 논문을 읽는 사람들의 관심을 불러일으키고, 어떤 문제의식에서 이 논문을 작성했는지 보여주는 부분이다. 그러므로 서론에는 논문의 주제를 제시하는 것이 반드시 필요할 뿐만 아니라, 이러한 주제를 찾게 된 배경 즉, 문제 제기도 있어야 한다. 이와 함께 연구 범위나 연구 방법이 제시되어야 할 필요도 있다. 이를 정리해 보면 다음과 같다.

① 문제를 제기한다.
② 주제를 제시한다.
③ 연구사를 정리한다.
④ 연구 방법을 제시한다.
⑤ 연구 대상 및 범위를 확정한다.

서론에 들어가야 할 요소는 기본적으로 이상의 다섯 가지 정도이다. '문제 제기'는 논문의 주제를 정하게 된 계기와 관련된다. 어떠한 문제가 있어서 그것을 해결하기 위해 주제를 선정했다면, 왜 그와 같은 해답이 문제가 되는지를 제시해서 독자로 하여금 같은 문제의식을 느끼게 하는 것이다. 이렇게 되면 독자도 동일한 문제의식을 가지고 이 논문을 통해 그것을 해결하고 싶어 할 것이기에, 그 논문에 대한 관심이 커질 것이다.

논문의 주제는 엄밀히 이야기하면 연구자가 문제를 제기하고 그 문제의 해답을 제시한 것이다. 그러므로 이때 중요한 것은 어떤 질문을 어떻게 던지느냐 하는 것이다. 독자들을 설득하기 위해서는 문제 제기 과정부터 설득력 있게 제시되어야 한다. 제대로 된 문제를 제기하면 그 대답은 자연스럽게 도출되는 경우가 많다.

연구사 정리는 그동안의 연구가 어떻게 진행되었으며 그 연구들이 어떤 장점이 있었고 어떤 문제점이 남아 있는지를 꼼꼼히 살펴보는 작업이다. 이 작업은 해당 논문에서 제기된 문제 제기가 타당하고 설득력 있는 것임을 보여주며, 해당 주제와 관련하여 이미 연구된 논문이 있다면 그것을 알게 해 주어 중복된 연구를 방지해 주는 역할도 한다.

연구 방법은 논문 전체를 가로지르는 핵심적인 시각의 역할을 한다. 어떤 이론을 바탕으로, 어떤 관점에서 연구를 진행할지 명확하게 설명하는 부분이다. 그리고 연구 범위는 해당 논문에서 다룰 내용의 한계를 명확하게 정해 주는 작업이다.

석사논문이나 박사논문 같은 긴 논문은 이러한 요소들을 전부 사용해야 한다. 그래야 논문의 틀이 튼튼하면서도 명확하게 완성되기 때문이다. 만약 짧은 분량의 글이라서 이 중에서 일부만 선별한다면 문제 제기와 주제 제시는 빠지면 안 된다.

2) 본론

본론은 서론에서 제시한 주제를 구체적이고 논리적으로 논증하는 부분이다. 여기에서 중요한 것은 객관적이고 설득력 있는 논거를 제시하여 자신이 주장하는 바 주제가 옳다는 것을 온전히 증명하는 것이다. 본론에 들어갈 내용을 정리해 보면 다음과 같다.

① 논거를 제시한다.
② 논의를 검토하여 논지를 전개한다.
③ 자신과 다른 의견이 있을 경우 이를 논리적으로 반박한다.
④ 문제 해결 방안이 있다면 구체화할 필요가 있다.

논문에서 본론이 차지하는 비중이 가장 큰 것은 당연하다. 논문에서 주장하고 있는 논지를 구체화하는 과정이기 때문이다. 본론의 가장 중요한 역할은 서론에서 밝힌 주제가 옳고 타당한 것임을 논리적인 근거를 제시하여 논증하는 것이다. 그러므로 객관적이고 설득력 있는 논거들을 찾아내어 풍성하게 활용하는 것이 필요하다.

여기서 주의해야 할 것은 이러한 논증을 위해 제시되는 논거가 반드시 신뢰성이 있는 것들이어야 한다는 점이다. 만약 논거 자체가 신뢰성이 없다면, 그것을 토대로 하는 주제는 사상누각이 되어 버릴 것이다.

또 한 가지 주의해야 할 것은 그 논문에서 논의해야 할 내용들은 본론에서 모두 다루어야 한다는 점이다. 결론은 새로운 이야기를 하는 것이 아니라, 서론과 본론에서 나왔던 이야기를 요약하고 정리만 한다. 그러므로 자신이 다루고자 하는 내용은 본론에서 모두 다루어야 한다.

3) 결론

결론은 본론에서 논의한 내용을 요약하고 정리하여 독자들에게 이 논문이 무엇을 말하려 하고 있는지를 명확하게 각인시켜 주는 부분이다. 앞에서 이미 다룬 내용을 요약 정리하는 과정이라고 해서 중요도가 덜한 것은 아니다. 서론에서 제시한 주제가 본론의 본격적인 논의를 거쳐 결론에서 확실하게 정리가 되는 것이므로, 논증의 과정이 옳다고 인정되기만 하면 이 결론은 진실이 되기에 논문에서 매우 중요하다고 하겠다.

결론에 들어가는 내용은 다음과 같다.

① 연구 목적과 연구 주제를 다시 한 번 강조한다.

② 글의 요점을 정리한다.

③ 해당 주제와 관련된 새로운 과제나 전망을 제시할 수 있다.

④ 논문의 연구 결과를 어떻게 활용할 수 있을지 설명한다.

⑤ 논문의 부족한 부분이 있을 경우 이를 밝히는 것도 좋다.

이러한 요소들 중에서 가장 중요한 것을 선택하라면 서론과 본론을 거치면서 다룬 내용들을 요약하고 정리하는 것이다. 이것이 결국 주제이다. 이렇게 보면 서론-본론-결론으로 이어지는 서술 구조는 주제를 강조하여 제시하는 데 매우 유용한 방법이다.

여기서 주의해야 할 것은 서론이나 본론에서 다룬 내용이 아니라면, 결론에서 갑자기 튀어나와서는 안 된다는 점이다. 결론은 앞에서 다룬 내용을 요약하고 정리하는 것이지 새로운 이야기를 시작하는 단계가 아니기 때문이다.

3. 논리적인 글의 실제

1) 개요를 작성하여 글을 써 보자

앞서 주제 만들기를 연습하는 과정에서 사용했던 '우리 학교의 장점'과 관련된 한 편의 글을 완성해 보자. 먼저 주제를 구체화하고 그것에 따라 개요를 짜고, 이 개요에 따라 한 편의 글을 완성하면 된다. 주제 만들기에서 우리는 "우리 학교는 공기가 맑아서 좋다"라는 주제까지 만들어 보았다. 이제 이와 관련된 구체적인 개요를 짜 보면 아래와 같다.

〈보기1〉

주제 : 우리 학교는 공기가 맑아서 좋다

1. 현대 도시와 환경오염 문제
   - 나쁜 공기는 질병을 유발한다.
   - 오염된 공기는 학습자의 학습능력에 심각한 영향을 미친다.
   - 우리 학교는 공기가 맑아서 학습 환경이 좋다.
2. 우리 학교의 위치와 공기
   - 도심에서 떨어진 조용하고 아늑한 환경이어서 공기가 맑다.

- 산속, 숲속에 있고, 건물 주위에 나무들이 우거져 있어 산소가 풍부하다.
- 남한강이 바로 아래에 있어서 언제나 신선하고 시원한 공기를 선사한다.

3. 맑은 공기로 얻는 육체적 이익
   - 맑은 공기와 나무에서 뿜어져 나오는 각종 물질들은 우리들을 기분 좋게 만들어 주고 육체적으로 건강하게 지내는 데 도움을 준다.
   - 맑은 공기는 산소를 많이 공급해 주어 뇌의 활동을 자극해 준다.
   - 맑은 공기 덕분에 학습 능률이 향상된다.
4. 맑은 공기로 얻는 영적 이익
   - 이런 환경 속에서 더욱 선명하게 창조자를 기억하게 된다.
   - 기도와 묵상도 잘 하게 된다.
5. 결론

1문단은 서론으로, 오염된 공기가 학습 환경에 상당히 좋지 않은 영향을 끼친다는 점을 지적하고 있는데, 이것은 일종의 문제 제기이다. 오염된 공기가 불러오는 나쁜 학습 환경이라는 문제를 제기한 것이다. 그래서 자연스럽게 우리 학교의 맑은 공기가 좋은 학습 환경을 제공한다는 문장은 이 문제 제기로부터 대답으로 나온 주제라고 할 수 있는 것이다.

2문단부터 4문단은 본론에 해당한다. 2문단은 우리 학교의 공기가 맑은 이유를 제시한다. 공기가 오염된 도심이나 자동차들이 많이 다니는 도로로부터 멀리 떨어져 있고, 산속에 위치해 있다는 점, 강이 바로 옆에 있다는 점을 지적하여 공기가 맑은 이유를 말해 주는 문단인 것이다. 3문단과 4문단은 그러한 맑은 공기가 우리에게 육체적인 유익뿐만 아니라 영적인 유익까지 준다는 점을 지적하고 있다.

5문단은 결론으로, 위의 내용들을 다시 한 번 요약하여 정리하고 있다. 이것을 바탕으로 한 편의 글을 써 보면 다음과 같다.

〈보기2〉

오늘날 대학들의 학습 환경도 환경오염의 영향을 상당히 심하게 받고 있다. 황사나 자동차 배기가스, 생활 먼지 등과 같은 각종 미세먼지로 인해 오염된 공기는 그 속에서 살아가는 사람들에게 치명적인 질병을 유발하기도 하지만, 학습자의 학습 능력에 심각한 영향을 끼치기도 한다. 그만큼 공기가 깨끗한 정도는 삶의 질과 관련되어 있을 뿐만 아니라 학습 능력을 좌우하는 매우 중요한 요소인 것이다. 우리 학교는 신선한 공기를 제공하는 천혜의 환경 속에 자리 잡고 있어, 좋은 학습 환경을 지니고 있다.

우리 학교는 서울과 같은 대도시가 아니라 시골인 양평에 위치하고 있어, 주변이 완전한 녹지로 구성되어 있다. 도시에서 멀리 떨어져 있을 뿐만 아니라, 자동차들이 다니는 도로와도 산 하나를 사이에 두고 있어, 조용하고 아늑하면서도 매우 맑은 공기를 누릴 수 있는 것이다. 뿐만 아니라 학교 건물들 주변에는 나무들이 무성하게 자라고 있어 사시사철 풍부한 산소를 머금은 깨끗한 공기를 호흡할 수 있다. 학교 앞을 흐르는 남한강은 신선하고 시원한 공기를 제공하는 또 다른 원천이다.

공기가 맑으면 육체적으로 많은 유익을 얻을 수 있다. 맑은 공기는 우리 몸을 활기차게 만들고 건강한 삶을 가능하게 한다. 게다가 각종 나무에서 뿜어져 나오는 유익한 물질들은 우리들의 기분을 좋게 만들어 주고 건강하게 생활하도록 도와준다. 맑은 공기는 뇌의 활동을 자극하기도 한다. 우리 학교의 맑은 공기는 그래서 우리의 학습 능률을 높이는 중요한 요인이 되는 것이다.

맑은 공기는 영적인 분위기에도 유익을 준다. 자연 속에서 맑은 공기를 마시며 아름다운 환경을 접할 때, 우리는 이렇게 아름다운 자연을 창조하신 하나님을 더욱 선명하게 기억하고 찬양하게 된다. 자연 속에 깃든 하나님의 창조의 손길과 그 은혜를 생각할수록 하나님을 더욱 가까이서 느낄 수 있는 것이다. 번잡하고 오염된 환경을 벗어나서 조용하고 아늑하며 맑은 공기로 가득 찬 곳에서 우리는 하나님을 더욱 깊이 묵상하고 기도하는 기회를 누리게 되고, 영적으로 더욱 성숙하게 되는 것이다.

자연 속에 위치하여 항상 맑은 공기를 누릴 수 있게 하는 우리 학교는 육체적으로나 영적으로 우리에게 많은 유익을 준다. 언제나 맑은 정신으로 공부할 수 있게 하여 학습 능률을 높이기도 하고, 하나님과 더욱 가까이서 풍성한 교제를 나눌 수 있게 만들어 주는 것이다. 우리 학교의 장점이 많이 있지만, 그 중에서도 아름다운 자연의 혜택을 마음껏 누릴 수 있게 하는 맑은 공기 덕분에 하나님께 대한 감사가 넘친다.

2) 완성된 글에서 개요를 파악하고 주제를 찾아보자

완성된 글을 읽고 그 개요를 분석해서 글의 주제를 찾아내는 작업도 좋은 글쓰기 연습 방법이 된다. 한 편의 글을 효과적으로 분석할 수 있게 되면, 그만큼 자신의 글을 쓸 때에도 그러한 방법을 활용할 수 있기 때문이다. 한 편의 글에서 개요를 파악하는 방법은 쉽다. 그리 길지 않은 글이라면, 각 문단의 소주제를 파악하여 정리해 놓으면 되는 것이다. 어느 정도 독서가 익숙해지면 문단 단위의 소주제를 찾는 것은 그리 어렵지 않은 일이 된다. 문단의 소주제문에 밑줄을 친다든지 간단하게 표시해 두고 그것들을 전체적으로 모아 놓으면 개요가 되는 것이다. 이렇게 개요를 정리해 놓으면 글의 전체적인 흐름이 한눈에 들어와 문맥이나 주제, 강조점과 같은 것들을 훨씬 정확하게 파악할 수 있다.

만약 긴 글이라면 소주제에 초점을 맞추어 비슷한 문단들을 묶어서 하나의 소주제로 정리해 두면 된다. 이러한 과정이 커지면 한 권의 책도 가볍게 정리할 수 있게 될 것이다. 저서나 논문의 경우 목차는 이러한 개요를 파악할 수 있는 매우 좋은 자료이다. 목차를 보면 책이 어떤 구조로 서술되었는지를 한눈에 알 수 있다. 그래서 글을 읽을 때 목차부터 확인하라고 하는 것이다.

다음 글을 읽어보고 개요를 작성해 보자.

〈보기3〉

신앙에도 상상력이 필요하다

(1) 요한복음의 마지막 장(21장)에는 감동적이면서도 재미있는 장면이 나온다. 부활하신 예수님께서 세 번째로 제자들에게 나타나서 같이 식사도 하시고, 베드로에게 "네가 나를 사랑하느냐"는 물음과 함께 양들을 먹일 것을 부탁하시는 장면이다. 십자가 앞에서 자신을 배반한 베드로를 용서하고 오히려 당신의 양들을 부탁하시는 그 장면 앞에서 우리는 그분의 깊은 사랑을 다시 한 번 맛보게 된다.

(2) 그런데 여기서 재미있는 것은 11절에 나와 있는 숫자이다. 밤새 물고기를 잡겠다고 수고했으나 아무것도 잡지 못한 제자들에게 예수님께서는 그물을 배 오른편에 던지라고 말씀하셨다. 그 말에 따른 제자들의 그물에는 들어 올릴 수 없을 만큼 많은 물고기가 잡혔다. 재미있는 점은 요한이 이 장면에서 "가득히 찬 큰 물고기가 백쉰세 마리"라고 기록하고 있다는 점이다. 요한이 이 복음서를 기록한 것은 이 사건을 경험하고도 수십 년이 흐른 이후의 일이다. 그런데 요한은 그렇게 잡힌 물고기의 숫자까지 정확하게 기록하고 있는 것이다.

(3) 그 자리에는 베드로와 도마, 요한 등 7명이나 있었다. 부활하신 예수님을 다시 만난다는 것은 제자들에게도 쉽게 이해하기 어려운 신비한 일이었을 것이지만, 이들은 이미 그런 예수님을 두 번이나 만났다. 그럼에도 이들은 예루살렘에 있지 못하고 고향으로 내려와서 함께 모여 있었다. 아무래도 그들 사이에 흐르는 분위기는 낙담하는 마음과 이제 앞으로 어떻게 살아야 하나 하는 고민들이 아니었을까. 그때 베드로가 일어나면서 "나는 물고기 잡으러 가노라"라고 말하며 일어나자 나머지 제자들도 따라 일어나 물고기를 잡으러 가서 밤새도록 그물을 던진다. 그 상황에서 예수님이 나타나신 것이다.

(4) 이 장면 자체가 흥미롭다. 요한이 먼저 예수님을 알아보았지만 얼른 물에

뛰어들어 예수님께 다가가는 사람은 베드로이다. 예수님은 "지금 잡은 그 생선을 좀 가져오라" 하시고, 그 말을 들은 베드로는 얼른 다시 배로 돌아와 제자들과 함께 그물을 육지로 끌어올리고는 다시 예수님께로 돌아간다. 그런데 그 상황에서 요한은 생선들의 숫자가 "백쉰세 마리"라고 기록하고 있다. 이 숫자를 기록하자면 분명히 제자들이 둘러앉아 물고기의 숫자들을 세어 보아야 했을 것이다. 예수님은 저쪽 불가에서 기다리고 계시고, 제자들은 둘러앉아 물고기 숫자를 세고 있다. 베드로는 필요한 물고기 몇 마리를 가지고 얼른 예수님께로 갔을 것이다.

(5) 다른 복음서들에는 이 장면 자체가 기록되지 않았는데, 요한은 왜 하필 이 장면과 함께 이 숫자를 특별히 기록하고 있는 것일까. 그 장면이 요한이나 제자들에게 얼마나 충격적이었으면, 수십 년이 지난 후에도 그냥 '물고기가 많았더라' 라고 하는 것이 아니라 정확한 숫자까지 기록했을까. 여기에 우리들의 상상력이 필요하다. 그 장면 자체를 차분히 상상해 보면, 이 숫자에는 요한과 함께 한 여러 제자들의 놀람과 기쁨, 감사와 같은 여러 가지 격정적인 감정이 한꺼번에 묻어나와 있다는 것을 알아차릴 수 있다. 어쩌면 성경은 암담한 상황 속에서 당황스러워하고 있는 제자들의 문제점을 이 숫자 속에 담아내고 있는 것이 아닐까.

(6) 이 숫자에는 요한과 그 제자들이 보내는 시선의 방향이 표현되어 있다. 예수님께서는 제자들에게 물고기라는 기적적인 경험을 하게 하셨다. 그것은 예수님이 어떤 분이신지를 보여주는 표지이기도 하다. 그런데 요한과 제자들은 기적을 베푸시는 예수님을 보는 것이 아니라, 그 기적의 결과물인 물고기의 숫자를 세고 있다. '백쉰세 마리' 라는 숫자는 세상과 물질에 사로잡힌 제자들의 시선을 상징적으로 보여주는 숫자인 것이다. 그런 제자들을 향하여 예수님은 "내 양을 먹이라"고 부탁하고 있다. 하나님 나라를 바라보는 예수님의 시야와 먹고 사는 문제에 파묻힌 제자들의 시야가 묘하게 교차하는 지점에 이 숫자가

있다.

(7) 하나님은 우리 인간에게 '상상력'이라는 참으로 귀한 능력을 허락하셨다. 이렇게 요한복음의 한 장면을 읽는 과정에서도 우리는 상상력을 활용하게 된다. 서술된 한 줄 글이 전달해 주는 표면적인 정보만 읽는 것이 아니라, 거기에 나타나는 상황과 감성까지 짚어내는 것은 상상력이 없으면 참으로 어려운 과제이다. 상상력을 적극적으로 동원할 때 우리는 훨씬 풍성하고 깊이 있는 의미를 읽어낼 수도 있는 것이다.

위의 글을 읽고 아래의 번호에 각 문단의 소주제문을 작성해 보자. 그것이 곧 개요가 된다.

(1)

(2)

(3)

(4)

(5)

(6)

(7)

이렇게 작성한 개요를 바탕으로 이 글의 주제를 찾아보자. 그리고 이 글이 전체 구조상 어떤 문제가 있는지 비판적으로 분석해 보자.

6장

인용과 주석, 참고문헌

1. 인용

1) 인용의 필요성과 주의할 점

논문을 쓰는 과정에서 인용은 필수적인 요소이다. 인용은 연구자가 자신의 논지가 타당함을 주장하는 근거로 활용하기 위해 다른 연구자들의 주장을 빌려 오는 것을 말한다. 연구 논문에서 새로움을 추구하는 것이 중요한 덕목이기는 하지만, 그렇다고 해서 연구 논문 전체를 다른 사람들이 한 번도 다루지 않은 새로움으로 가득 채운다는 것은 불가능할 뿐만 아니라 좋은 것도 아니다. 기존 연구자들의 연구 내용들을 기반으로 하여 새로움을 찾아야 더욱 유용하고 좋은 연구가 될 수 있기 때문이다. 이때 기존의 연구를 검토하고 자신의 논지가 타당함을 보여줄 수 있는 좋은 방법이 인용이다.

연구를 수행하다 보면 아무것도 없는 데서 새로운 것을 찾는다는 것은 거의 불가능함을 깨달을 때가 많다. 그러한 자리에서 타인의 연구 자료는 매우 유용한 역할을 한다. 기존의 연구사를 잘 검토하다 보면, 자신의 연구를 어느 지점에서 시작해야 할지도 알 수 있게 될 뿐만 아니라, 구체적인 연구 주제까지도 찾을 수 있는 단서를 발견하기도 한다. 논문의 서론에서 연구사 정리를 반드시 언급하는 이유가 여기에 있다. 연구사를 정리하는 것은 기존의 연구와는 다른 자신만의 새로운 주제를 찾는 방법이기도 하지만, 자신의 연구가 그 분야의 연구 흐름과 완전히 동떨어진 것이 아님을 보여주는 한 방편이기도 하다.

인용은 타인의 연구 결과를 빌려서 자신의 논지가 옳음을 주장하는 방법이다. 그러므로 인용을 할 때에는 여러 가지 요소들을 고려할 필요가 있다. 무엇보다 먼저 출처를 명확하게 표시함으로써 자신의 주장과 타인의 주장 사이를 구분해 주어야 한다. 그리고 인용한 내용에 대해서는 반드시 그 내용을 분석하고 평가하여 자신의 논문의 문맥 속에 용해시켜야 한다. 논문에서의 인용은 자신의 논지가 옳음을 주장하는 부수적인 자료이기 때문이다. 인용을 할 때 유의할 사항을 정리해 보면 다음과 같다.

① 인용문은 신뢰성을 확보해야 한다.

인용을 하는 이유는 본질적으로 자신의 논의가 타당하며 자신이 하는 주장이 옳다는 것을 강조하기 위한 것이다. 인용문은 이러한 주장의 타당성을 보여주기 위해 가져오는 것이므로, 그 인용문이 지닌 권위를 빌려 오는 것이라고 할 수 있다. 그러므로 인용문은 믿을 수 있는 것이어야 한다. 인용문이 믿을 수 없는 것이라면 그것을 통해 얻고 싶어 하는 자기 글의 신뢰성도 당연히 얻을 수 없게 될 것이다.

인용문의 신뢰성을 확보하는 방법은 여러 가지가 있겠지만, "그 분야의 전문가의 글"이라는 말로 단순화할 수 있다. 각 분야는 그 분야의 전문가들이 있고, 그들의 말이나 글은 높은 신뢰성을 자랑한다. 믿을 수 있다는 말이다. 그런데 아무리 한 분야의 전문가라고 해도 그 사람이 잘 모르는 분야는 있을 수 있고, 그러한 분야에 대한 이야기는 신뢰도가 떨어질 수밖에 없다. 경제전문가가 한 의학 이야기는 신뢰하기 어려운 것이다. 그러므로 인용을 할 때에는 해당 분야의 전문가가 한 믿을 만한 글이어야 한다. 그래야 그 글을 인용하여 자신의 논지가 타당함을 주장하는 데 더욱 효과적으로 활용할 수 있는 것이다.

② 인용문은 정확하게 인용해야 한다.

인용은 타인의 연구 결과를 활용하는 방법이다. 그러므로 인용문에서는 원문을 정확하게 인용하는 것이 반드시 필요하다. 이것은 원래 글의 저자에 대한 예의이기도 하다. 만약 인용을 하면서 원래의 글을 자의적으로 바꾼다면, 원래의 글을 쓴 저자의 의도나 문맥까지도 왜곡하는 일이 될 것이다. 그래서 인용을 하는 과정에서 일부 수정을 한다면, 그 수정 내용을 인용문에 반드시 표기해 주어야 하는 것이다.

③ 인용 한 자료는 반드시 출전을 밝혀야 한다.

모든 인용 자료는 반드시 출전을 밝히는 것이 필요하다. 만약 인용을 하고도 출전을 밝히지 않는다면 이것은 표절이 된다. 출전을 밝히는 방법은 주석을 다는 방법도 있고, 간단하게 본문 속에서 설명을 하는 방법도 있다. 일반적으로 논문은 주석을 다는 방법을 활용한다.

요즈음 논문의 표절 시비가 자주 일어나는 것을 본다. 표절로 의심되는 문제 중의 일부는 의도적으로 타인의 논문을 그대로 가져와서 발생하는 경우도 있지만, 주석을 다는 것을 놓쳐서 생기는 경우도 있다. 그러므로 출전을 밝히고 주석을 정확하게 다는 것은 표절 시비를 넘어서는 매우 중요한 방법이 된다.

④ 인용문에는 반드시 분석, 평가가 따라와야 한다.

인용을 하는 이유는 자신의 논지를 강화하기 위한 논거로 활용하기 위해서이다. 여기서 중요한 것은 인용문 자체의 권위나 절대성이 아니라, 그 인용문이 자신의 논지를 위해 동원되었다는 사실이다. 아무리 위대한 사람의 글이라도 자신의 논문 속에 들어오면 그 논지를 위해 봉사해야 하는 것이 인용문이다. 그러므로 인용문은 반드시 그 논문의 논지가 타당함을 주장하는 데 필요한 논거가 될 수 있도록 요리하는 것이 필요하다.

인용한 후 분석이나 평가를 하지 않고 그대로 놓아두면 그 인용문은 절대로 자신의 논지를 위해 봉사하지 않는다. 오히려 그 논문의 논지를 해치는 방향으로 작용하게 되는 것을 더 많이 본다. 하나의 글이 지니고 있는 의미는 그 글을 읽는 독자에 따라 너무도 다양하기 때문에, 분석하고 평가되지 않은 인용문은 그 논문을 읽는 독자에 의해 어떻게 평가되고 어떤 의미를 가지게 될지 모르기 때문이다. 어떤 경우에는 논문을 쓰는 연구자와 그 논문을 읽는 독자는 하나의 인용문에 대해 반대되는 결론을 가지고 있는 것을 볼 때도 있다.

이러한 문제점을 해소하기 위한 방법이 인용을 한 경우 반드시 그 뒤에 인용문에 대한 분석과 평가를 하는 것이다. 이때 분석과 평가의 기준은 그 논문의 논지가 된다. 해당 논문의 논지에 따라 인용문을 평가해야 그 인용문이 해당 논문의 논지가 타당함을 증명하는 논거로 작용할 수 있기 때문이다. 이렇게 할 경우에 해당 논문 전체의 통일성이 효과적으로 유지되고, 설득력이 좋아진다. 그러므로 인용을 할 경우에는 반드시 자신의 관점에서 분석하고 평가하여 그 인용문이 자신의 논지에 훌륭한 논거가 됨을 보여주어야 한다.

⑤ 인용은 너무 장황하거나 빈번해서는 안 된다.

인용은 철저하게 자신의 논지를 위해 봉사하는 차원에서 그쳐야 한다. 그런데 인용문을 너무 장황하고 길게 하게 될 경우, 논문을 읽는 독자는 자신이 읽는 부분이 인용문인지 논문 자체인지 구분하지 못하게 될 수도 있다. 이것은 논문에서 심각한 문제를 야기할 수도 있으므로 인용문의 길이는 논의에서 필요한 최소한으로 하는 것이 좋다.

인용문은 또한 너무 빈번해서도 안 된다. 빈번한 인용은 그 논문의 문맥을 파악하기 어렵게 만든다. 자칫하면 자신의 논지를 세운 논문을 쓴 것이 아니라, 이곳저곳에서 가져온 문장들로 짜깁기한 것과 같은 인상을 풍길 수도 있는 것이다. 그러므로 인용의 그 숫자도 논지를 전개하는 데 있어서 꼭 필요한 만큼에 그쳐야 한다.

2) 인용의 종류

인용에는 직접 인용과 간접 인용이 있다. 직접 인용은 인용된 글의 원문을 자신의 논문 속에 그대로 드러나게 밝히는 경우이고, 간접 인용은 인용된 글을 자신의 글인 것처럼 풀어서 사용하는 방법이다. 직접 인용은 그 문장이 인용임을 명확하게 알 수 있도록 인용하는 것이기 때문에 큰 문제가 되지 않을 수도 있지만, 간접 인용은 자신의 글처럼 문장 속에 풀어서 인용하기 때문에 출처를 정확하게 밝히지 않으면 표절로 오해받기 쉽다. 그러므로 간접 인용을 한 경우에는 더욱 조심해야 한다. 물론 직접 인용이든 간접 인용이든 모두 출처를 정확하게 밝혀 주는 것이 기본적인 글쓰기 예절이다.

① 직접 인용

직접 인용은 원문을 본문 속에 그대로 가져와서 사용하는 방법이다. 일반적으로 인용문이 3줄 이상인 경우에는 앞뒤로 한 행을 띄우고 문단의 좌우여백도 조절하여 그 문단이 인용문임을 명확하게 보여준다. 활자의 크기를 줄이기도 한다.

〈보기1〉 직접 인용(긴 인용)

이 시기의 김현승 시인이 기독교적 세계관을 완전히 부정한 것으로 보기는 어렵다. 앞서 살핀 바와 같이 이 시기에 시인이 발표한 글에는 분명히 자신의 시에 나타나는 고독을 '신을 잃은 고독'이라고 표현하고 있기는 하지만, 그 몇 년 뒤에 쓴 글에는 이러한 자신의 진술을 오히려 뒤집는 것을 볼 수 있기 때문이다.

그러므로 나의 고독은 절망적인 고독은 아니다. 이를테면 부모 있는 고아와 같은 고독이라면 궤변일지 모르겠다. 또한 나의 고독은 키에르케고르와 같이 구원을 바라 신에게 벌리는 두 팔 — 마른 나뭇가지와 같은 고독도 아니다. 아직까지는 나의 시는 단지 고독을 위한 고독, 절망을 위한 절망이고자 한다.[1)]

시인이 말하는 '부모 있는 고아와 같은 고독' 이라는 말의 함의는 분명하다. 고독을 주제로 시를 쓰면서 기독교에 대해 회의하던 시기에도 시인은 결코 기독교로부터 벗어나지 않았음을 보여주는 것이다. 이러한 입장은 자신의 고독이 키에르케고르의 구원을 바라는 고독과도 또한 다르다는 표현에 의해 더욱 강화된다. '고독' 이라는 시적 주제를 통해 드러나는 신앙에의 회의가 사실은 기독교 신앙 자체를 허물어뜨리는 방황이 아니라, '고독을 위한 고독, 절망을 위한 절망' 이라는 상당히 관념적인 것이었음을 시인은 말하고 있는 것이다. 이것은 시인의 세계관이 이 시기에도 여전히 기독교적인 데 머물러 있었음을 보여주는 반증이라고 할 수 있는 것이다.

---

1) 김현승, "굽이쳐가는 물굽이같이", 『김현승 전집2 – 산문』 (서울: 시인사, 1985), 265.

일반적으로 인용문이 두 줄 이하인 경우에는 본문 속에 "　"로 넣는다. 그러나 강조하고 싶은 경우에는 분리해서 쓸 수 있다.

〈보기2〉 직접 인용(짧은 인용)

시인의 말처럼 느릅나무는 심산준령에 사는 것이 아니라 속취(俗趣)가 분분한 야산에 사는 것이다. 시인의 분신인 청노루는 바로 그 느릅나무가 살고 있는 열두 구비 속에서, 청운사가 있는 이상세계와 속세와의 사이에서 이러지도 저러지도 못하고 몸부림치고 있는 것이다. 그런 미급한 해탈에서 오는 푸른빛의 비극적 정조가 〈산이 날 에워싸고〉나 〈윤사월〉 같은 작품에 짙게 배어 있는데, 박목월 자신은 그것을 "막연한 흐느낌"[1]이라고 술회하고 있다.

– 최승호, 『서정시와 미메시스』

---

1) 박목월, 『보랏빛 소묘』 (서울: 신흥출판사, 1958), 76.

② 간접 인용

간접 인용은 다른 사람의 글을 자신의 글처럼 본문 속에서 사용하는 경우이다. 그러므로 주석을 제대로 달아주지 않으면 표절이 되어버리기 쉽다. 이러한 간접 인용은 인용되는 글을 요약해서 제시하기도 하고, 풀어서 설명하기도 한다.

〈보기3〉 간접 인용의 예

박목월의 시에서 기독교적인 측면이 특히 강하게 드러나는 때는 주로 중기와 후기시인데, 이 시기의 시들은 초기의 정제된 시적 형태와 비교하여 상당히 낮게 평가받아 왔다. 그의 초기시를 전통적 자연의 발견이라고 평가한 이후 그의 시에 대한 관심은 주로 이러한 초기 시에 집중되어 왔던 것이 사실이다. 이것은 전통적으로 서정시를 서정 단시 위주로 평가해 온 일반적인 관행과 무관하지 않다.[1]

---

1) 유성호, "지상적 사랑과 궁극적 근원을 향한 의지", 『박목월』, 박현수 편 (서울: 새미, 2002), 203.

보기의 예문에서 마지막 문장은 이 글의 원래의 생각인 것처럼 제시되었으나, 각주를 달고 있다. 다음 예문을 읽어 보면 이 문장이 인용된 것임을 알 수 있다. 〈보기4〉의 예문에서 밑줄 친 부분을 바꾸어서 〈보기3〉의 글 속에 인용한 것이다. 이렇게 다른 사람의 글을 자신의 글 속에 풀어서 사용하는 경우를 간접 인용이라고 한다.

〈보기4〉 유성호의 글 본문

최근 박목월에 대한 연구는 그의 시작 전체로 그 범위를 넓혀 가고 있다. 특히 초기 시편들보다 미학적으로 한 단계 아래 취급을 받곤 하였던 중기 및 후기 시편에 대한 일정한 재평가가 활발하게 진행 중에 있는데, 이는 전체적인 박목월 상(像)의 정립을 위해서도 바람직하고 다행스런 일이 아닐 수 없다. 물론 개별 시편들의 시적 완성도나 미학적 성취에 의미 부여를 할 경우, 초기 시편의 성취는 우리 시사에서 단연 우뚝 선 자리에 있다. 그러한 초기 서정 단시에 비하면 후기의 시로 올수록 시적 긴장은 풀어지고 수사적 의장 또한 소박해지는 것이 사실이다. 그러나 이 두 세계 사이를 일정하게 퇴행하는 현상으로 바라보는 시각 역시 서정 단시 위주로 시사적 주류를 삼아 왔던 그 동안의 문학사적 감각과 무관하지 않을 것이다. 따라서 우리에게는, 박목월 시의 전체적인 편력을 바라보는 새로운 안목과 논거가 불가피하게 요청되고 있다고 할 것이다.

2. 주석의 종류와 양식

1) 주석의 종류

주석은 본문의 내용 중에서 타인의 글을 참조한 부분이 있어서 그 원전의 출처를 밝혀 주거나 추가 설명이 필요한 부분이 있을 때 활용하는 글쓰기의 방법이다. 이러한 내용들의 경우 논문 속에서 꼭 밝혀야 하기는 하지만, 본문에 일일이 다 쓰게 되면 문맥의 흐름이 상하게 되는 경우가 발생한다. 이럴 때에 본문 밖에다 주석을 달아 필요한 사항을 설명해 주는 것이다.

주석을 다는 방식은 세계적으로 다양하다. 우리나라에서도 어떤 양식을 선택하느냐에 따라 대학들마다, 각종 학회들마다 조금씩 차이가 난다. 그러므로 자신의 글이 어디에 투고되는지에 따라 그곳의 주석 양식이 어떻게 되는지를 정확하게 확인하는 것이 필요하다. 우리 학교의 각주나 참고문헌 표기 양식은 튜라비안 양식(Turabian styles)을 기본으로 하여 우리 학교의 사정에 맞추어 사용할 수 있도록 규정하고 있다. 여기에서는 우리 학교의 각주와 참고문헌 표기 양식 규정을 중심으로 설명한다.

① 내용주와 참조주

주석은 그 내용에 따라 내용주와 참조주로 나누어 볼 수 있다. 내용주는 본문의 흐름상 추가 설명이 꼭 필요한 상황이지만 그 설명을 덧붙일 경우 전체적인 문맥의 흐름이 방해받을 수 있는 경우에, 그 내용을 주석으로 따로 작성하여 추가하는 것을 말한다. 그래서 이것을 설명주라고 표현하기도 한다. 예를 들면 논문에서 사용한 용어를 꼭 설명해야 하는데, 그것을 일일이 설명하고 나면 논문 전체의 흐름이 잘못 흐를 가능성이 있을 때 사용하는 것이다.

〈보기5〉의 예문에서 1)번 각주가 이러한 내용주의 한 예이다. 이 각주는 박두진의 시세계 중에서 '초기시'에 대해 추가적으로 설명하는 각주이다. 박두진의 '초기시'에 대한 정확한 정의는 논문의 진행을 위해서 반드시 필요한 부분이기는 하지만, 이를 본문 속에서 설명하면 글의 흐름이 흐트러질 가능성이 생긴다. 그래서 이렇게 주석을 사용하여 추가 설명을 하는 것이다.

이에 비해 참조주는 인용이나 참조를 한 원전의 출처를 정확하게 밝혀 주는 주석이다. 이때에는 원전의 각종 정보들을 상세히 밝혀 주어야 필요에 따라 독자가 그 원전을 다시 찾아서 참조할 수 있게 된다. 〈보기5〉에서 2), 3), 4)번 각주는 논의를 위해 참조한 원전이 무엇인지를 정확하게 밝히고 있는 참조주이다. 2)번과 4)번 각주는 직접인용을 한 형태이고, 3)번 각주는 간접인용을 한 형태이다.

〈보기5〉

박두진의 시세계를 분석하는 데 있어서 자연 이미지는 매우 중요한 요소 중의 하나이다. 그의 초기 시에서부터 후기 시에 이르기까지 다양한 시편들 속에서 자연은 핵심적인 이미지로 자리 잡고 있으며, 그의 시를 이해하는 데 있어서도 중요한 역할을 하고 있기 때문이다. 특히 그의 초기시[1]에 형상화된 자연 이미지를 정확하게 이해하는 것은 그의 시세계 전체를 이해하는 핵심적인 열쇠의 역할을 한다. 그러므로 그의 시세계를 논하는 많은 논의들이 이러한 자연 이미지에 주목해 왔던 것이 사실이다.

『문장』지에 박두진 시인을 처음 추천한 정지용 시인은 박두진의 시를 "무슨 삼림에 풍기는 식물성의 것"[2]이라고 소개하고 있는데, 그 이후부터 박두진의 시세계에 대한 논의에서 자연 이미지는 중요한 연구 주제 중의 하나가 되었다. 이 자연 이미지들이 현실적인 자연 이미지일 뿐만 아니라 이상화된 자연 혹은 관념의 세계를 동시에 보여주는 자연 이미지라는 평가[3]나, 그 이미지들이 객관적이거나 있는 그대로의 자연을 그리기 위해 형상화된 것이 아니라 "그의 정신과 이상을 구현하는 관념의 매개체"[4]로 작용하고 있다는 평가는 이러한 자연 이미지에 대한 대표적인 논의들 중의 하나이다.

---

1) 본고에서는 박두진의 초기 시세계를 그의 등단에서부터 시집 『청록집』과 『해』를 발표한 시기로 본다. 이 시기는 일제강점기 말기에서부터 해방공간의 격동기를 거치는 과정에서 창작된 시들이 주류를 이룬다.

2) 정지용, "詩選後", 『정지용 전집 2 – 산문』 (서울: 민음사, 1994), 286.

3) 김현자, "박두진과 생명탐구", 『한국현대시사연구』, 김용직 편 (서울: 일지사, 1993), 512.

4) 유성호, "기독교 의식을 통한 신성 지향의 완성", 『근대시의 모더니티와 종교적 상상력』 (서울: 소명출판사, 2008), 273.

② 내주

주석을 다는 위치에 따라 〈내주〉와 〈각주〉로 나눌 수 있다. 내주는 본문 안에 주석을 넣어 두어, 독자가 글을 읽으면서 바로 주석을 확인할 수 있게 하는 방식이다. 이 방식은 본문 속에 주석의 기본적인 정보가 들어가야 하므로 많은 내용을 담기는 어렵지만, 참조한 사항이 누구의 글로부터 왔는지를 바로 확인할 수 있다는 장점이 있다. 〈보기6〉의 예문처럼 본문 속에서 괄호 안에 주석에 필요한 기본적인 사항을 기록해 놓는 것이다. 이러한 내주는 그 자리에 모든 사항을 기록할 수 없으므로 반드시 논문의 말미에 이 주석에 대한 전체적인 내용을 참고문헌 형식으로 기록해 두어야 한다. 우리 학교에서는 이러한 내주는 쓰지 아니한다.

〈보기6〉

디지털 시대의 일상을 표현한 어느 풍자 카툰에서 현대인은 종일 모니터만 바라보며 타이프를 치는 모습으로 그려졌는데, 손만 비정상적으로 발달한 괴물 같은 모습이었다. 그만큼 우리는 컴퓨터 앞에 앉아 있는 시간이 많으며, 생활 방식도 변화되었다(홍길동, 2005 : 360). 그동안 디지털만이 살길이라는 담론이 유행해 왔다. '디지털 시대에 아날로그적 잣대' 라는 말이 부정적인 의미로 사용되는 것에서 알 수 있듯이, 아날로그는 전근대, 후진의 상징인 것처럼 여기게 된 것이다.

여기에서 괄호 안에 표기된 "(홍길동, 2005 : 360)"이 바로 내주에 해당한다. 즉 본문 속의 필요한 부분에 해당 서지 자료를 간략하게 제시함으로써 해당 내용이 이 사람의 책에서 나왔다는 것을 명확하게 보여주는 것이다. 이러한 내주를 사용할 경우 논문의 말미에 이 자료에 대한 온전한 정보를 다음과 같은 형태로 제공한다.

홍길동(2005). 『디지털 시대에 살아남기』. 서울: 연암사.

③ 각주와 미주

각주는 본문의 해당 페이지 아래쪽에 본문과 구분하여 주석을 다는 방식인데, 논문에서 가장 일반적으로 사용하는 방식이기도 하다. 각주로 주석을 달면 여러 가지로 편리하다. 주석의 양이 많아져도 문맥의 흐름을 방해하지 않을 뿐만 아니라 필요한 내용 전체를 온전히 밝혀 줄 수도 있다. 그래서 가장 선호하는 주석의 형태가 되는 것이다. 우리 학교에서도 이와 같은 각주의 형태를 사용한다. 〈보기5〉의 예문 아래쪽에 짧은 줄을 친 후 그 아래에 1), 2), 3), 4)번의 주석을 달아놓은 것이 각주의 형태이다.

각주는 항상 해당 페이지 하단에 위치하는데, 각주의 분량이 많아지면 그 페이지에 들어갈 수 있는 본문의 양이 그만큼 적어질 수가 있다. 그렇게 되면 글을 읽는 과정에서 흐름의 방해를 받을 수 있기 때문에 각주를 글의 맨 마지막에 모아놓을 수도 있다. 이렇게 글의 뒤쪽에 모아놓은 주석을 미주라고 한다.

우리 학교의 기본 형태는 내주나 미주를 사용하지 않고 각주를 쓴다.

2) 각주의 양식

주석은 학술적 글쓰기에서 참조한 문헌이나 자료의 원전을 밝혀 주거나 추가적인 설명을 위해 필요한 양식이다. 우리 학교에서는 주석의 여러 가지 형태 중에서 각주를 사용한다. 대학원 과정에서 학위논문을 쓰거나 과제물을 작성하는 경우에는 당연히 각주와 참고문헌을 작성해야 한다. 학부과정에서도 과제물이나 논문을 작성하는 경우에는 반드시 이러한 각주 규정을 따라 정확하게 주석을 다는 훈련을 하는 것이 필요하다. 그래야 표절의 위험으로부터 벗어날 수 있을 뿐만 아니라, 학술적 글쓰기 방식을 보다 빠르고 정확하게 익힐 수 있기 때문이다.

주석은 독자가 논문을 읽다가 그 논문에서 참조한 문헌이나 자료를 다시 찾아서 확인해 볼 수 있도록 만들어 주는 양식이다. 그러므로 각주 속에 들어갈 내용은 다른 사람이 언제든지 그 자료를 확인할 수 있도록 제공되어야 한다. 각주의 양식에 기본적으로 필요한 항목은 저자명, 저서명, 출판사항, 인용페이지이다. 이것은 우리가 책을 찾을 때 기본적으로 확인하는 사항이기도 하다. 출판사항에는 출판지명과 출판사명, 출판연도 등이 (　　) 안에 묶여 함께 들어간다. 이것을 순서대로 나타내면 다음과 같다.

〈보기7〉 각주 표기의 기본 형태

1) 저자명, 『저서명』 (출판지명: 출판사명, 출판연도), 인용페이지.
2) 저자명, 『저서명』, 번역자명 (출판지명: 출판사명, 출판연도), 인용페이지.
3) 저자명, "논문제목", 『게재지명』 권호수(발행연. 월): 인용페이지.
4) 저자명, "논문(기사)제목", 『잡지명』 발행연도 월호, 인용페이지.

위의 표에 제시한 네 가지의 각주는 여러 가지 형태의 각주들 중에서 가장 기본적인 형태를 제시한 것이다. 각주들의 처음에 오는 숫자는 각주 번호를 의미한다. 1)번 각주와 2)번 대한 각주이며, 4)번 각주는 신문이나 잡지의 기사로 제시된 각주이다. 이 중 2)번 각주는 번역서를 제시해 놓은 것이다. 우리 학교에서는 번역서의 번역자명을 저서명 다음에 쓴다.

각주를 쓸 때 주의해야 할 것은 각주에 필요한 각 요소들 사이의 순서와 문장부호들이다. 먼저 저서의 경우에는 저자명과 저서명 사이, 출판사항과 인용페이지 사이에 콤마를 하고, 출판사항을 표시하는 괄호 앞에는 콤마를 표기하지 않는다. 출판사항은 출판지 이름 뒤에 콜론을 하고 출판사 이름 뒤에 콤마를 하고 출판연도를 표기한다. 각주의 가장 뒤에 인용페이지를 기록하는데, 우리 학교에서는 인용한 페이지를 뜻하는 p.나 pp.를 사용하지 않고 숫자만 기록한다. 그리고 인용페이지 표시가 끝나면 온점을 찍어 각주가 끝났음을 표시한다. 실제로 각주는 하나의 문장으로 이해하면 그 형태와 문장부호들이 쉽게 이해된다. 각 요소들 사이는 콤마로 연결되고 각주의 끝에 온점을 찍는 문장의 형태가 되는 것이다. 이를 실제 각주의 형태로 바꾸어 써 보면 다음과 같다.

1) 박동규, 『글쓰기를 두려워 말라』 (서울: 문학사상사, 2000), 215.

우리 학교에서 각주를 사용할 때 유의해야 할 사항들을 정리해 보면 다음과 같다.

① 한글 책명이나 잡지명은 『 』로, 한글 소논문명은 " "로 묶는다.
② 영문과 같은 구미 계열의 책명이나 잡지명은 이탤릭체로 표기하고, 소논문명은 " "로 표기한다.
③ 번역서의 경우에는 원저자명, 번역서명, 번역자명, 출판사항, 인용페이지 순으로 배열한다. 출판지나 출판사명은 원서가 아니라 번역서의 것을 표기한다.
④ 각주에서 사용해 왔던 Loc. cit.이나 op. cit. 같은 생략기호는 사용하지 않고, 그 대신 저자명, 축약된 문헌명, 인용페이지 순으로 기록한다(단 Ibid.는 바로 직전 각주에서 언급된 문헌을 가리킬 때만 사용할 수 있다).
⑤ 페이지 수를 표기할 때는 p. 혹은 pp.를 쓰지 않고 숫자만 쓴다.
⑥ 각주에서 사용되는 이름의 경우에는 다음과 같이 사용한다.

각주에서 이름이 사용되는 경우는 세 가지가 있다. 그 문헌을 쓴 저자가 있고, 그것을 번역한 역자가 있으며, 책을 편집한 편집자가 있을 수 있다. 이 세 종류의 사람은 각주에서 각각 다른 부호를 붙여서 사용한다. 한글문헌의 경우에는 저자는 이름의 앞뒤에 아무 표기도 하지 않는다. 편집자에게는 '-편'을 붙이고 번역자에게는 '-역'을 붙인다. 영어권 저서의 저자는 한글문헌과 마찬가지로 아무런 표기를 하지 않는다. 그리고 편집자나 번역자는 아래의 표처럼 서너 가지의 방법이 있지만, 우리 학교에서 편집자에게는 'ed. ~'를 쓰고 번역자에게는 'trans. ~'를 쓴다.

〈보기8〉 각주에서 사용되는 주요 기호들

	한글문헌[1]	영미문헌
저자	—,	—,
편집자	— 편,	edited by —, ed. —,
번역자	— 역,	translated by —, trans. —, tr. —,
책명[2]	『 』	이탤릭체
논문명[3]	" "	" "

1) 한글문헌은 한글로 표기된 문헌을 말한다. 여기에는 한글로 번역된 번역서까지 포함한다.
2) 책명에는 '저서명', '학술지명', '잡지명', '신문명' 등이 모두 포함된다.
3) 논문명에는 '학위논문', '소논문', '잡지의 기사제목', '신문기사 제목' 등이 모두 포함된다.

3) 각주의 실례

참조하는 서지의 종류에 따라 각주는 여러 가지 형태로 사용된다. 참고한 책이 일반적인 저서일 수도 있고, 논문일 수도 있으며, 한글문헌일 수도 있고 영어나 다른 언어로 된 문헌일 수도 있는 것이다. 원서일 수도 있지만 번역서일 수도 있다. 여기서는 이러한 다양한 요소들을 모두 적용하여, 한글문헌과 영미문헌을 함께 살펴볼 것이다. 학생들은 이러한 자료를 바탕으로 하여 자신의 글에서 참조한 서적들을 직접 각주로 작성해 보면 학술적인 글의 형태를 연습하는 데 도움이 될 것이다. 각주의 온전한 형태를 연습하기 위하여 제시되는 각주 앞에는 모두 각주번호를 순서대로 붙여놓았다.

① 일반 저서의 경우에는 각주의 기본적인 형태를 따른다.

이 경우에는 저자명을 처음에 쓰고, 저서명은 한글문헌은 겹낫표(『 』)로, 영어문헌은 이탤릭체로 표기한다. 이어서 출판사항을 쓰고, 인용페이지를 작성한다. 인용페이지에는 p.나 pp.를 쓰지 않는다.

1) 금동철, 『김현승의 시세계와 기독교적 상상력』 (서울: 연암사, 2015), 253.
2) George Stuart Fullerton, *A System of Metaphysics* (New York: Greenwood Press, 1968), 38-40.

② 번역서의 경우

번역서의 경우에는 원저자명을 처음에 쓰고, 저서명을 쓴다. 그 다음에 번역자명을 쓴다. 번역서는 번역된 저서를 중심으로 서지를 작성하되, 필요하면 저서명에 원서명을 함께 쓸 수도 있다.

3) 후스토 곤잘레스, 『초대교회사』, 서영일 역 (서울: 은성, 1995), 245.
4) Aristoteles, *The Rhetoric of Aristotle*, trans. Richard Claverhouse Jebb (London: Cambridge University Press, 1909), 147.

③ 편집자가 있는 경우

편집자가 포함된 경우에는 저자가 표기되는 경우와 저자를 표기하기 어려운 경우로 나뉜다. 여러 명의 저자들이 쓴 글을 한 권의 책으로 모은 경우에는 그 책의 편집자를 내세우는 경우가 있다. 이때는 편집자가 각주의 처음에 제시된다. 이 구분은 참조한 책의 표지에 기록된 대로 각주에 제시하면 된다. 5)번 각주는 편집자만 제시된 경우이고, 6)번 각주는 저자와 편집자, 번역자가 모두 제시된 경우이다.

영어권 저서의 경우, 편집자는 원래 8)번 각주처럼 "ed. David Stone,"의 형태로 들어가는데, 만약 편집자가 각주의 처음으로 오는 경우에는 편집자를 나타내는 "ed." 를 편집자 뒤로 보내어 7)번 각주와 같이 작성한다. 7)번 각주는 편집자만 제시된 경우이고, 8)번 각주는 저자와 편집자가 제시되어 있으며, 9)번 각주는 저자, 편집자, 번역자가 함께 제시되어 있다.

5) 김현 편, 『장르의 이론』 (서울: 문학과지성사, 1987), 23.

6) 막스 베버, 『소명으로서의 정치』, 최장집 편, 박상훈 역 (서울: 후마니타스, 2013), 52.

7) M. W. Bloomfield, ed., *Allegory, Myth and Symbol* (Cambridge: Harvard University Press, 1981), 134.

8) John Stott, *Basic Christianity*, ed. David Stone (Grand Rapids: Eerdmans Publishing co., 2008), 85.

9) Leo Tolstoy, *Anna Karenina*, ed. Leonard J. Kent, trans. Constance Garnett (New York: Random House, 2000), 125.

④ 소논문 경우

논문의 경우는 크게 소논문과 학위논문으로 나누어 볼 수 있다. 일반적으로 논문이라고 하면 소논문을 말하는 경우가 대부분이다. 대부분의 소논문은 학술지에 실리는데, 논문들을 모아놓은 논문집 형태로 출간되는 경우도 있다. 학술지에 실린 경우에는 학술지명을 밝혀 주면 되고, 일반 저서의 형태로 출간된 논문집은 논문명과 함께 그 논문집의 제목과 편집자를 함께 밝혀 주면 된다. 9)번 각주와 10)번 각주는 학술지에 실린 논문을 표기하는 방식이고, 11)번 각주와 12)번 각주는 일반논문집에 실린 논문을 표기하는 방법이다.

9) 금동철, "백석 시에 나타난 자아의 존재방식", 『우리말글』 (2008. 8): 165.

10) G. E. Ladd, "The Search for Perspective," *Interpretation* 25 (May 1971): 23.

11) 김재홍, "기독교적 세계관과 예술의식", 『박두진』, 박철희 편 (서울: 서강대

학교 출판부, 1996), 75.

12) Paul Tillich, "Being and Love," in *Moral Principles of Action*, ed. Ruth N. Anshen (New York: Harper & Row, 1953), 398.

⑤ 학위논문의 경우

학위논문도 논문의 한 형태이므로 논문 제목은 "　　"로 하고, 학위의 종류와 대학원 이름, 학위를 받은 연도를 쓴다.

13) 남기혁, "1950년대 시의 전통지향성 연구" (국문학 박사학위 논문, 서울대학교 대학원, 1998), 57.

14) O. C. Phillips, "The Influence of Ovid on Lucan's *Bellum Civile*" (Ph. D. dissertation, University of Chicago, 1962), 19.

⑥ 잡지나 신문 기사의 경우

논문의 형태가 아니라 잡지나 신문 기사에 실린 글을 참고자료로 가져오는 경우가 있다. 그때에는 다음과 같은 형태로 한다. 잡지나 신문은 발행연월이나 일자를 기록한다.

13) 최승호, "서정시와 시적 구원",『작가연구』2001년 봄호, 27.

14) Bruce Weber, "The Myth Maker: The Creative Mind of Novelist E. L. Doctorow," *New York Times Magazine* 20 October 1985, 42.

⑦ 여러 개의 문헌을 참조한 경우

여러 개의 문헌을 한꺼번에 참조한 경우나 참조할 목록을 나열하는 경우에는 각 문헌들 사이를 " ; "으로 구분해 준다.

15) 손진은, "김현승 시의 생명시학적 연구", 『21세기 문학의 유기론적 대안』, 최승호 편 (서울: 새미, 2000), 281; 레슬리 뉴비긴, 『다원주의 사회에서의 복음』, 홍병룡 역 (서울: 한국기독학생회출판부, 2007), 267; Julia Kristeva, *Revolution in Poetic Language*, trans. Margaret Waller (New York: Columbia University Press, 1984), 27.

⑧ 각주에서 생략기호를 사용할 경우

동일한 문헌을 반복해서 각주에 사용하게 되는 경우, 서지사항 전체를 반복하지 않고 필요한 부분만 제시해 준다. 이를 위해서 일반적으로 "Loc. cit."이나 "op. cit." 같은 생략기호들을 사용하기도 하지만, 우리 학교에서는 이러한 기호들은 사용하지 않고 "Ibid." 한 가지만 활용한다. "Ibid."는 바로 앞 번호의 각주에서 사용한 문헌을 다시 사용하였음을 표시하는 생략기호이다. 18)번 각주에 사용된 "Ibid."는 그러므로 17)번 각주에서 사용된 후스토 곤잘레스의 저서를 다시 인용하였다는 말이 된다.

동일한 문헌을 사용하였지만 각주가 바로 이어지는 경우가 아니라면, "저자명, 축약된 문헌명, 인용페이지" 순으로 간략하게 기록한다. 19)번 각주의 경우에는 16)번 각주의 자료를 가져와서 다시 사용한 경우인데, 이때는 16)번 각주와 19)번 각주가 서로 떨어져 있기 때문에 "Ibid."를 쓰지 않고 19)번 각주처럼 작성한다.

16) 금동철, 『김현승의 시세계와 기독교적 상상력』 (서울: 연암사, 2015), 253.

17) 후스토 곤잘레스, 『초대교회사』, 서영일 역 (서울: 은성, 1995), 245.

18) Ibid., 39.

19) 금동철, 『김현승의 시세계와 기독교적 상상력』, 136.

3. 참고문헌

1) 참고문헌 작성 방법

참고문헌은 논문이나 저서를 쓰는 과정에서 참조한 자료들의 목록을 나열하는 것이다. 그러므로 여기에는 각주와 같은 일련번호가 붙을 필요가 없다. 이 목록들 자체의 배열순서에 따라 배열하면 되는 것이다. 참고문헌을 배열하는 순서는 참고문헌 각 항목의 첫 글자의 "가나다/ABC" 순으로 한다.

참고문헌에 나열되는 자료들 중에는 각주에서 사용한 것들도 많아서, 각주를 상세하게 작성한 논문의 경우 참고문헌을 생략하는 경우도 있다. 그렇지만 논문의 기본적인 구성 요소에는, 그 논문을 작성하면서 참조한 자료들의 목록을 그 논문 끝에 적어주는 참고문헌 항목이 있으므로 참고문헌을 반드시 작성하는 것이 좋다.

참고문헌의 형태는 각주에서 사용된 형태와 유사하지만 약간의 차이가 있으므로 이를 정확하게 알아두는 것이 좋다. 예를 들면 각주에서 사용되었던 각주 번호나 인용페이지는 참고문헌에서는 필요하지 않으므로 사용하지 않는다. 참고문헌과 각주 사이의 차이를 명확하게 이해하면 참고문헌을 보다 쉽게 쓸 수 있다.

① 참고문헌은 처음에 번호를 쓰지 않고, 끝에 인용페이지도 쓰지 않는다.

② 각주의 각 구성요소들(저자명, 저서명, 출판사항 등) 사이에는 콤마를 사용하였는데, 참고문헌을 구성하는 각 요소들 사이에는 온점을 찍는다.

③ 출판사항의 내용을 묶었던 (　　)를 없앤다.

④ 참고문헌 각 항목의 처음에 나오는 이름의 경우, 서구인일 경우에는 "성, 이름" 순으로 바꾼다. 참고로 각주의 경우에는 "이름 성" 순으로 되어 있다.

⑤ 각주에서 반복해서 인용된 경우에도 한 번만 써 주면 된다.

⑥ 참고문헌 전체의 배열순서는 해당 언어로 된 자료를 앞쪽에 두고 가까운 곳부터 확장해 나간다. 예를 들면 한글로 논문을 쓴 경우에는 "한글문헌" ➔ "동양문

헌" ➔ "서구문헌" 순서로 배열하는 것이다.

2) 참고문헌의 실례

참고문헌은 논문의 끝에 목록으로 나열하는 요소이다. 위에서 설명한 조건대로 참고문헌을 작성해 보면 다음과 같다.

곤잘레스, 후스토. 『초대교회사』. 서영일 역. 서울: 은성, 1995.

금동철. 『김현승의 시세계와 기독교적 상상력』. 서울: 연암사, 2015.

김재홍. "기독교적 세계관과 예술의식". 『박두진』. 박철희 편. 서울: 서강대학교 출판부, 1996.

김현 편. 『장르의 이론』. 서울: 문학과지성사, 1987.

남기혁. "1950년대 시의 전통지향성 연구". 국문학 박사학위 논문, 서울대학교 대학원, 1998.

뉴비긴, 레슬리. 『다원주의 사회에서의 복음』. 홍병룡 역. 서울: 한국기독학생회 출판부, 2007.

문흥술. "박목월의 생애와 사상". 『박목월』. 박현수 편. 서울: 새미, 2002.

베버, 막스. 『소명으로서의 정치』. 최장집 편. 박상훈 역. 서울: 후마니타스, 2013.

손진은. "김현승 시의 생명시학적 연구". 『21세기 문학의 유기론적 대안』. 최승호 편. 서울: 새미, 2000.

우리문학연구회 편. 『한국문학론』. 서울: 일월서각, 1981.

최승호. "청록집에 나타난 생명시학과 근대성 비판". 『서정시의 이데올로기와 수사학』. 서울: 국학자료원, 2002.

칸트, 임마누엘. 『순수이성비판』 세계사상교양전집 제3권. 윤성범 역. 서울: 을유문화사, 1971.

켈러, 오토 편. 『헤겔 철학 서설』. 황태연 역. 서울: 새밭, 1980.

한철하. "하나님에 대한 무관심". 『빛과 소금』 1986년 1월호.

Aristoteles. *The Rhetoric of Aristotle.* Trans. Richard Claverhouse Jebb. London: Cambridge University Press, 1909.

Bloomfield, M. W. ed. *Allegory, Myth and Symbol.* Cambridge: Harvard University Press, 1981.

Fullerton, George Stuart. *A System of Metaphysics.* New York: Greenwood Press, 1968.

Kristeva, Julia. *Revolution in Poetic Language.* Trans. Margaret Waller. New York: Columbia University Press, 1984.

Ladd, G. E. "The Search for Perspective." *Interpretation* 25 (May 1971).

Pannenberg, Wolfhart, ed. *Revelation as History.* Trans. David Ranskou. New York: The Macmillan co., 1968.

Phillips, O. C. "The Influence of Ovid on Lucan's *Bellum Civile.*" Ph. D. dissertation, University of Chicago, 1962.

Stott, John. *Basic Christianity.* Ed. David Stone. Grand Rapids: Eerdmans Publishing co., 2008.

Tillich, Paul. "Being and Love." *In Moral Principles of Action.* Ed. Ruth N. Anshen. New York: Harper & Row, 1953.

Tolstoy, Leo. *Anna Karenina.* Ed. Leonard J. Kent. Trans. Constance Garnett. New York: Random House, 2000.

Weber, Bruce. "The Myth Maker: The Creative Mind of Novelist E. L. Doctorow." *New York Times Magazine* 20 October 1985.

부록 1

자기소개서 작성 방법

1. 자기소개서 작성시 유의사항

1) 목적에 맞게 글을 쓰자

자기소개서를 쓸 때 유의해야 할 사항 중의 하나는 자기소개서가 실용문에 속한다는 점이다. 실용문의 본질적인 요구는 그 글의 실제적인 목적에 맞는 글을 써야 한다는 점이다. 그러므로 자기소개서는, 자신의 생각이나 감정을 나타내기 위해 쓰는 것이 아니라, 그 글을 요구하는 상황과 실제의 요구에 맞는 글이 되어야 한다.

자기소개서는 주로 직장에 취직하거나 장학금이나 연구비를 신청할 때, 혹은 대학이나 대학원에 진학할 때 제출하는 것이다. 이렇게 보면 자기소개서의 독자는 주로 인사담당자일 것이 분명하다. 그러므로 자기소개서에서 가장 먼저 고려해야 할 점은 그 글을 읽는 독자인 인사담당자가 요구하는 바에 부합되도록 써야 한다는 점이다. 인사담당자의 요구는 그 서류를 받는 원래의 목적인 채용이나 진학, 장학금 같은 목적과 일치한다. 자기소개서는 이러한 요구에 적절히 맞춰진 글이 되어야 하는 것이다.

이를 위해서 자기소개서를 쓸 때에 먼저 확인해야 할 사항 중의 하나는 이 서류를 요구하는 이유를 명확하게 살펴보는 것이다. 만약 취직을 위해 서류를 제출하는 것이라면, 그 기업이나 단체의 이미지나 분위기, 그리고 지향하는 방향 등과 관련된 충분한 정보를 찾아서 자신의 글 속에 그것들을 반영하는 것이 필요하다. 그래야 그 글을 읽는 인사담당자가 이 사람이 자기 회사에 꼭 필요한 사람이라고 생각하고 뽑게 될 것이다.

2) 정직하게 글을 쓰자

그러면서도 자기소개서는 정직하게 자신을 소개하는 것이 필요하다. 자기소개서는 나중에 면접의 자료로도 사용되는데, 면접관의 중요한 관심사 중의 하나는 자기소개서에 거짓이 없는지 찾아보는 것이다. 만약 그 속에 거짓이 들어가 있으면, 그 사람의 인격을 신뢰할 수 없을 것이고, 결국 그 글은 목적을 달성할 수 없게 되는 것이다.

정직하면서도 목적에 잘 부합하는 자기소개서를 쓰기 위해서는 글 속에 들어갈 내용을 잘 확정하는 것이 필요하다. 사람은 누구나 다양한 자기소개 거리가 있으며, 그 내용들 중에서 선택하여 자기소개서를 작성하게 된다. 어떤 내용을 선택할 것인가를 생각할 때 고려해야 할 사항은 바로 취직하고자 하는 회사의 요구사항이다. 인사담당자는 자기소개서를 보고 지원자의 가정환경 및 성장과정을 살필 수 있고, 입사 지원 동기와 장래성을 파악할 수 있으며, 문장력과 필체를 볼 수도 있다. 그러므로 자기소개서는 어떤 경우 입사 필기시험보다 더 중요하게 살펴보기도 한다.

3) 글의 주제와 일치하는 성장과정이나 경험을 쓰자

자기소개서도 분명히 하나의 글이므로, 하나의 주제 속에서 세부적인 내용들이 서로 조화를 이룰 필요가 있다. 자기소개서에 들어가는 성장과정이나 성격적 특징 등을 소개할 때에도 반드시 지원하고 있는 현재의 자신과 관련된 내용을 써야 한다. 자신을 돌아볼 때 다양한 경험들이 있을 수 있고, 그 중에서도 잊히지 않는 강렬한 경험들은 있을 수 있다. 그러나 이것들이 자기소개서의 목적과 부합하지 않는다면 과감하게 쓰지 말아야 한다. 그래야 처음부터 끝까지 일관되게 흐르는 주제가 있고, 그러면서도 그 사람을 잘 알 수 있는 자기소개서가 될 것이다.

4) 포부와 가치관이 잘 드러나게 쓰자

자기소개서는 지원하는 회사나 단체에 들어가기 위한 글이므로, 자신이 만약 입사하게 되었을 때 어떤 일을 하고 싶은지 포부를 밝히는 것도 자기소개서의 중요한 내용 중의 하나이다. 자신의 어떤 능력이나 가치관이 그 회사나 단체에 어떤 유익을 끼칠 수 있는지를 구체적으로 밝히는 것도 중요하다. 뿐만 아니라 그 회사나 단체에 들어가서 활동하게 되면 자기의 발전에도 어떤 유익이 있을지를 밝히는 것도 인사담당자에게 자신을 드러내는 한 방법이 된다. 자신의 가치관을 잘 표현하는 것도 중요하다. 어떤 사람인지를 알려 주는 것이기 때문이다. 회사에 들어가서 하고 싶은 일이나 포부가 잘 드러나고 가치관이 인사담당자의 마음에 든다면, 이 사람이 우리 회사에 꼭 필요한 사람이라고 생각하게 될 것이다.

5) 자신의 성격과 특징이 잘 드러나게 쓰자

어떤 단체도 새로 뽑는 사람을 사기꾼이나 거짓말쟁이로 채우고 싶은 곳은 없을 것이다. 그러므로 자기소개서는 정성과 성실성이 잘 드러나게 작성하는 것이 필요하다. 인사담당자는 자기소개서를 보고 그 사람에 대한 선입견을 가지게 된다. 글에서 정성을 느낄 수 없다면 실제로 면접 상황에서 만나도 마찬가지 느낌을 받을 가능성이 크다. 그러므로 정성껏 성실하게 자기소개서를 작성하는 것이 필요하다. 뿐만 아니라 그 집단 속에 들어가서도 생활을 잘 할 수 있을 것이라는 확신을 주는 것이 필요하다. 독립심이나 협동심도 보여줄 수 있다면 좋은 방법이 될 것이다.

6) 깨끗한 문장과 설득력 있는 구조를 만들자

자기소개서는 글을 통해 자신을 드러내고 인상을 심어 주는 글이므로, 맞춤법이나 띄어쓰기, 문법에 맞는 문장과 같은 요소는 반드시 지켜야 한다. 그리고 같은 내용의 반복을 피하여야 하며, 전체적으로 논리적이고 설득력 있는 글이 될 수 있도록 써야 한다. 뿐만 아니라 자기소개서의 문체는 간단명료하면서도 진솔함이 느껴지는 것이 좋다.

일반적으로 자기소개서는 두세 페이지에 불과한 짧은 글이다. 이런 글에 비문법적인 글이나 비논리적인 내용이 들어오면 매우 부정적인 인상을 받게 되기 때문에, 이러한 요소에 특히 유의해야 한다. 그러므로 자기소개서는 시간 여유를 두고 쓰는 것이 중요하다. 촉급하게 글을 쓰다보면 비문법적이고 비논리적인 부분이 생길 수밖에 없는데, 시간 여유를 두고 쓰면 이러한 것들을 수정할 수 있다.

7) 다음과 같은 표현은 피하자

자기소개서는 짧은 글을 통해 축약적으로 자신을 내보여야 하는데, 다음과 같은 내용이 들어가면 이러한 목적을 방해하게 된다. 그러므로 가능하면 자신만의 특징을 진솔하고 선명하게 내보일 수 있도록 다음과 같은 서술은 피하는 것이 좋다.

① 추상적이거나 당연한 문구

일상적으로 많이 쓰는 성격 표현 같은 것들은 여기에서는 쓰지 않는 것이 좋다. 예를 들면 "성격이 원만하다."와 같은 표현이라든지, "적극적이다."와 같은 표현은 너무 많이 사용되기도 하고, 구체적이지도 않기 때문에 설득력이 떨어진다. 인사담당자는 그 사람의 성격이 어떻게 원만한지, 어떻게 적극적인지 구체적으로 알고 그 사람을 좀 더 정확하게 평가하고 싶어 하는 사람들이다. 그래야 뽑고 싶은 목적에 맞는 사람을 찾을 수 있기 때문이다. 그러므로 추상적인 표현이 아니라 그러한 성격적 특징을 잘 드러내 주는 특징이나 에피소드 같은 것을 구체적으로 제시해 주는 것이 좋다.

당연하고 상식적인 이야기도 마찬가지이다. 사람이라면 당연히 그렇게 살아야 할 상식적인 내용이라면 쓰지 않는 것이 좋다. 예를 들면 "회사에 꼭 필요한 인재가 되도록 열심히 노력하겠습니다."라든지 "근면하고 성실하게 업무를 수행하겠습니다."와 같은 표현은 입사한 사람이라면 당연히 가져야 할 근무 자세이므로, 굳이 자기소개서에 쓸 필요가 없다. 이것보다는 어떻게 성실하게 일할 것인지, 어떤 인재가 될 것인지를 구체적으로 밝히는 것이 좋다.

② 전체 내용과 동떨어진 표현

학력이나 경력을 서술할 때, 자기소개서의 전체적인 주제와 관련 없는 엉뚱한 이야기는 하지 않는 것이 좋다. 성격이나 경력도 반드시 자신의 현재의 모습을 보여주는 내용이어야 하며, 지원하는 기관이나 단체에 들어가서 생활하는 데 도움이 될 수 있는 것이 좋다.

③ 지나친 자기과시

자신을 너무 높게 포장하는 것도 좋지 않다. 예를 들면, "모든 사람에게 인정받는다." 라거나 "항상 최선두에 서서 모든 사람으로부터 칭찬을 받았다." 등과 같이, 구체적인 증거 제시 없이 자기과시를 하고 있는 표현은 오히려 부정적인 인상을 줄 가능성이 많다.

2. 자기소개서 작성 과정

1) 자기소개서 형식을 확인한다

자기소개서를 요구하는 각 단체나 기관 혹은 기업마다 자기소개서의 형식이 다를 수 있으므로 이를 반드시 확인한다.

2) 지원할 회사나 단체의 정보를 확인한다

이것은 자기소개서의 목적을 명료하게 하는 데 매우 중요한 과정이다. 지원할 회사나 단체의 성격이나 부서, 분위기, 필요한 인재상 등을 잘 파악하면 그것에 부합하는 글을 쓸 수 있다.

3) 쓸 내용을 정리하고 논리적으로 구조화한다

지원할 기관의 요구사항을 확인하였으면 이제 자신의 성격이나 경험, 성장과정 중에서 그것에 걸맞은 내용을 선별하여, 논리적이고 설득력 있는 글이 되도록 그것들을 구조화하고 개요를 작성한다. 이때에는 반드시 지원하는 기관이나 단체에서 요구하는 형식에 정확하게 맞추어서 작성해야 한다.

4) 자기소개서를 작성하고 퇴고한다

비문법적이거나 비논리적인 표현이 없도록 깔끔하게 정서하여 자기소개서를 작성한다. 그리고 몇 번의 퇴고과정을 거쳐서 좋은 글이 되도록 다듬어서 제출한다.

3. 자기소개서의 구성

1) 성장과정

한 사람을 이해하는 데 성장과정을 아는 것은 꼭 필요하기 때문에, 인사담당자는 자기소개서를 통해 그것을 보고 싶어 한다. 그러므로 자신의 성장과정은 자기소개서에 꼭 들어가야 할 사항이다. 그러나 성장과정을 언급할 때, 학력이나 출생지, 출생연도 등을 단순하게 연대기적으로 나열하거나 일반적인 내용으로 지루하게 기록하는 것은 호감도를 떨어뜨리는 심각한 요소가 된다. 그러므로 독특한 체험이나 에피소드 등을 간략하게 곁들이는 것이 좋다. 다만 이때는 이런 내용을 자신이 지원하는 분야와 관련시킬 수 있어야 하며, 자신의 특징을 가장 잘 드러내 줄 수 있는 것이어야 보다 효과적이다. 성장과정에서 겪었던 크고 작은 어려움을 극복하는 과정이나, 그것이 자신의 인생에 미친 긍정적인 영향 등을 구체적으로 기록해도 좋다.

2) 학력과 경력

학창생활은 대인관계와 성격, 전공과 관련된 사항 등을 파악하기 위해 요구하는 것이므로, 이 부분을 자세히 밝히는 것도 필요하다. 학교의 명칭이나 직장 경력 등을 기록하고, 수상한 것이 있다면 같이 기록한다. 과외활동이나 봉사활동, 해외 연수 등 사회성 및 자기계발을 위해 노력한 부분이 있다면 함께 서술하는 것이 좋다. 자신의 전공분야나 다양한 활동을 소개할 때는 반드시 지원하는 기관의 요구사항이나 자신의 성격과 특징 등과 관련시키는 것이 필요하다. 자신이 그 기관이나 단체에 지원하고 있다는 점을 항상 염두에 두어야 하는 것이다. 만약 학교명이나 직장명을 쓴다면 반드시 정식명칭을 써야 한다.

3) 성격이나 가치관

자신의 성격적 특징이나 취미, 가치관이나 장단점 등을 잘 밝히는 것도 중요하다. 이 항목은 지원하는 기관의 지향이나 이미지와 관련하여 사람을 뽑을 때 상당히 중요하게 여기는 부분이다. 즉 자기 회사나 기관에 맞는 사람을 뽑고 싶어 하는 것이다. 그러므로 자기소개서를 작성하기 전에 미리 그 기관에 대한 정보를 잘 파악하고, 그러한 정보에 입각하여 자신의 성격이나 가치관, 특성 등을 서술할 필요가 있다.

자신의 특성이나 취미, 성격, 가치관 등을 정직하고 솔직하게 제시하면서도, 해당 기업의 분위기나 이미지를 고려하여 그에 합당하게 서술한다. 이때 학창 시절에 발휘한 두드러진 재능이나 자격증이 있다면 함께 제시해도 좋다. 성격을 이야기할 때에는 자신의 장점이 두드러지게 쓰는 것이 좋지만, 이와 함께 단점도 짧게 서술하는 것도 유용하다. 이때는 단점 자체를 강조하기보다는 그러한 단점을 어떻게 극복했는지, 그것을 위해 어떤 노력을 하고 있는지 밝혀 주는 것이 좋다.

4) 입사 지원 동기 및 포부

이 부분은 자기소개서의 핵심이라고 할 수 있는 부분이다. 이를 잘 쓰기 위해서는 먼저 지원 기관에 대한 정확한 정보를 파악하는 것이 필요하다. 해당 기관의 인재 선택 기준에 맞추어 구체적으로 작성할 필요가 있는 것이다. 그 기업이나 단체의 주된 업무나 특성을 자신의 전공이나 성격, 희망 등과 연관시켜서 서술하는 것이 필요하다. 포부는 그 기관에 이미 입사했다고 가정하고, 근무 희망 부서나 자기계발을 위한 구체적인 계획, 각오 등을 강조하여 서술한다.

부록 2

외래어 표기법 주요 내용

(국립국어원에서 게시한 자료임)

제1장 표기의 기본 원칙

제1항

외래어는 국어의 현용 24 자모만으로 적는다.

제2항

외래어의 1 음운은 원칙적으로 1 기호로 적는다.

제3항

받침에는 'ㄱ, ㄴ, ㄹ, ㅁ, ㅂ, ㅅ, ㅇ'만을 쓴다.

제4항

파열음 표기에는 된소리를 쓰지 않는 것을 원칙으로 한다.

제5항

이미 굳어진 외래어는 관용을 존중하되, 그 범위와 용례는 따로 정한다.

제2장 표기 일람표

표 1 · 국제 음성 기호와 한글 대조표

자음			반모음		모음	
국제 음성 기호	한글		국제 음성 기호	한글	국제 음성 기호	한글
	모음 앞	자음 앞 또는 어말				
p	ㅍ	ㅂ, 프	j	이*	i	이
b	ㅂ	브	ɥ	위	y	위
t	ㅌ	ㅅ, 트	w	오, 우*	e	에
d	ㄷ	드			ø	외
k	ㅋ	ㄱ, 크			ɛ	에
g	ㄱ	그			ɛ̃	앵
f	ㅍ	프			œ	외
v	ㅂ	브			œ̃	욍
θ	ㅅ	스			æ	애
ð	ㄷ	드			a	아
s	ㅅ	스			ɑ	아
z	ㅈ	즈			ɑ̃	앙
ʃ	시	슈, 시			ʌ	어
ʒ	ㅈ	지			ɔ	오
ts	ㅊ	츠			ɔ̃	옹
dz	ㅈ	즈			o	오
tʃ	ㅊ	치			u	우
dʒ	ㅈ	지			ə**	어
m	ㅁ	ㅁ			ɚ	어
n	ㄴ	ㄴ				
ɲ	니*	뉴				
ŋ	ㅇ	ㅇ				
l	ㄹ, ㄹㄹ	ㄹ				
r	ㄹ	르				
h	ㅎ	흐				
ç	ㅎ	히				
x	ㅎ	흐				

*[j], [w]의 '이'와 '오, 우' 그리고 [ɲ]의 '니'는 모음과 결합할 때 제 3 장 표기 세칙에 따른다.

**독일어의 경우에는 '에', 프랑스 어의 경우에는 '으'로 적는다.

제3장 표기 세칙

제1절 영어의 표기

표 1에 따라 적되, 다음 사항에 유의하여 적는다.

제1항 무성 파열음([p], [t], [k])

1. 짧은 모음 다음의 어말 무성 파열음([p], [t], [k])은 받침으로 적는다.

gap 갭 cat 캣 book 북

2. 짧은 모음과 유음 · 비음([l], [r], [m], [n]) 이외의 자음 사이에 오는 무성 파열음 ([p], [t], [k])은 받침으로 적는다.

apt 앱트 setback 셋백 act 액트

3. 위 경우 이외의 어말과 자음 앞의 [p], [t], [k]는 '으'를 붙여 적는다.

stamp 스탬프 cape 케이프 nest 네스트 part 파트
desk 데스크 make 메이크 apple 애플 mattress 매트리스
sickness 시크니스

제2항 유성 파열음([b], [d], [g])

어말과 모든 자음 앞에 오는 유성 파열음은 '으'를 붙여 적는다.

bulb 벌브 land 랜드 zigzag 지그재그
lobster 로브스터 kidnap 키드냅 signal 시그널

제3항 마찰음([s], [z], [f], [v], [θ], [ð], [ʃ], [ʒ])

1. 어말 또는 자음 앞의 [s], [z], [f], [v], [θ], [ð]는 '으'를 붙여 적는다.

mask 마스크 jazz 재즈 graph 그래프
olive 올리브 thrill 스릴 bathe 베이드

2. 어말의 [ʃ]는 '시' 로 적고, 자음 앞의 [ʃ]는 '슈' 로, 모음 앞의 [ʃ]는 뒤따르는 모음에 따라 '샤', '섀', '셔', '셰', '쇼', '슈', '시' 로 적는다.

flash 플래시	shrub 슈러브	shark 샤크
shank 섕크	fashion 패션	sheriff 셰리프
shopping 쇼핑	shoe 슈	shim 심

3. 어말 또는 자음 앞의 [ʒ]는 '지' 로 적고, 모음 앞의 [ʒ]는 'ㅈ' 으로 적는다.

mirage 미라지　　vision 비전

제4항 파찰음([ts], [dz], [tʃ], [dʒ])

1. 어말 또는 자음 앞의 [ts], [dz]는 '츠', '즈' 로 적고, [tʃ], [dʒ]는 '치', '지' 로 적는다.

Keats 키츠	odds 오즈	switch 스위치
bridge 브리지	Pittsburgh 피츠버그	hitchhike 히치하이크

2. 모음 앞의 [tʃ], [dʒ]는 'ㅊ', 'ㅈ' 으로 적는다.

chart 차트　　virgin 버진

제5항 비음([m], [n], [ŋ])

1. 어말 또는 자음 앞의 비음은 모두 받침으로 적는다.

steam 스팀	corn 콘	ring 링
lamp 램프	hint 힌트	ink 잉크

2. 모음과 모음 사이의 [ŋ]은 앞 음절의 받침 'ㅇ' 으로 적는다.

hanging 행잉　　longing 롱잉

제6항 유음([l])

1. 어말 또는 자음 앞의 [l]은 받침으로 적는다.

hotel 호텔 　 pulp 펄프

2. 어중의 [l]이 모음 앞에 오거나, 모음이 따르지 않는 비음([m], [n]) 앞에 올 때에는 'ㄹㄹ'로 적는다. 다만, 비음([m], [n]) 뒤의 [l]은 모음 앞에 오더라도 'ㄹ'로 적는다.

slide 슬라이드 　 film 필름 　 helm 헬름

swoln 스월른 　 Hamlet 햄릿 　 Henley 헨리

제7항 장모음

장모음의 장음은 따로 표기하지 않는다.

team 팀 　 route 루트

제8항 중모음([ai], [au], [ei], [ɔi], [ou], [auə])

중모음은 각 단모음의 음가를 살려서 적되, [ou]는 '오'로, [auə]는 '아워'로 적는다.

time 타임 　 house 하우스 　 skate 스케이트

oil 오일 　 boat 보트 　 tower 타워

제9항 반모음([w], [j])

1. [w]는 뒤따르는 모음에 따라 [wə], [wɔ], [wou]는 '워', [wɑ]는 '와', [wæ]는 '왜', [we]는 '웨', [wi]는 '위', [wu]는 '우'로 적는다.

word 워드 　 want 원트 　 woe 워

wander 완더 　 wag 왜그 　 west 웨스트

witch 위치　　　　wool 울

2. 자음 뒤에 [w]가 올 때에는 두 음절로 갈라 적되, [gw], [hw], [kw]는 한 음절로 붙여 적는다.

swing 스윙　　　　twist 트위스트　　　　penguin 펭귄
whistle 휘슬　　　　quarter 쿼터

3. 반모음 [j]는 뒤따르는 모음과 합쳐 '야', '얘', '여', '예', '요', '유', '이'로 적는다. 다만, [d], [l], [n] 다음에 [jə]가 올 때에는 각각 '디어', '리어', '니어'로 적는다.

yard 야드　　　　yank 얭크　　　　yearn 연　　　　yellow 옐로
yawn 욘　　　　you 유　　　　year 이어　　　　union 유니언
Indian 인디언　　　　battalion 버탤리언

제10항 복합어

1. 따로 설 수 있는 말의 합성으로 이루어진 복합어는 그것을 구성하고 있는 말이 단독으로 쓰일 때의 표기대로 적는다.

cuplike 컵라이크　　　　bookend 북엔드　　　　headlight 헤드라이트
touchwood 터치우드　　　　sit-in 싯인　　　　bookmaker 북메이커
flashgun 플래시건　　　　topknot 톱놋

2. 원어에서 띄어 쓴 말은 띄어 쓴 대로 한글 표기를 하되, 붙여 쓸 수도 있다.

Los Alamos 로스 앨러모스/로스앨러모스　　　　top class 톱 클래스/톱클래스

제4장 인명, 지명 표기의 원칙

제1절 표기 원칙

제1항 외국의 인명, 지명의 표기는 제1장, 제2장, 제3장의 규정을 따르는 것을 원칙으로 한다.

제2항 제3장에 포함되어 있지 않은 언어권의 인명, 지명은 원지음을 따르는 것을 원칙으로 한다.

Ankara 앙카라　　　Gandhi 간디

제3항 원지음이 아닌 제3국의 발음으로 통용되고 있는 것은 관용을 따른다.

Hague 헤이그　　　Caesar 시저

제4항 고유 명사의 번역명이 통용되는 경우 관용을 따른다.

Pacific Ocean 태평양　　　Black Sea 흑해

제2절 동양의 인명, 지명 표기

제1항 중국 인명은 과거인과 현대인을 구분하여 과거인은 종전의 한자음대로 표기하고, 현대인은 원칙적으로 중국어 표기법에 따라 표기하되, 필요한 경우 한자를 병기한다.

제2항 중국의 역사 지명으로서 현재 쓰이지 않는 것은 우리 한자음대로 하고, 현재 지명과 동일한 것은 중국어 표기법에 따라 표기하되, 필요한 경우 한자를 병기한다.

제3항 일본의 인명과 지명은 과거와 현대의 구분 없이 일본어 표기법에 따라 표기하는 것을 원칙으로 하되, 필요한 경우 한자를 병기한다.

제4항 중국 및 일본의 지명 가운데 한국 한자음으로 읽는 관용이 있는 것은 이를 허용한다.

東京 도쿄, 동경　　京都 교토, 경도　　上海 상하이, 상해

臺灣 타이완, 대만　　黃河 황허, 황하

제3절 바다, 섬, 강, 산 등의 표기 세칙

제1항 '해', '섬', '강', '산' 등이 외래어에 붙을 때에는 띄어 쓰고, 우리말에 붙을 때에는 붙여 쓴다.

카리브 해　　북해　　발리 섬　　목요섬

제2항 바다는 '해(海)'로 통일한다.

홍해　　발트 해　　아라비아 해

제3항 우리나라를 제외하고 섬은 모두 '섬'으로 통일한다.

타이완 섬　　코르시카 섬　　(우리나라 : 제주도, 울릉도)

제4항 한자 사용 지역(일본, 중국)의 지명이 하나의 한자로 되어 있을 경우, '강', '산', '호', '섬' 등은 겹쳐 적는다.

온타케 산(御岳)　　주장 강(珠江)　　도시마 섬(利島)

하야카와 강(早川)　　위산 산(玉山)

제5항 지명이 산맥, 산, 강 등의 뜻이 들어 있는 것은 '산맥', '산', '강' 등을 겹쳐 적는다.

Rio Grande 리오그란데 강　　Monte Rosa 몬테로사 산

Mont Blanc 몽블랑 산　　Sierra Madre 시에라마드레 산맥

찾아보기

ㅇ

ㅈ

ㅊ

ㅋ